EL ASESINATO DE ROGER ACKROYD

AGATHA CHRISTIE

Títulos publicados

EL ASESINATO DE ROGER ACKROYD

AGATHA CHRISTIE

**EDITORIAL
MOLINO**

SELECCIONES DE BIBLIOTECA ORO

Título original:
THE MURDER OF ROGER ACKROYD
© 1928 by Dodd Mead & Company Inc.

Traducción:
G. BERNARD DE FERRER

© EDITORIAL MOLINO
Calabria, 166 - 08015 Barcelona

Depósito legal: B. 45.122-1998
ISBN: 84-272-0013-7

Impreso en España   Printed in Spain

LIMPERGRAF, S. L. — Mogoda, 29 - 31 Barberà del Vallès (Barcelona)

A Punkie, a quien le encantan las historias clásicas de detectives, con asesinatos, encuestas, ¡y con una larga lista de sospechosos!

GUÍA DEL LECTOR

*Los principales personajes que intervienen
en esta obra, relacionados en un orden
alfabético convencional*

ACKROYD: viuda de Cecil Ackroyd, hermano de Roger Ackroyd.

ACKROYD, Flora: bella hija de la anterior.

ACKROYD, Roger: riquísimo fabricante y el vecino más influyente del pueblo de King's Abbot.

ANNIE: doncella de los Sheppard.

BLUNT, Héctor: mayor, retirado, hombre de mediana edad.

BOURNE, Ursula: camarera de los Ackroyd.

CAROLINE: solterona, hermana del doctor Sheppard.

CARTER: coronel avecindado en King's Abbot y muy amigo de los Ackroyd.

COOPER, Emma: fiel cocinera de los Ackroyd.

DALE, Elsie: camarera de la familia Ackroyd.

DAVIS: inspector de policía de King's Abbot.

ELLERBY, mayor: a quien Parker sirvió con anterioridad como mayordomo.

FERRARS, Ashley: esposo que fue de mistress Ferrars, ya fallecido.

FERRARS, mistress: viuda y amiga de Roger Ackroyd.

FOLLIOT, mistress Richard: tuvo por camarera a Ursula Bourne antes de que ésta entrara a servir a los Ackroyd.

GANETT: chismosa solterona de King's Abbot.

HAMMOND: notario de la familia Ackroyd.

JONES, Sally: camarera del bar *The Dog and Whistle*.

MELROSE: coronel jefe de la policía del distrito.

PARKER: mayordomo de los Ackroyd.

PATON, Ralph: hijastro de Roger Ackroyd, hijo de su primera esposa, ya fallecida.

POIROT, Hércules: famoso detective, protagonista de esta novela.

RAGLAN: inspector de policía.

RAYMOND, Geoffrey: secretario de Roger Ackroyd.

RUSSELL, Elizabeth: hermosa ama de llaves de Roger Ackroyd.

SHEPPARD, James: médico y gran amigo de los Ackroyd.

Capítulo primero

EL DOCTOR SHEPPARD A LA HORA DEL DESAYUNO

Mistress Ferrars murió la noche del 16 al 17 de setiembre, un jueves. Me enviaron a buscar a las ocho de la mañana del viernes, 17. Mi presencia no sirvió de nada, pues hacía horas que había dejado de existir.

Unos minutos después de las nueve, regresaba yo a casa. Abrí la puerta de la calle con mi llavín y me entretuve adrede en el vestíbulo, colgando mi sombrero y el abrigo ligero que me había puesto, juzgándolo una prudente precaución por el fresco de las primeras horas de un día otoñal.

Si he de decir la verdad, estaba considerablemente trastornado y preocupado. No voy a pretender que preveía entonces los acontecimientos de las semanas siguientes, pero mi instinto me avisaba la proximidad de tiempos llenos de sobresaltos y sinsabores.

Del comedor, situado a la izquierda, llegó a mis oídos un leve ruido de tazas y platos, acompañado de la tosecilla seca y breve de mi hermana Caroline.

—¿Eres tú, James? —preguntó.

Pregunta vana, pues... ¿quién había de ser? Para ser franco, mi hermana Caroline era precisamente la que motivaba mi retraso. El lema de las mangostas según Rudyard Kipling es: «Ve y entérate». Si Caroline necesitase algún día un escudo nobiliario, le sugeriría la idea de representar en él una mangosta deslizándose por el suelo. Además, podría suprimir la primera parte del lema. Caroline lo descubre todo permaneciendo tranquilamente sentada en casa. ¡No sé cómo se las compone, pero así es! Sospecho que las criadas y los proveedores constituyen su servicio de información propio. Cuando sale, no es con el fin de ir en busca de información, sino de divulgarla. En este terreno también se muestra asombrosamente experta.

Esta última característica suya era lo que me hacía vacilar. Fuese lo que fuese lo que contara a Caroline sobre la muerte de mistress Ferrars, lo sabría todo el mundo en el pueblo al cabo de hora y media. Mi profesión me inclina naturalmente a la discreción y, en consecuencia, acostumbro a esconderle a mi hermana cuantas noticias puedo. Generalmente logra enterarse a pesar de mis esfuerzos, pero tengo la satisfacción moral de saber que estoy al abrigo de toda posible reconvención.

El esposo de mistress Ferrars murió hace un año, y Caroline no ha dejado de asegurar, sin tener la menor base en que fundarse, que su mujer lo envenenó.

Desprecia mi invariable aserción de que mister Ferrars murió de gastritis aguda, complicada por su excesiva afición a las bebidas alcohólicas. Convengo en que los síntomas de gastritis y de envenenamiento por medio de arsénico tienen puntos de similitud, pero Caroline basa su acusación sobre motivos muy distintos.

—¡Basta con mirarla! —oí que decía una vez.

Aunque algo madura, mistress Ferrars era una mujer muy atractiva y vestía con elegancia, aunque con sencillez. Sin embargo, muchísimas mujeres que compran sus vestidos en París no han envenenado por eso a sus respectivos esposos.

Mientras vacilaba en el vestíbulo, pensando vagamente en todas esa cosas, la voz de Caroline llegó nuevamente a mis oídos, algo más aguda:

—¿Qué demonios haces ahí, James? ¿Por qué no vienes a desayunar?

—¡Ya voy, querida! —contesté apresuradamente—. Estoy colgando el abrigo.

—¡Has tenido tiempo de colgar una docena!

Tenía razón, muchísima razón... Entré en el comedor, di a Caroline el ligero y acostumbrado beso en la mejilla y me senté ante un plato de huevos fritos con *bacon*. El *bacon* ya estaba frío.

—Te han llamado temprano —observó Caroline.

—Sí. De King's Paddock... Mistress Ferrars.

—Lo sé —dijo mi hermana.

—¿Y cómo lo sabes?

—Annie me lo ha dicho.

Annie es la doncella; buena chica, pero terriblemente parlanchina.

Hubo una pausa durante la cual continué comiendo los huevos con *bacon*. La nariz de mi hermana, que es larga y delgada, se estremecía levemente por su punta como ocurre siempre que algo le interesa o excita.

—¿Y bien? —dijo ella.

—Mal asunto. Nada que hacer... Debió de morir durmiendo.

—Lo sé —repitió mi hermana.

Esta vez me sentí contrariado.

—No puedes saberlo —dije secamente—. No lo sabía yo antes de llegar allí y no se lo he contado todavía a nadie. Si Annie está enterada, debe de ser clarividente.

—No me lo ha dicho Annie, sino el lechero. Se lo ha explicado la cocinera de los Ferrars.

Ya he dicho antes que no es preciso que Caroline salga a recoger informaciones. Permanece sentada en casa y las noticias vienen a ella.

—¿De qué ha muerto? —continuó mi hermana—. ¿De un ataque cardíaco?

—¿Acaso no te lo ha dicho el lechero? —inquirí sarcásticamente.

Los sarcasmos le resbalan a Caroline. Se los toma en serio y contesta como si tal cosa.

—No lo sabía —explicó.

Como tarde o temprano Caroline tenía que enterarse, tanto daba que se lo dijera en el acto.

—Ha muerto por haber ingerido una dosis excesiva de veronal. Lo tomaba últimamente para combatir el insomnio y debió de exagerar la dosis.

—¡Qué tontería! —dijo Caroline inmediatamente—. Lo hizo adrede... ¡A mí no me vengas con cuentos!

Cuando se tiene un pensamiento secreto, resulta extraño admitir que no se quiere confesar. El hecho de que otra persona lo exprese nos impulsa a negar con calor y tesón.

—¡Ya vuelves a las andadas! —me apresuré a exclamar indignado—. ¿Por qué había de suicidarse mistress Ferrars? Viuda, joven todavía, rica, gozando de buena salud, no tenía otra cosa que hacer sino disfrutar de la vida... ¡Lo que dices es absurdo!

—Nada de eso. Tú también debiste fijarte en el cambio que había sufrido estos últimos meses. Parecía agotada, física y moralmente, y acabas de admitir que no podía conciliar el sueño.

—¿Qué diagnosticas, pues? —pregunté fríamente—. ¿Un amor desgraciado?

—Remordimiento —dijo con brío, sacudiendo la cabeza.

—¿*Remordimiento*?

—Sí. Nunca quisiste creerme cuando te decía que había envenenado a su marido. Ahora estoy más convencida que nunca.

—No te muestras muy lógica —objeté—. Seguro que, cuando una mujer llega a cometer un asesinato, tiene la suficiente sangre fría como para disfrutar de su crimen sin dejarse dominar por el débil sentimentalismo que suponen los remordimientos.

—Probablemente hay mujeres como las que tú dices —admitió Caroline—, pero mistress Ferrars no era una de ellas. Era un manojo de nervios. Un impulso imposible de dominar la llevó a desembarazarse de su marido, porque era de esas personas que no saben soportar un sufrimiento, sea de la naturaleza que sea, y no cabe duda de que la esposa de un hombre como Ashley Ferrars ha debido sufrir mucho...

Asentí con la cabeza.

—Desde entonces, el recuerdo de lo que hizo la persiguió sin tregua. ¡No puedo evitar compadecerla!

Creo que Caroline no sintió nunca compasión por mistress Ferrars mientras vivía, pero ahora que se habría ido allí donde no se llevan vestidos de París, estaba dispuesta a permitirse las suaves emociones de la lástima y de la comprensión.

Le dije con firmeza que su teoría era una solemne tontería. Me mostré muy firme, aunque secretamente estaba de acuerdo con buena parte de lo que había dicho. Pero no podía admitir que Caroline había llegado hasta la verdad, adivinándola, con una mera inspiración. No iba a alentarla. Recorrería el pueblo divulgando sus opiniones y todos pensarían que lo hacía basándose sobre datos médicos que yo le había proporcionado. La vida resulta a veces muy difícil.

—¡Tonterías! —dijo Caroline, rechazando mis críticas—. Ya verás. Apuesto diez contra uno a que ha dejado una carta confesándolo todo.

—Sí.

—¡Oh! —exclamó Caroline—. De modo que te has enterado de eso, ¿verdad? Estoy convencida de que, para tus adentros, James, piensas como yo. Eres un farsante.

—Siempre hay que considerar la posibilidad del suicidio —dije serenamente.

—¿Habrá encuesta judicial?

—Tal vez. Todo depende de mi informe. Si estoy satisfecho con la teoría de que ha tomado accidentalmente una dosis exagerada de veronal quizá no la haya.

—¿Y lo estás? —preguntó mi hermana astutamente.

No contesté y me levanté de la mesa.

CAPÍTULO II

LOS HABITANTES DE KING'S ABBOT

Antes de continuar relatando mis conversaciones con Caroline, acaso fuera interesante dar una idea de lo que podría calificarse la geografía local. El pueblo de King's Abbot es similar a cualquier otro pueblo. La ciudad más cercana es Cranchester, situada a nueve millas de distancia. Tiene una importante estación de ferrocarril, una oficina de correos y dos comercios rivales donde venden de todo. Los hombres acostumbran a dejar la localidad en su juventud, pero está lleno de mujeres solteras y oficiales retirados. La principal diversión consiste en hacer largos comentarios sobre las menores incidencias de la vida ajena.

Sólo hay dos casas de alguna importancia en King's Abbot: la una es King's Paddock, dejada en herencia a mistress Ferrars por su difunto esposo, y la otra, Fernly Park, perteneciente a Roger Ackroyd, personaje éste que me ha interesado mucho por ser el prototipo de gentilhombre rural, tal como ha sido descrito siempre. Me recuerda uno de aquellos deportistas de rostro enrojecido que aparecían siempre en el primer acto de las viejas comedias musicales, cuando el escenario representaba la plaza del pueblo y en la canción se hablaba de ir a Londres. Actualmente, esas comedias han desaparecido para ser sustituidas por revistas. En cualquier caso, el gentilhombre rural ha dejado de interpretar papeles musicales.

Desde luego, Ackroyd no es en realidad un gentilhombre rural. Es un fabricante, muy rico por cierto, de ruedas de vagones. Tiene alrededor de cincuenta años, un rostro rubicundo y es de carácter jovial. Es íntimo amigo del vicario, contribuye liberalmente a los fondos de la parroquia —aunque el rumor público diga que es extremadamente ruin cuando se trata de gastos personales—, fomenta los partidos de criquet y presta apoyo a los clubes de juventud y a los institutos para soldados mutilados. Es, en una palabra, la vida y el alma del apacible pueblo de King's Abbot.

Cuando Roger Ackroyd contaba tan sólo veintiún años, se enamoró y casó con una hermosa mujer que tenía cinco o seis años más que él. Se apellidaba Paton y era viuda con un hijo. La historia de su unión fue corta y penosa. Para hablar claro, mistress Ackroyd era una dipsomaníaca. Logró matarse a fuerza de beber, al cabo de cuatro años de vida conyugal.

En los años que siguieron, Ackroyd no se mostró inclinado a arriesgarse a una nueva aventura matrimonial. El hijo del primer marido de su mujer tenía siete años cuando su madre murió. Cuenta ahora veinticinco. Ackroyd lo ha considerado siempre como su propio hijo, y lo ha educado en consecuencia, pero ha sido un muchacho alocado y no ha dejado de causar preocupaciones a su padrastro. Sin embargo, todos en King's Abbot quieren a Ralph Paton. Todos coinciden en que es un buen mozo.

Tal como he dicho más arriba, estamos siempre dispuestos a chismorrear en este pueblo. Todos notaron desde el principio que Ackroyd y mistress Ferrars eran muy buenos amigos. Después de la muerte del esposo, la intimidad se acentuó. Se los veía siempre juntos y se hablaba de que, al acabar su luto, mistress Ferrars se transformaría en la esposa de Roger Ackroyd. Se consideraba una unión adecuada.

La esposa de Roger Ackroyd había muerto a consecuencia de excesos en la bebida, y Ashley Ferrars fue un borracho muchos años antes de su muerte. Era natural que las víctimas de los excesos alcohólicos se consolaran mutuamente de lo que habían sufrido a manos de sus anteriores cónyuges.

Hacía un año a lo sumo que los Ferrars habían llegado al pueblo, pero Ackroyd había sido la comidilla de los habitantes de King's Abbot durante años enteros. Mientras Ralph Paton iba creciendo y transformándose en un hombre, una serie de amas de llaves gobernaron la casa de Ackroyd y cada una de ellas fue estudiada con recelo y con curiosidad por Caroline y sus amigas. No creo exagerar diciendo que, durante quince años por lo menos, el pueblo esperó confiado que Ackroyd se casara con una de sus amas de llaves. La última, miss Russell, reinó durante cinco años, doble plazo que sus predecesoras. Se creía que, a no ser por la llegada de mistress Ferrars, Ackroyd no se le hubiera escapado.

Influyó también otro factor: es decir, la llegada inesperada de una cuñada de Roger procedente del Canadá y con una hija. Se trataba de la viuda de Cecil Ackroyd —hombre haragán y despilfarrador, hermano pequeño de Roger— que se instaló en Fernly Park y ha logrado, según dice Caroline, poner a miss Russell en su sitio.

No sé a punto fijo lo que querrá decir «en su sitio», pero he comprobado que miss Russell va y viene con los labios apretados y lo que califico de «sonrisa ácida». Profesa la mayor simpatía por la pobre mistress Ackroyd, que depende de la caridad del hermano de su marido. Suele decir: «¡El pan de la caridad es tan amargo! ¿Verdad? Pero yo *me sentiría* muy desgraciada si no me ganara la vida trabajando.»

No sé lo que la viuda de Cecil Ackroyd pensaría del asunto de su cuñado con la viuda Ferrars cuando se suscitó. Era indudablemente ventajoso para ella que Roger permaneciese libre, pero se mostraba amabilísima con mistress Ferrars cuando la veía. Caroline dice que eso no prueba absolutamente nada.

Tales han sido nuestras preocupaciones en King's Abbot durante los últimos años. Hemos discutido de Ackroyd y sus asuntos desde todos los puntos de vista y, con él, mistress Ferrars ha ocupado igualmente la opinión pública.

Pensando en todas esas cosas, hice máquinalmente mi ronda de visitas. No tenía casos de interés especial que atender y tal vez fui afortunado con eso, pues mi pensamiento volvía constantemente a la muerte misteriosa de mistress Ferrars. ¿Se habría suicidado? Sería casi seguro en este caso que habría dejado tras de sí algunas palabras explicativas del paso que iba a dar. Mi experiencia me ha revelado que las mujeres que toman la determinación de suicidarse desean, generalmente, revelar el estado de ánimo que las lleva a cometer ese acto fatal.

¿Cuándo la había visto por última vez...? Hacía escasamente una semana. Su actitud había sido entonces completamente normal.

Recordé de pronto que la había visto, aunque sin hablarle, la víspera. Estaba paseando con Ralph Paton, lo cual me sorprendió, pues ignoraba que el muchacho se encontrara en King's Abbot. Creía que había reñido definitivamente con su padrastro y en los últimos seis meses no había estado en el pueblo. Estaba paseando con mistress Ferrars y hablaban los dos con gran seriedad, con los rostros muy juntos.

Creo poder decir con toda sinceridad que entonces fue cuando el presentimiento del futuro surgió en mi mente. No era todavía nada tangible, sino una sencilla corazonada. El coloquio de Ralph Paton y de mistress Ferrars me causó una impresión desagradable.

Continuaba pensando en él al tropezar con Roger Ackroyd.

—¡Sheppard! —exclamó éste—. Usted es el hombre que buscaba. ¡Qué tragedia tan horrible!

—¿Está usted enterado?

Inclinó la cabeza. Me di cuenta de que el golpe había

sido rudo para él. Sus grandes mejillas rojas parecían haberse hundido y no era más que la sombra del hombre jovial y rebosante de salud que conocía.

—El asunto es peor de lo que supone usted —dijo lentamente—. Oiga, Sheppard, necesito hablarle. ¿Puede acompañarme a casa ahora mismo?

—Difícilmente. Tengo que visitar a tres enfermos, y he de estar en mi casa a las doce para recibir los casos de cirugía menor.

—Dejémoslo para esta tarde, o mejor aún, venga a cenar esta noche, a las siete y media. ¿De acuerdo?

—Sí, eso me va mucho mejor. ¿Qué ocurre? ¿Se trata de Ralph?

No sé qué fue lo que me impulsó a decir eso, excepto el hecho de que tantísimas veces ya habíamos tratado del muchacho. Ackroyd me miraba como si no me comprendiese. Empecé a darme cuenta de que algo muy grave ocurría. Nunca, hasta entonces, había visto a Ackroyd tan trastornado.

—¿Ralph? —repitió vagamente—. No, no se trata de él. Ralph está en Londres... ¡Maldita sea! Veo que llega la vieja miss Ganett. No quiero hablarle de este terrible asunto. Hasta luego, Sheppard... Acuérdese, a las siete y media...

Incliné la cabeza y me alejé pensativo. ¿Ralph en Londres, cuando estaba en King's Abbot la tarde anterior? Debió volver a la ciudad por la noche o a primera hora de la mañana y, sin embargo, la actitud de Ackroyd me causaba una impresión muy distinta. Había hablado como si Ralph no se hubiera acercado al pueblo en varios meses.

No tuve tiempo de rumiar el asunto, que miss Ganett caía sobre mí, sedienta de información. Esta señorita tiene todas las características de mi hermana Caroline, pero carece de su ojo certero para llegar a las conclusiones que son el toque genial de las deducciones de Caroline. Miss Ganett estaba sin aliento y se apresuró a hacerme víctima de sus preguntas.

—¡Qué triste fin el de la pobre mistress Ferrars! Mucha gente anda diciendo que hacía años que se había aficionado a las drogas. ¡Parece mentira lo que el vulgo llega a inventar y, sin embargo, lo peor es que, en general, hay algo de verdad en esas descabelladas afirmaciones! ¡Cuando el río suena...! Dicen que mister Ackroyd lo había descubierto y habia roto sus relaciones... pues hubo relaciones, estoy convencida de ello. Desde luego usted doctor ya debe estar enterado de todo... Los médicos no ignoran nada, pero se lo callan...

Me espetó todo eso, fijando en mí su mirada de águila para ver cómo reaccionaba ante sus sugerencias. Afortunadamente, la vida en común con Caroline me ha enseñado a mantener mis facciones en la mayor impasibilidad y a contestar con breves frases que no me comprometen.

En la presente ocasión felicité a miss Ganett por no formar parte del grupo de calumniadores y de chismosos. Este ataque directo la dejó en una situación algo difícil y, antes de que volviera en sí, me alejé.

Regresé a casa pensativo, en donde encontré algunos pacientes que me esperaban.

Acababa de despedir al último y pensaba descansar unos minutos en el jardín antes del almuerzo, cuando entró una nueva visita.

Era una mujer alta, hermosa, pero de aspecto ceñudo. El ama de llaves de Ackroyd tiene ojos severos y labios que cierran herméticamente. Tengo la impresión de que si yo fuera una camarera o una cocinera, echaría a correr al verla acercarse.

—Buenos días, doctor Sheppard —dijo miss Russell—. Le agradecería se sirviese echar una mirada a mi rodilla.

La reconocí, pero, a decir verdad, no le encontré nada de particular. La queja de miss Russell, de sentir vagos dolores, resultaba tan poco convincente que, de haberse tratado de cualquier otra persona, hubiera sospechado que intentaba engañarme. Se me ocurrió la idea de que miss Russell hubiera deliberadamente inventado esa afección de su rodilla con el fin de sonsacarme respecto a la muerte de mistress Ferrars, pero no tardé en darme cuenta de que me equivocaba. No hizo más que una corta alusión a la tragedia. Sin embargo, parecía dispuesta a entretenerse y a charlar.

—Gracias por esta botella de linimento, doctor —dijo finalmente—, aunque no creo que me alivie mucho.

· Tampoco yo lo creía, pero protesté como era mi deber hacerlo. Después de todo no podía causarle daño y es preciso defender el honor de las herramientas de nuestra profesión.

—No creo en todas esas drogas —dijo miss Russell, lanzando una mirada circular a mi ejército de botellas—. Las drogas suelen hacer mucho daño. Fíjese usted en los cocainómanos.

—¡Oh! Ésos son casos...

—Muy frecuentes en la alta sociedad.

Estaba convencido de que miss Russell sabía mucho más respecto a la alta sociedad que yo. No traté, pues, de discutir con ella.

—Sólo quiero que me diga una cosa, doctor. ¿Puede curarse un verdadero adicto a las drogas?

No es posible contestar a una pregunta de esta naturaleza a la ligera. Le hice un somero discurso sobre el asunto, el cual escuchó con gran atención. Yo continuaba sospechando que trataba de buscar información acerca de mistress Ferrars.

—El veronal, por ejemplo... —empecé.

Pero, cosa extraña, no parecía interesada en el veronal. Cambió de tema y me preguntó si era cierto que algunos venenos lograban no dejar la menor huella.

—¡Ah! —le contesté—. ¡Ha estado usted leyendo historias de detectives!

· Me confesó que sí.

—La esencia de una historia de detectives —proseguí—, es la existencia de un veneno raro... algo que viene de América del Sur y que nadie conoce, algo que una tribu de salvajes emplea para envenenar sus flechas. La muerte es instantánea y la ciencia europea resulta impotente para descubrirlo. ¿A eso se refiere usted?

—Sí. ¿Existe en realidad?

—Temo que no. Está el *curare*, desde luego...

Le hablé largo rato del *curare*, pero parecía haberse desinteresado nuevamente de la cuestión. Me preguntó si tenía alguna cantidad de este veneno entre mis drogas y, al contestarle negativamente, me parece que decaí en su estimación.

Me dijo que tenía ya que marcharse y la acompañé hasta la puerta. Nunca hubiese sospechado que miss Russell fuese aficionada a las historias de detectives. Me divertía muchísimo pensar que salía de su cuarto para regañar a una criadita delincuente, volviendo al poco rato a la confortable lectura del «Misterio de la séptima muerte» o algo por el estilo.

Capítulo III

EL HOMBRE QUE CULTIVA CALABACINES

Le dije a Caroline, mientras almorzábamos, que cenaría en Fernly Park.

No objetó nada. Muy al contrario.

—¡Magnífico! —exclamó—. Te enterarás de todo. A propósito: ¿qué pasa con Ralph?

—¿Con Ralph? —dije sorprendido—. ¡Nada!

—Entonces, ¿por qué se aloja en el Three Boars[1] y no en Fernly Park?

No dudé un minuto de que fuera verídica la afirmación de Caroline: Ralph Paton debía hospedarse en la posada del pueblo. Me bastaba con que ella lo dijera.

—Ackroyd me ha dicho que estaba en Londres —exclamé. Cogido por sorpresa, me olvidé de mi prudente norma de no dar nunca la menor información.

—¡Oh! —dijo Caroline. Vi cómo su nariz se arrugaba mientras rumiaba estas palabras.

—Llegó al Three Boars ayer por la mañana —dijo—. Continúa allí, y anoche se le vio en compañía de una muchacha.

Esto no me causó la menor sorpresa. Ralph pasa, a mi entender, la mayor parte de su tiempo con una muchacha u otra, pero me extrañó que escogiera King's Abbot en vez de la alegre metrópoli para entregarse a ese alegre pasatiempo.

1. *Three Boars*. Tres jabalíes. (*N. del T.*)

—¿Con una de las camareras? —pregunté.

—No... eso es lo más interesante. Salió para encontrarse con ella. No sé quién era.

¡Cuán amargo para Caroline tener que confesar semejante cosa!

—Pero lo adivino —continuó mi infatigable hermana.

Esperé pacientemente a que se explicara.

—Su prima.

—¿Flora Ackroyd? —exclamé sorprendido.

Flora Ackroyd no es, desde luego, pariente ni de cerca ni de lejos de Ralph Paton, pero se ha considerado durante tantos años a Ralph como hijo de Ackroyd, que el parentesco se impone por sí solo.

—Flora Ackroyd —dijo mi hermana.

—¿Por qué no fue a Fernly Park si deseaba verla?

—Noviazgo secreto —dijo Caroline con aire misterioso—. El viejo Ackroyd no quiere saber nada de eso y tienen que verse a escondidas.

Veía yo muchos puntos oscuros en la teoría de Caroline, pero me abstuve de indicárselos. Una inocente observación respecto a nuestro nuevo vecino cambió el curso de la conversación.

La casa contigua a la nuestra, The Larges[2], ha sido alquilada últimamente por un forastero. Con gran contrariedad de Caroline, no ha podido enterarse de nada que le concierna, aparte del hecho de que se trata de un extranjero. Sus «confidentes» han fracasado en toda la línea.

Es de presumir que el buen hombre compra leche, legumbres, carne y pescado, como todo el mundo, pero ninguno de los proveedores parece poseer la menor información respecto a él. Creo que se llama Porrott, un nombre que conlleva cierta dosis de improbabilidad, y lo único que sabemos es que cultiva calabacines con gran interés. Pero esto no es, desde luego, lo que Caroline desea conocer. Quiere saber de dónde viene, qué hace, si es casado, lo

2. *The Larges*. Los alerces. *(N. del T.)*

que su mujer era o es todavía, si tiene hijos, cuál era el nombre de soltera de su madre... No puedo por menos de pensar que alguien como Caroline debió inventar los formularios de los pasaportes.

—Mi querida Caroline —dije—. No me cabe duda, en cuanto a la profesión de ese hombre. Es un peluquero retirado de los negocios. No tienes más que mirarle el bigote.

Caroline no opinaba como yo. Insistió en que, si el hombre fuese peluquero, tendría el cabello ondulado en vez de lacio. Todos los peluqueros lo tienen así.

Cité algunos peluqueros a los que conozco personalmente y que tienen cabellos lisos, pero Caroline rehusó dejarse convencer.

—No sé cómo clasificarlo —me dijo con voz pesarosa—. Le pedí prestadas unas herramientas el otro día y se mostró muy cortés, pero no pude sonsacarle nada. Le pregunté bruscamente si era francés y me contestó que no. Después de eso no me atreví a preguntarle nada más.

Empecé a sentir mayor interés por nuestro misterioso vecino. Un hombre capaz de hacer callar a Caroline y de dejarla volver con las manos vacías, semejando una nueva reina de Saba, ha de ser una personalidad.

—Creo —dijo Caroline— que tiene uno de esos aparatos aspiradores de polvo...

Leí en sus ojos el propósito que tenía de hacerme más preguntas, y decidí escaparme al jardín. Me gusta cuidar plantas y flores. Estaba muy atareado exterminando hierbas parásitas, cuando oí un grito y vi un cuerpo pesado caer a mis pies, donde se aplastó con un ruido sordo. Era un calabacín de tamaño regular.

Miré hacia arriba con enojo. Por encima de la tapia, a mi izquierda, surgió un rostro humano. Pertenecía a una cabeza semejante a un huevo, parcialmente cubierta de cabellos de un negro sospechoso y en la cual se destacaban un mostacho enorme y un par de ojillos vigilantes. Se trataba de nuestro misterioso vecino mister Porrott.

Éste se apresuró a excusarse:

—Le pido mil perdones, monsieur. ¡No tengo excusa! Durante varios meses he cultivado calabacines. Esta mañana, de pronto, me he encolerizado con ellos y los he mandado a paseo, no sólo mental, sino también físicamente. *Et voilà!* Cojo el mayor y lo echo por encima de la tapia. ¡Monsieur, estoy avergonzado y me pongo a sus pies!

Ante tan profusas disculpas, mi cólera se disipó, como era natural. Después de todo, el dichoso calabacín no me había tocado. Pero esperaba que nuestro nuevo amigo no tuviese por costumbre arrojar cucurbitáceas de este tamaño por encima de las paredes. Semejante hábito le haría indeseable como vecino.

El extraño hombrecillo pareció leer en mi pensamiento.

—¡Ah, no! —exclamó—. No se inquiete usted. No es mi costumbre dejarme llevar por estos excesos. ¿Pero cree usted posible, monsieur, que un hombre trabaje y sude para lograr cierta clase de bienestar y una vida conforme a sus ambiciones para descubrir que, después de todo, echa de menos los días de trabajo ingrato y la antigua tarea que se creyó tan feliz al dejar?

—Sí —dije lentamente—. Creo que eso ocurre a menudo. Yo soy tal vez un ejemplo de ello. Hace un año que cobré una herencia, suficiente para permitirme la realización de mi sueño. Siempre deseé viajar, ver mundo. Pues bien, de eso hace un año, tal como le digo... y continúo aquí...

Mi vecino inclinó la cabeza en señal de asentimiento.

—Son las cadenas del hábito. Trabajamos por lograr un objeto y, una vez conseguido éste, descubrimos que lo que echamos de menos es la labor diaria. Créame, monsieur, mi trabajo era interesante, el más interesante del mundo.

—¿Sí? —dije para animarlo. Por un momento me sentí movido por la misma curiosidad que Caroline.

—¡El estudio de la naturaleza humana, monsieur!

—¡Ah, ah! —contesté amablemente.

No me cabía duda de que era peluquero. ¿Quién cono- ce mejor que un peluquero los secretos de la naturaleza humana?

—También tenía un amigo que durante muchos años no se alejó de mi lado. A pesar de su cortedad, me era muy querido. Figúrese que echo de menos hasta su estupidez, su ingenuidad, su honradez, el placer que disfrutaba sor- prendiéndole con mis dotes superiores... todo eso me fal- ta más de lo que puedo decirle.

—¿Murió? —pregunté con interés.

—No. Vive y prospera, pero al otro lado del mundo. Se encuentra actualmente en Argentina.

—¿En la Argentina? —dije con envidia.

Siempre ha sido mi deseo ir a América del Sur. Levanté la vista y comprobé que mister Porrott me miraba con simpatía. Parecía un hombrecillo comprensivo.

—¿Irá usted allí? —preguntó.

—Podía haber ido —contesté—. Hace un año. Pero fui un loco y, peor que loco, ambicioso. Arriesgué lo tangible por una sombra.

—Comprendo —dijo Porrott—. ¿Especuló usted?

Asentí tristemente, pero a pesar mío me sentía secreta- mente satisfecho. Aquel hombrecillo ridículo se mostraba tan solemne...

—¿No sería con los Petróleos Porcupine? —preguntó de pronto.

Le miré con asombro.

—Pensé en ellos, pero finalmente me decidí por una mina de oro en Australia occidental.

Mi vecino me miraba con una extraña expresión que no lograba definir.

—Es el destino —dijo finalmente.

—¿A qué se refiere? —pregunté algo irritado.

—El destino es lo que hace que yo viva al lado de un hombre que toma en serio los Petróleos Porcupine y las minas de oro australianas. Dígame, ¿es usted aficionado también a las damas de cabello rojizo?

Le miré boquiabierto y se echó a reír.

—No tema usted, no estoy loco. Ha sido una pregunta tonta. Verá usted, el amigo de quien le he hablado era joven, creía que todas las mujeres eran buenas y, la mayoría, hermosas. Pero usted tiene ya cierta edad, es médico y conoce la locura y la vanidad de la mayoría de las cosas de este bajo mundo... Pues bien, somos vecinos, y le ruego se sirva aceptar y ofrecer a su distinguida hermana mi mejor calabacín.

Se inclinó y me alargó un enorme ejemplar de la tribu que acepté con el mismo espíritu con que me lo ofrecía.

—Vamos —dijo el hombrecillo alegremente—. No he perdido la mañana. He trabado conocimiento con un hombre que se parece algo a mi lejano amigo. A propósito, querría hacerle una pregunta: Sin duda conocerá a todos los habitantes de este pueblecito. ¿Quién es el joven de cabellos y ojos negrísimos y de hermoso rostro que anda con la cabeza echada hacia atrás y con una eterna sonrisa en los labios?

La descripción no me dejaba lugar a dudas.

—Debe tratarse del capitán Ralph Paton —dije lentamente.

—No lo he conocido hasta ahora.

—Hace tiempo que no ha estado aquí, pero es hijo, o mejor dicho, hijo adoptivo de mister Ackroyd, de Fernly Park.

Mi vecino hizo un gesto de impaciencia.

—¡Podía haberlo adivinado! Mister Ackroyd habla a menudo de él.

—¿Conoce usted a mister Ackroyd? —dije ligeramente sorprendido.

—Mister Ackroyd me conoció en Londres cuando estuve trabajando allí. Le he pedido que no hable de mi profesión en este pueblo.

—Comprendo —dije divertido por lo que taché de ridícula vanidad por su parte.

—Uno prefiere guardar el incógnito —continuó el hombrecillo con una sonrisa afectada—. No me atrae la notoriedad y no he intentado siquiera corregir la versión local de mi nombre.

—¿De veras? —contesté algo desconcertado.

—El capitán Ralph Paton —dijo Porrott, reflexionando—, ¿es el prometido de la sobrina de mister Ackroyd, la encantadora miss Flora?

—¿Quién se lo ha dicho? —pregunté, muy asombrado.

—Mister Ackroyd, hace una semana. Está encantado. Hace tiempo que lo deseaba, según he podido comprender. Creo que incluso ha usado imprudentemente su influencia sobre el joven. Un muchacho debe casarse según su gusto, no para complacer a un padrastro de quien espera heredar.

Yo me encontraba presa de la mayor confusión. No comprendía que Ackroyd hiciera confidencias a un peluquero y discutiera con él la boda de su sobrina con su hijastro. Ackroyd se muestra lleno de bondad y deferencia con sus inferiores, pero tiene un alto sentido de su dignidad. Empecé a sospechar que Porrott no fuera un vulgar peluquero.

—¿Qué le hizo fijarse en Ralph Paton? ¿Su físico?

—No, aunque es muy guapo para tratarse de un inglés... lo que las escritoras llamarían un dios griego. Hay algo en ese joven que no comprendo.

Pronunció esta última frase con un tono que me causó una impresión indefinida. Era como si analizara al joven con ayuda de un conocimiento secreto que yo ignoraba. Me dejó esta impresión, pues en aquel instante mi hermana me llamó desde la casa.

Entré, encontrando a Caroline con el sombrero puesto. Acababa de regresar del pueblo.

—He visto a mister Ackroyd —me dijo sin preámbulo alguno.

—¿Sí?

—Le he detenido, como es natural, pero tenía mucha prisa y parecía deseoso de escapar.

No dudé un momento de que así fuera. Actuaría con Caroline como obrara horas antes con miss Ganett.

—Le he preguntado inmediatamente por Ralph. Se ha quedado asombrado. No tenía la menor idea de que el muchacho estuviese aquí. Ha llegado a decir que debía estar equivocada. ¡Equivocarme yo!

—¡Eso es ridículo! —dije—. ¡Debería conocerte mejor!

—Me ha dicho luego que Ralph y Flora están comprometidos para casarse.

—Lo sabía —interrumpí con modesto orgullo.

—¿Quién te lo dijo?

—Nuestro nuevo vecino.

Caroline vaciló unos segundos, como la bola de una ruleta que gira y gira antes de caer en un número. Pero vencieron sus ganas de decirlo.

—He dicho a mister Ackroyd que Ralph se aloja en el Three Boars.

—Caroline, ¿no piensas nunca en que puedes hacer mucho daño con esta costumbre de repetirlo todo sin distinción?

—¡Desatinas! —replicó mi hermana—. Es preciso que la gente se entere. Considero mi deber avisarles. Mister Ackroyd se ha mostrado muy agradecido.

—Sigue, sigue —añadí, ya que no había concluido.

—Creo que ha ido en línea recta al Three Boars, pero en tal caso no habrá encontrado a Ralph.

—¿No?

—No, porque cuando yo regresaba por el bosque...

—¿Por el bosque?

Caroline se sonrojó levemente.

—¡El día era tan hermoso! —exclamó—. Pensé en dar un paseíto. Los bosques están preciosos, con esos tintes otoñales...

A Caroline le importan un comino los bosques, sea la estación que sea. Naturalmente, los considera como lugares donde uno se moja los pies y donde toda especie de cosas desagradables pueden sucederle. Era, a no dudarlo, el instinto de la mangosta lo que la llevó a nuestro bosque local, que es el único lugar cercano al pueblo de King's Abbot donde se puede hablar con una muchacha sin que se enteren los habitantes. Ese bosque es contiguo a Fernly Park.

—Continúa —le dije.

—Volvía, como te digo, por el bosque, cuando oí voces. La una pertenecía a Ralph Paton y la otra a una muchacha. Naturalmente, no quería escuchar, pero...

—¡Claro que no! —interrumpí sarcásticamente, aunque en vano.

—... pero no podía por menos de oírles. La chica decía algo... no he comprendido claramente de qué se trataba, y Ralph le contestaba, muy enfadado: «¡Hija mía! ¿No comprendes que es muy probable que el viejo me deje sin un chelín? Se ha ido cansando de mí durante estos últimos años. Otro disgusto y la cosa estará fatal. ¡Necesitamos el dinero, mujer! Seré un hombre rico cuando el viejo muera. Es avaro, pero tiene la bolsa bien repleta. No tengo ganas de que cambie sus testamento.»

»Ésas fueron sus palabras textuales. Las recuerdo muy bien. Desgraciadamente en aquel momento mi pie tropezó con una ramita seca y se alejaron callados. No podía correr detrás de ellos y no he visto quien era la chica.

—¡Esto es terrible! —dije yo—. Supongo, sin embargo, que al sentirte indispuesta, te apresuraste a ir a los Three Boars y pedir una copa de coñac en el bar, con el fin de ver si todas las camareras estaban en sus respectivos puestos.

—No es ninguna camarera —dijo Caroline sin vacilación—. Estoy casi segura de que se trataba de Flora Ackroyd, pero...

—¡Pero no parece lógico! —la interrumpí.

—Si no era Flora, ¿quién entonces...?

Rápidamente, mi hermana enumeró una lista de muchachas solteras que vivían en los alrededores, sopesando el pro y el contra.

Cuando se detuvo para tomar aliento, murmuré algo respecto a un paciente y me esquivé.

Pensé ir al Three Boars, porque me parecía probable que a esa hora Ralph Paton estuviese allí. Conocía bien a Ralph, mejor tal vez que los demás habitantes de King's Abbot, pues había conocido antes a su madre y comprendía ciertas cosas que desconcertaban a los demás. Era hasta cierto punto víctima de una ley hereditaria. No heredó de su madre una fatal propensión a la bebida, pero poseía un carácter sumamente débil. Tal como mi nuevo amigo de la mañana había declarado, era extraordinariamente guapo, alto, bien proporcionado, dotado de la elegancia de movimientos del perfecto atleta, moreno como su madre, con un rostro de líneas correctas, tostado por el sol y casi siempre animado por una fácil sonrisa. Ralph Paton era de esos seres que nacen para ganarse la voluntad de los demás sin esfuerzo. Se daba buena vida, era extravagante, no veneraba nada en este mundo. Sin embargo, era apreciado y sus amigos hubieran hecho cualquier cosa por él.

¿Podía yo acaso hacer algo por el muchacho? Me parecía que sí.

En el Three Boars me enteré de que el capitán Paton acababa de regresar. Subí a su cuarto y entré sin hacerme anunciar.

Durante un momento, recordando lo que había oído y visto, dudé de la recepción que me haría, pero en vano.

—¡Hola! ¡Es usted, Sheppard! ¡Me alegro de verle!

Se acercó a mí con la mano tendida y el rostro radiante y sonriente.

—Es usted la única persona que veo con alegría en este pueblo infernal.

—¿Qué le ha hecho el pobre pueblo?

Ralph se echó a reír de labios afuera.

—Es una larga historia. He tenido mala suerte últimamente, doctor. ¿Quiere beber algo?

—Gracias —contesté—. Acepto gustoso.

Apretó el timbre y, entonces, volviendo, se sentó en una silla.

—Para ser franco —dijo sombríamente—, estoy metido en un lío. Es más, no tengo la menor idea de lo que voy a hacer en lo sucesivo.

—¿Qué ocurre? —inquirí con simpatía.

—Se trata de mi dichoso padrastro.

—¿Qué ha hecho?

—No es lo que haya hecho, sino lo que de fijo está a punto de hacer.

Un camarero se presentó, contestando a la llamada, y Ralph pidió las bebidas. Cuando el hombre salió, se sentó nuevamente frunciendo las cejas.

—¿Se trata de algo verdaderamente serio? —pregunté.

Asintió con la cabeza.

—¡Esta vez la negra me persigue! —dijo lentamente.

La gravedad inusitada de su voz me dio a comprender que decía la verdad. Ralph Paton no se ponía grave por una nimiedad.

—No veo cómo puedo salir del paso —continuó—. No lo veo...

—¡Si pudiera ayudarle...! —sugerí algo cohibido.

Meneó la cabeza con decisión.

—Gracias, doctor, pero no puedo dejar que se meta en esto. Es preciso que luche solo.

Guardó silencio un minuto y repitió con voz ligeramente alterada:

—¡Sí... es preciso que luche solo!

CAPÍTULO IV

CENA EN FERNLY PARK

Pocos minutos antes de las siete y media, llamaba a la puerta de Fernly Park. Parker, el mayordomo, la abrió con admirable prontitud.

La noche era tan bella que había ido a pie. Penetré en el gran vestíbulo cuadrado y Parker se hizo cargo de mi abrigo. En aquel instante, un amable joven llamado Raymond, secretario de Ackroyd, atravesó el vestíbulo, encaminándose al despacho con las manos llenas de papeles.

—¡Buenas noches, doctor! ¿Viene a cenar o se trata de una visita profesional?

Decía esto mirando mi maletín negro, que había dejado en el arca de roble.

Le expliqué que esperaba ser llamado de un momento a otro para un parto y que, en consecuencia, estaba preparado. Raymond inclinó la cabeza y se alejó, añadiendo por encima del hombro:

—Vaya al salón. Ya conoce usted el camino. Las señoras bajarán dentro de un minuto. He de llevar estos papeles a mister Ackroyd y le diré que está usted aquí.

Al llegar Raymond, Parker se había retirado, de modo que me encontraba solo en el vestíbulo. Me arreglé la corbata, contemplándome en un gran espejo que colgaba de la pared, y me encaminé a la puerta del salón que tenía frente a mí.

Al dar la vuelta al picaporte oí un ruido en el interior de

la estancia... ruido que me pareció ser el de una ventana que se cerraba. Lo noté maquinalmente, sin concederle importancia de momento.

Abrí la puerta y entré. Al hacerlo tropecé con miss Russell que iba a salir. Ambos nos excusamos.

Por primera vez miré detenidamente al ama de llaves, haciéndome cargo de lo hermosa que debió de ser un día y de que lo era todavía. Su cabello oscuro no tenía canas, y cuando el color le subía al rostro, como en el momento presente, su aspecto ganaba muchísimo.

De un modo inconsciente me pregunté si había salido, pues respiraba afanosamente, como si hubiera corrido.

—Me parece que llego temprano —dije.

—No creo, doctor. Ya son más de las siete y media. —Se detuvo un segundo antes de añadir—: Ignoraba que viniera a cenar esta noche. Mister Ackroyd no me ha avisado de su presencia.

Tuve la vaga impresión de que mi presencia le desagradaba, sin saber por qué.

—¿Cómo va la rodilla? —inquirí.

—¡Sigue igual! ¡Gracias, doctor! He de irme ahora. Mistress Ackroyd bajará al instante. Sólo he entrado para ver si a las flores les falta agua.

Salió rápidamente y yo me acerqué a la ventana, extrañado por su evidente deseo de justificar su presencia en el salón. Al hacerlo, me di cuenta de algo que, de haberlo reflexionado antes, se me hubiera ocurrido fácilmente, es decir, que las ventanas eran balcones que daban acceso a la terraza. El sonido que había oído antes no podía ser el de una ventana que se cierra.

Para distraer mi pensamiento de tan desagradables preocupaciones, más que por cualquier otro motivo, empecé a tratar de adivinar la causa del ruido en cuestión.

¿Carbón echado al fuego? ¡No podía ser! ¿El cierre de un cajón? ¡Tampoco! De pronto mis ojos tropezaron con lo que se llama, según creo, una vitrina para la plata, cuya tapa de cristal se levanta y a través de ella puede verse el contenido. Me acerqué, estudiando lo que había dentro.

Contemplé dos o tres objetos de plata antigua, un zapatito de niño que perteneció al rey Carlos I, algunas figuras y objetos de arte. Deseoso de examinar algunas figuras de jade más de cerca, levanté la tapa. Ésta me resbaló de los dedos y cayó.

Reconocí inmediatamente el sonido que había oído. Era el de aquella misma tapa de vitrina, cerrada suavemente. Hice el gesto una o dos veces para mi propia satisfacción y levanté por último la tapa con el fin de examinar su contenido más detenidamente.

Estaba todavía inclinado sobre la vitrina cuando Flora Ackroyd entró en la estancia.

Serán muchas las personas que no quieren a Flora Ackroyd, pero nadie deja de admirarla. Con sus amigos, sabe mostrarse encantadora. Lo primero que llama la atención en toda su persona es su extraordinaria belleza. Tiene el cabello dorado claro de los escandinavos. Sus ojos son azules como las aguas de un fiordo noruego y su cutis es de crema y rosas. Tiene hombros cuadrados de adolescente y caderas estrechas. Para un médico cansado de la vida, es un verdadero tónico tropezar con una salud tan perfecta como la de Flora. Es, en una palabra, una muchacha inglesa, sencilla y franca. Tal vez estoy chapado a la antigua, pero creo que hay que ir muy lejos para encontrar algo que supere a una niña como ella.

Flora se me acercó y expresó dudas herejes respecto a la posibilidad de que el rey Carlos II hubiese llevado el zapatito de la vitrina.

—De todos modos —continuó Flora—, eso de dar tanta importancia a algo porque alguien lo ha llevado me parece una tontería. La pluma que George Elliot usó para escribir *The Mill on the Floss* no es más que una vulgar pluma. Si a uno le interesa George Elliot, ¿por qué no comprar *The Mill on the Floss* en una edición barata y leerlo?

—Supongo que usted no lee nunca obras antiguas, ¿verdad, miss Flora?

—Se equivoca usted, doctor Sheppard. *The Mill on the Floss* me gusta muchísimo.

—Me alegro oírselo decir. Lo que las jóvenes de hoy leen y declaran ser de su gusto llega a asustarme.

—¡No me ha felicitado usted todavía, doctor Sheppard! —dijo Flora—. ¿No está enterado? —Me alargó la mano izquierda, en uno de cuyos dedos ostentaba una hermosa perla.

—Voy a casarme con Ralph —añadió—. Mi tío está muy satisfecho. Así no salgo de la familia. ¿Lo comprende?

Tomé sus manos entre las mías.

—Hija mía —dije—, espero que sea muy dichosa.

—Hace aproximadamente un mes que estamos prometidos —continuó Flora con su fresca voz—. Pero no se anunció el noviazgo hasta ayer. Mi tío mandará arreglar Cross-stones y nos la dará para vivir allí. Jugaremos a ser granjeros. Lo que haremos en realidad será cazar todo el invierno, ir a Londres para la temporada de ópera y después viajar en el yate. Adoro el mar. Además, cuidaré de los asuntos de la parroquia y asistiré a todas las reuniones de las madres de familia.

En este instante, mistress Ackroyd entró, excusándose por haberse retrasado.

Siento decir que detesto a mistress Ackroyd. Es una mujer muy desagradable, todo dientes y huesos. Tiene ojillos de un azul pálido y, a pesar de lo cariñoso de sus palabras, siempre permanecen fríos y calculadores.

Me acerqué a ella, dejando a Flora cerca de la ventana. Me dio un apretón de manos y empezó a hablar con volubilidad.

¿Estaba enterada del noviazgo de Flora? ¡Sería un matrimonio perfecto! Los muchachos se habían enamorado a primera vista. Harían una pareja espléndida... él tan moreno y ella tan rubia.

—No sé cómo decirle, querido doctor Sheppard, la alegría que siente un corazón de madre.

Mistress Ackroyd suspiró, tributo debido a su corazón de madre, mientras sus ojos continuaban examinándome con astucia.

—Yo me preguntaba... ¡Hace tantos años que usted es amigo de Roger! Sabemos cuánto aprecia sus opiniones. La cosa es difícil para mí... en mi posición de viuda del pobre Cecil. Verá usted, estoy convencida de que Roger piensa dotar a mi querida Flora, pero sabemos todos que es algo *peculiar* cuando se trata de dinero. Eso debe ser corriente entre los magnates de la industria. Me preguntaba, pues, si no podría tantear el terreno. ¡Flora le aprecia tanto a usted! ¡Le consideramos como un antiguo amigo, aunque sólo hace dos años que le conocemos!

La elocuencia de mistress Ackroyd quedó cortada al abrirse la puerta del salón una vez más. Acogí con placer la interrupción. Me es odioso intervenir en los asuntos de otras personas y no tenía la menor intención de hacer preguntas a Ackroyd respecto a la dote de Flora. Un minuto más y me hubiera visto en la obligación de decírselo así a mistress Ackroyd.

—¿Conoce usted al mayor Blunt, doctor?

—Sí, lo conozco —contesté.

Muchos son los que conocen a Héctor Blunt, cuando menos por referencias. Ha matado más fieras en países salvajes que cualquier otro hombre viviente. Cuando se habla de él, dicen: «¡Ah! Blunt. ¿Se refiere al gran cazador, no?»

Su amistad con Ackroyd no deja de extrañarme, pues ambos hombres no tienen nada en común. Blunt tiene unos cinco años menos que Ackroyd. Se hicieron amigos durante su juventud y, aunque sus vidas tomaron rumbos distintos, la amistad perdura. Cada dos años, poco más o menos, Blunt pasa una quincena en Fernly Park, y una inmensa cabeza de animal, adornada de un número asombroso de astas y colgada en el vestíbulo, patentiza la duradera amistad.

Blunt había entrado en el cuarto con su paso peculiar, decidido, aunque ligero. Era de estatura mediana y de complexión fuerte y recia. Su rostro tenía el color de la caoba y carecía de expresión. Sus ojos eran grises y daban la impresión de estar vigilando algo que ocurría a mucha distancia. Hablaba poco y de un modo entrecortado, como si las palabras saliesen de su boca contra su voluntad.

Me dijo de un modo brusco: «¿Cómo está usted, Sheppard?» Y se colocó frente a la chimenea, mirando por encima de nuestras cabezas, como si viera algo muy interesante, allá en Tumbuctu.

—Mayor Blunt —dijo Flora—, hábleme de estos objetos africanos. Estoy segura que los conoce todos.

Había oído decir que Héctor Blunt era enemigo de las mujeres, pero noté la prontitud con que se reunió con Flora ante la vitrina. Ambos se inclinaron sobre ésta.

Temía que mistress Ackroyd volviese a hablar de dotes y me apresuré a hacer algunas observaciones respecto a la nueva especie de hortensia. Sabía que existía una nueva especie porque lo había leído en *The Daily Mail* aquella mañana. Mistress Ackroyd no sabía nada de horticultura, pero era de esas mujeres que quieren parecer bien informadas de los tópicos del día, y ella también leía *The Daily Mail*. Pudimos conversar de modo ameno hasta que Ackroyd y su secretario se reunieron con nosotros. Parker anunció inmediatamente que la comida estaba servida.

Me senté entre mistress Ackroyd y Flora. Blunt se encontraba al otro lado de mistress Ackroyd y Geoffrey Raymond al lado del cazador.

La cena no fue alegre. Ackroyd estaba visiblemente preocupado y no dijo nada. Mistress Ackroyd, Raymond y yo nos encargamos de mantener animada la conversación.

Después de la comida, Ackroyd deslizó su brazo en el hueco del mío y me llevó a su despacho.

—Cuando nos hayan servido el café, no volverán a interrumpirnos —explicó—. He dicho a Raymond que cuide de que no nos molesten.

Le miré con atención, aunque disimulándolo. Se advertía que estaba bajo la influencia de alguna fuerte excitación. Durante un minuto o dos recorrió la habitación de arriba abajo y, al entrar Parker con la bandeja de café, se dejó caer en un sillón delante del fuego.

El despacho era una estancia confortable. Unas estanterías llenas de libros ocupaban una de las paredes. Los sillones eran grandes y tapizados de cuero azul oscuro. Una mesa de escritorio de grandes dimensiones se encontraba al lado de la ventana y estaba cubierta de papeles cuidadosamente doblados y archivados. En una mesa redonda había algunas revistas y hojas deportivas.

—El dolor se ha reproducido después de las comidas estos últimos tiempos —observó Ackroyd, casualmente, al servir el café—. Debe usted darme más tabletas de éstas.

Me dio la impresión de que deseaba significar que nuestra conferencia era médica, y contesté en el mismo sentido:

—Lo presumí y he traído unas cuantas.

—Es usted muy amable. Démelas ahora, por favor.

—Están en mi maletín, en el vestíbulo. Voy a buscarlas. Ackroyd me detuvo.

—No se moleste, Parker se lo traerá. ¡Traiga el maletín del doctor, Parker!

—Muy bien, señor.

Parker se retiró. Yo iba a hablar, pero Ackroyd levantó la mano.

—Todavía no. Espere —me pidió—. ¿No ve que estoy tan nervioso que apenas puedo contenerme? —Y tras una breve pausa prosiguió—: Cerciórese de que esa ventana esté cerrada, ¿quiere?

Algo sorprendido, me levanté y me acerqué a la ventana. No era la típica ventana francesa, de dos hojas, sino del tipo guillotina. Las pesadas cortinas azules la tapaban, pero estaba abierta por la parte superior.

Parker volvió con mi maletín mientras estaba delante de la ventana.

—Ya está cerrada —dije, volviendo al centro de la estancia.

—¿Cerrada herméticamente?

—Sí, sí. ¿Qué le pasa, Ackroyd?

La puerta acababa de cerrarse detrás de Parker, o de lo contrario yo no habría hecho la pregunta.

Ackroyd esperó un minuto antes de contestar.

—Estoy sufriendo como un condenado —dijo lentamente—. No busque esas dichosas tabletas. Sólo he hablado de ellas a causa de Parker. Los criados son siempre curiosos. Venga acá y siéntese. La puerta está cerrada, ¿verdad?

—Sí. Nadie nos oirá. No se preocupe.

—Sheppard, nadie sabe lo que he soportado durante las últimas veinticuatro horas. Todo se ha derrumbado en torno mío, y ese asunto de Ralph ha sido la gota que ha hecho desbordar el vaso. Pero no hablemos de eso ahora. Es lo otro... lo otro. No sé qué hacer y he de decidirme pronto.

—¿Qué ocurre?

Ackroyd permaneció silencioso unos momentos. Parecía no saber cómo empezar. Cuando habló, su pregunta me cogió por sorpresa, pues era lo último que esperaba oír de su boca.

—Sheppard, usted cuidó a Ashley Ferrars durante su última enfermedad, ¿verdad?

—Sí.

Pareció encontrar mayor dificultad aún en formular su nueva pregunta.

—¿No se le ocurrió nunca que... que lo hubiesen envenenado?

Guardé silencio un minuto o dos. Decidí entonces explicar lo que sabía. Roger Ackroyd no es como mi hermana Caroline.

—Voy a decirle la verdad —confesé—. No tuve entonces la menor sospecha, pero desde entonces... en fin, lo que me dijo mi hermana me puso ciertas ideas en la cabeza. Desde entonces no he podido desecharlas. Pero tenga en cuenta que no poseo pruebas.

—Fue envenenado —dijo Ackroyd con voz baja y apagada.

—¿Por quién? —pregunté inmediatamente.

—Por su esposa.

—¿Cómo lo sabe?

—Me lo dijo ella.

—¿Cuándo?

—¡Ayer! ¡Dios mío! ¡Ayer! ¡Me parece que hace diez años!

Esperé un momento y Ackroyd continuó:

—Verá usted, Sheppard, le digo esto confidencialmente. Nadie ha de saberlo. Deseo su consejo... No puedo llevar este peso solo. Tal como acabo de decirle, no sé qué hacer...

—Puede usted contármelo todo. No estoy enterado de nada. ¿Cómo es que mistress Ferrars le hizo esa confesión?

—Pues verá. Hace unos meses, pedí a mistress Ferrars que se casara conmigo. Rehusó, insistí, y consintió finalmente, pero no permitió que se hiciera público el compromiso hasta haber transcurrido un año de la muerte de su esposo. Ayer fui a verla, le recordé que hacía un año y tres meses que su esposo había muerto y que nada se oponía a que hiciéramos público los esponsales. Hacía días que me había fijado en su extraña actitud. Y de pronto, sin el menor aviso, me lo confesó todo, presa del mayor abatimiento. Habló de su odio por su brutal esposo, de su amor naciente por mí y... de la horrible solución que encontró. ¡El veneno! ¡Dios mío! ¡Fue un asesinato a sangre fría!

Vi la repulsión, el horror, pintados en el rostro de Ackroyd y del mismo modo debió verlo mistress Ferrars. Ackroyd no es el tipo de enamorado exaltado que lo perdona todo a impulsos de su pasión. Es fundamentalmente un buen ciudadano. En aquel momento de revelación, debió mostrarse el profundo abismo que se abría entre los dos.

—¡Me lo confesó todo! —repitió en voz baja—. ¡Todo!

Hay alguien que lo sabe también, desde el principio... alguien que le había hecho víctima de un chantaje, exigiendo de ella importantes cantidades, eso fue lo que la enloqueció.

—¿Quién es ese hombre?

De pronto surgió ante mis ojos el cuadro de Ralph Paton y de mistress Ferrars en íntimo conciliábulo y por un momento sentí un ramalazo de ansiedad. ¡Suponiendo que...! ¡Pero era imposible! Recordé la franqueza del saludo de Ralph aquella misma tarde. ¡Era absurdo!

—No quiso decirme su nombre —dijo Ackroyd lentamente—. No precisó tampoco que se tratara de un hombre, pero desde luego...

—Claro —interrumpí—. Debe de haber sido un hombre. ¿No sospecha usted de nadie?

Por toda respuesta Ackroyd lanzó un gruñido y dejó caer la cabeza entre las manos.

—¡No puede ser! —exclamó—. Estoy como alucinado sólo de suponer una cosa semejante. No quiero hablarle de la loca suposición que ha atravesado mi pensamiento. No añadiré más que esto. Algo que ella me dijo me hizo pensar que la persona en cuestión se encuentra actualmente bajo mi techo, pero es imposible. Debí equivocarme.

—¿Qué le contestó usted? —pregunté.

—¿Qué podía decirle? Comprendió, desde luego, el golpe que había recibido. Surgió entonces la cuestión de saber cuál era mi deber. Ella acababa de transformarme en cómplice suyo después del crimen. Se dio cuenta de todo antes que yo, pues estaba anonadado. Me pidió veinticuatro horas de plazo, me hizo prometer que no haría nada hasta transcurridas estas horas y rehusó terminantemente darme el nombre del chantajista que la había estado explotando. Supongo que temía que fuera en línea recta a encararme con él, descubriendo todo el lío. Me dijo que tendría noticias suyas antes de las veinticuatro horas. ¡Dios mío! Le juro, Sheppard, que nunca pensé en que pudiera suicidarse. ¡Yo la impulsé a matarse!

—¡No, no! —dije—. No exagere usted las cosas. Usted no es responsable de su muerte.

—La cuestión es... ¿qué voy a hacer? La pobre mujer ha muerto. ¿Por qué resucitar cosas pasadas e irremediables?

—Estoy de acuerdo con usted —contesté.

—Pero queda otro asunto. ¿Cómo voy a desenmascarar a este cerdo que la impulsó a matarse de un modo tan inexorable como si la hubiese matado él mismo? Conocía su primer crimen y se cebó en ella como un buitre. Ella ha pagado el precio de su delito. ¿Acaso él quedará impune?

—Comprendo —dije lentamente—. Usted quiere desenmascararlo. Pero no debe olvidar que eso dará publicidad al asunto.

—He pensado en ello durante un largo rato y no he resuelto nada.

—Estoy de acuerdo con usted en que ha de recibir un castigo, pero hay que pensar en las consecuencias que se deriven.

Ackroyd se levantó y empezó a andar por la habitación. Al cabo de unos segundos se dejó caer nuevamente en una silla.

—Mire usted, Sheppard, dejémoslo así. Si no sabemos nada por ella, no daremos ningún paso.

—¿Qué quiere usted decir? —pregunté con curiosidad.

—Tengo la impresión de que ha dejado un mensaje para mí antes de morir.

Meneé la cabeza.

—¿Le ha dejado una carta o un recado cualquiera? —pregunté.

—Estoy seguro de que sí, Sheppard. Y, lo que es más, sospecho que, al escoger la muerte, deseó que todo se supiera, aunque sólo fuera para verse vengada del hombre que la llevó a la desesperación. Creo que, de haberla visto entonces, me hubiese dicho su nombre, encargándome que lo persiguiera.

Me miró fijamente.

—¿No cree usted en los presentimientos?

—Sí, sí, desde luego. Si, como usted dice, se recibiese algo de ella...

Callé. La puerta se abrió muy sigilosamente y Parker entró con una bandeja, en la cual descansaban algunas cartas.

—El correo de la noche, señor —dijo, alargando la bandeja a Ackroyd.

Recogió las tazas del café y se alejó.

Mi intención, alejada un momento de Ackroyd, volvió a concentrase en él. Miraba como hipnotizado un sobre azul largo y estrecho. Había dejado caer las otras cartas al suelo.

—*Su letra* —dijo en un murmullo—. Debió de salir y echarla al correo anoche, antes... antes...

Abrió el sobre y sacó de éste una hoja de papel grueso. Levantó la vista rápidamente.

—¿Está seguro de haber cerrado la ventana?

—Totalmente seguro —dije sorprendido—. ¿Por qué?

—Toda la noche he tenido la extraña sensación de que me vigilaban, de que me espiaban... ¿Qué es eso?

Se volvió bruscamente y le imité. A ambos nos había parecido oír un leve ruido en la puerta, como si alguien levantara el picaporte. Me puse en pie y abrí la puerta. No había nadie.

—Son los nervios —murmuró Ackroyd.

Desdobló la hoja de papel y leyó en voz baja:

«Mi amado, mi bien amado Roger... Una vida exige otra, lo comprendo, lo he leído en tu cara esta tarde y estoy tomando el único camino que me queda. Te dejo el encargo de castigar a la persona que ha hecho un infierno de mi vida durante el último año. No he querido decirte adiós esta tarde, pero pienso escribírtelo ahora. No tengo hijos ni parientes en qué pensar y no temo la publicidad. Si puedes, Roger, querido Roger, perdóname el mal que te quise hacer, puesto que al llegar la hora, no me vi con ánimo para realizar...»

Ackroyd se detuvo de pronto.

—Perdóneme, Sheppard —dijo con voz temblorosa—, pero he de leer esto a solas. Ha sido escrito para mí personalmente.

Dejó la carta y el sobre en la mesa.

—Más tarde, cuando esté solo...

—No —grité impulsivamente—. Léala ahora.

Ackroyd me miró con sorpresa.

—Dispénseme —dije, enrojeciendo—. No quise decir que la leyera en voz alta, pero léala mientras estoy aquí.

Ackroyd negó con la cabeza.

—Prefiero esperar.

Por un motivo que escapaba a mi entendimiento, continué insistiendo.

—Cuando menos, lea el nombre del culpable —dije.

Pero Ackroyd era tozudo. Cuanto más se insistía para que hiciese una cosa, menos dispuesto estaba a dejarse convencer. Todos mis argumentos fueron en vano.

Habían entrado el correo a las nueve menos veinte. A las nueve menos diez le dejé con la carta por leer. Vacilé con la mano en el picaporte, mirando atrás y preguntándome si olvidaba algo. No recordé nada. Meneando la cabeza, salí y cerré la puerta.

Me sobresalté al ver a Parker a mi lado. Parecía cohibido y se me ocurrió que tal vez había estado escuchando detrás de la puerta. Aquel hombre tenía un rostro ancho y grasiento, en el cual brillaban unos ojillos de mirada viva.

—Mister Ackroyd desea que no se le moleste —dije fríamente—. Me ha encargado que se lo dijera.

—Muy bien, señor. Creí haber oído el timbre.

Era una mentira tan burda, que no me tomé el trabajo de contestarle. Precediéndome en el vestíbulo, Parker me ayudó a ponerme el abrigo y salí a la calle. La luna se había escondido y reinaban la mayor oscuridad y el más profundo silencio.

En el reloj del campanario de la iglesia daban las nueve cuando traspuse la reja de la mansión. Me encaminé a la izquierda, hacia el pueblo, y di de lleno con un individuo que se acercaba en la dirección opuesta.

—¿Es éste el camino de Fernly Park, caballero? —preguntó el desconocido con voz ronca.

Lo miré detenidamente. Llevaba un sombrero caído sobre los ojos y el cuello de la americana vuelto hacia arriba. No veía sus facciones, pero me pareció que se trataba de un joven. Su voz era ruda y vulgar.

—Aquí está la entrada —dije.

—Gracias, señor. —Y vacilando innecesariamente añadió—: Soy forastero, ¿sabe usted?

Se alejó y le vi entrar por la reja al volverme para seguirle con la mirada.

Lo más curioso fue que su voz me recordó la de otra persona que yo conocía, pero sin que pudiera precisar de quién era. Diez minutos después llegaba a casa. Caroline estaba muerta de curiosidad por saber el motivo de mi regreso anticipado. Inventé un relato apropiado de los acontecimientos de la velada con el fin de satisfacer su curiosidad, pero tuve la desagradable impresión de que se daba cuenta del engaño.

A las diez me levanté, bostecé y hablé de irme a la cama. Caroline declaró que haría otro tanto.

Eso era el viernes por la noche, y los viernes daba cuerda a los relojes de la casa. Desempeñé esta función como de costumbre mientras Caroline se cercioraba de que las criadas habían cerrado las puertas de la cocina.

Eran las diez y cuarto cuando subimos la escalera. Llegaba arriba cuando el teléfono sonó abajo en el vestíbulo.

—Mistress Bates —dijo Caroline.

—Mucho lo temo —contesté con desaliento. Temí lo peor. Bajé desalentado la escalera y cogí el auricular.

—¿*Qué*? —dije—. Voy en seguida.

Subí corriendo a mi cuarto, recogí mi maletín y puse unos cuantos vendajes suplementarios en el interior.

—Parker ha telefoneado —grité a Caroline—. Desde Fernly Park. Acaban de encontrar asesinado a Roger Ackroyd.

Capítulo V

CRIMEN

Saqué mi coche en breves instantes y me dirigí apresuradamente a Fernly Park. Luego de apearme, llamé con impaciencia. Tardaban en abrirme y volví a llamar.

Oí entonces el ruido de la cadena y Parker, impasible como siempre, surgió en el umbral.

Lo aparté y penetré en el vestíbulo.

—¿Dónde está? —pregunté secamente.

—Dispense usted, señor...

—Su amo, mister Ackroyd. No se quede mirándome de ese modo, hombre. ¿Ha avisado a la policía?

Parker me miraba como si viera un aparecido.

—¿Qué le pasa, Parker? Si, como dice usted, su amo ha sido asesinado...

Parker lanzó una exclamación ahogada.

—¿El amo? ¿Asesinado? ¡Imposible!

—¿No me ha telefoneado usted, hace cinco minutos, para decirme que se había encontrado asesinado a mister Ackroyd?

—¿Yo, señor? ¡De ninguna manera! ¡Ni siquiera lo he soñado!

—¿Quiere usted decir que se trata de una broma de mal gusto? ¿Que no le ha sucedido nada a mister Ackroyd?

—Dispense usted, señor. ¿Ha dado mi nombre la persona que ha telefoneado?

—Voy a repetirle sus palabras textualmente: «¿El doctor Sheppard? Soy Parker, el mayordomo de Fernly Park. ¿Quiere usted venir inmediatamente, señor? Mister Ackroyd ha sido asesinado.»

Parker y yo nos quedamos mirando atónitos.

—¡Es una mala broma, señor! —dijo finalmente el mayordomo, con voz indignada—. ¡Decir semejante cosa!

—¿Dónde está mister Ackroyd? —pregunté de pronto.

—Creo que sigue en el despacho, señor. Las señoras se han ido a dormir y el mayor Blunt y mister Raymond están en la sala del billar.

—Voy a verlo un momento —dije—. Sé que no quería que se le molestara nuevamente, pero esta extraña broma me tiene intranquilo.

—Si, señor. Yo también me siento inquieto. ¿Si no tiene usted inconveniente en que le acompañe hasta la puerta, señor...?

—Claro que no, hombre. Venga conmigo.

Salí por la puerta de la derecha y, con Parker pisándome los talones, crucé el reducido vestíbulo en el cual una corta escalera llevaba al dormitorio de Ackroyd, y llamé a la puerta del despacho.

No obteniendo respuesta, di la vuelta al picaporte, pero la puerta estaba cerrada.

—Permítame, señor —dijo Parker.

Con una agilidad insospechada en un hombre de su corpulencia, se dejó caer de rodillas y acercó el ojo a la cerradura.

—La llave está puesta por dentro, señor —dijo levantándose—. Mister Ackroyd debió encerrarse y posiblemente se habrá dormido.

Me incliné y comprobé la exactitud de la aserción de Parker.

—Está bien. Pero de todos modos, Parker, voy a despertar a su amo. No me iré tranquilo a casa hasta saber de sus labios que está sin novedad.

Al pronunciar estas palabras, moví el picaporte, llamando:

—¡Ackroyd! ¡Ackroyd! ¡Abra un momento nada más!

Tampoco entonces obtuve respuesta.

—No quisiera sembrar la alarma en la casa —le dije a Parker, vacilando.

El mayordomo fue a cerrar la puerta del vestíbulo principal por el cual habíamos venido.

—Así no oirán nada, señor. La salita del billar se encuentra al otro lado de la casa, así como la cocina y los dormitorios de las señoras.

Hice una señal de asentimiento y volví a dar golpes en la puerta, gritando con toda la fuerza por el ojo de la cerradura:

—¡Ackroyd! Soy Sheppard. Déjeme entrar.

Nada... el silencio más absoluto. No se oía la menor señal de vida al otro lado de la puerta cerrada. Cambié una mirada con Parker.

—Mire usted, Parker —dije—. Voy a echar la puerta abajo... o mejor dicho, vamos a echarla. Yo asumo la responsabilidad.

—Como usted quiera, señor —dijo el mayordomo algo indeciso.

—Es preciso. Estoy sumamente inquieto respecto a mister Ackroyd.

Miré en derredor y cogí una pesada silla de roble que se encontraba en el vestíbulo. Parker la cogió también por uno de sus extremos y avanzamos ambos al asalto. Una, dos, y hasta tres veces la echamos con toda nuestra fuerza sobre la cerradura. Al tercer golpe, ésta cedió. Al entrar, un estremecimiento nos sacudió.

Ackroyd estaba sentado tal como lo había dejado en su sillón, colocado delante del fuego. Tenía la cabeza caída a un lado y, debajo del cuello de su chaqueta, se veía un objeto de metal brillante y retorcido.

Avanzamos hasta encontrarnos a un paso de la inmóvil figura. El mayordomo respiró hondamente y exclamó:

—¡Apuñalado por la espalda! ¡Horrible! —Se enjugó la frente, húmeda de sudor, con el pañuelo, y alargó la mano hacia el puño de la daga.

—¡No toque usted eso! —dije rápidamente—. Vaya a telefonear en seguida a la policía. Dígales lo que ha ocurrido y avise luego a mister Raymond y al mayor Blunt.

—Muy bien, señor.

Parker se alejó, siempre enjugándose la frente.

Hice lo poco que era preciso hacer. Tuve la precaución de no cambiar la posición del cuerpo y de no tocar la daga, No se podía adelantar nada con eso. Hacía ya un buen rato que Ackroyd había muerto.

Oí de pronto la voz del joven Raymond, horrorizado e incrédulo.

—¿Qué dice usted? ¡Es imposible! ¿Dónde está el doctor?

Surgió en el umbral de la puerta, donde se detuvo, densamente pálido.

Una mano lo apartó y Héctor Blunt entró en el cuarto, pasando delante de él.

—¡Dios mío! —exclamó Raymond—. ¡Es cierto, pues!

Blunt se acercó al cadáver. Se inclinó sobre éste y me pareció que, al igual que Parker, iba a poner la mano sobre el puño de la daga. Lo retuve.

—No deben tocar nada —expliqué—. La policía ha de verlo tal como está ahora.

Blunt hizo una señal de asentimiento. Su rostro se mostraba impasible, pero me pareció ver señales de emoción bajo la máscara de entereza. Geoffrey Raymond se había reunido con nosotros y contemplaba el cuerpo por encima del hombro de Blunt.

—Esto es terrible —dijo en voz baja.

Era nuevamente dueño de sí. Pero cuando se quitó las gafas y se las limpió, noté que la mano le temblaba.

—Supongo que habrá sido un robo —dijo—. ¿Por dónde ha entrado el criminal? ¿Por la ventana? ¿Ha desaparecido algo? —Se acercó a la mesa.

—¿Cree usted que se trata de un robo? —dije lentamente.

—¿Qué otra cosa puede ser? Supongo que hay que descartar toda idea de suicidio...

—Nadie puede apuñalarse de este modo —afirmé confidencialmente—. Se trata de un crimen. Pero, ¿cuál es el motivo?

—Roger no tenía un solo enemigo en el mundo —dijo Blunt lentamente—. Deben de haber entrado ladrones, Pero, ¿qué buscaban? Nada parece fuera de su sitio.

Lanzó una mirada circular por el cuarto. Raymond continuaba arreglando los papeles de la mesa.

—No me parece que falte nada, y esos cajones no ofrecen huellas de haber sido forzados —observó finalmente el secretario—. Es muy misterioso.

Blunt meneó la cabeza.

—Hay unas cuantas cartas en el suelo —dijo.

Miré hacia abajo. Tres o cuatro cartas yacían donde Ackroyd las había dejado caer horas antes. Sin embargo, el sobre azul que contenía la carta de mistress Ferrars había desaparecido. Iba a abrir la boca para hablar, cuando se oyó un timbre en el vestíbulo. Siguió a esto un murmullo confuso de voces, y Parker llegó acompañado de nuestro inspector local y un policía.

—Buenas noches, caballeros —dijo el inspector—. Siento en el alma lo ocurrido. Mister Ackroyd era una bellísima persona. El mayordomo me dice que se trata de un crimen. ¿No hay posibilidad de accidente o suicidio, doctor?

—De ningún modo —contesté.

—¡Ah! Mal asunto... mal asunto. —Se acercó al cuerpo—. ¿Alguien lo ha tocado? —preguntó inmediatamente.

—Aparte de lo necesario para cerciorarme de que no daba señales de vida, lo cual ha sido fácil, no he tocado el cuerpo para nada.

—¡Ah! Y todo parece indicar que el criminal ha escapado... de momento. Ahora, haga el favor de explicármelo todo. ¿Quién ha encontrado el cuerpo?

Relaté las circunstancias detalladamente.

—¿Una llamada telefónica, dice usted? ¿Del mayordomo?

—Un mensaje que jamás envié —declaró Parker con la mayor seriedad—. No me he acercado al teléfono en toda la noche. Los demás pueden corroborar que digo la verdad.

—Eso es muy extraño. ¿Le pareció que era la voz de Parker, doctor?

—No sé... de todos modos no me fijé. Creí, desde luego, que se trataba de él.

—Es natural. Pues bien, usted ha llegado aquí, ha echado la puerta abajo y ha encontrado al pobre mister Ackroyd tal como está ahora. ¿Cuánto tiempo le parece que hacía que llevaba muerto, doctor?

—Media hora... tal vez algo más —declaré.

—¿La puerta estaba cerrada por dentro? ¿Y la ventana?

—Yo mismo la había cerrado herméticamente momentos antes para complacer a mister Ackroyd.

El inspector cruzó rápidamente la habitación, se acercó a la ventana y descorrió las cortinas que la ocultaban.

—Bien —advirtió—, de cualquier forma, la ventana ahora está abierta.

En efecto, la parte inferior de la ventana estaba abierta completamente. El inspector sacó del bolsillo una linterna e inspeccionó el alféizar por la parte de fuera.

—Por aquí ha salido —observó a continuación—. Y también ha entrado. Vean.

La intensa luz de la linterna revelaba claramente unas huellas que parecían hechas por unos zapatos con tacones de goma. Una de las huellas, particularmente clara, se dirigía a la casa y otra se alejaba de ella.

—¡Claro como el agua! —dijo el inspector—. ¿Falta algo de valor?

Geoffrey Raymond meneó la cabeza.

—No nos hemos dado cuenta de nada. Mister Ackroyd no guardaba nunca nada de valor en este cuarto.

—¡Ejem! —hizo el inspector—. Un hombre encuentra una ventana abierta, penetra en la casa, ve a mister Ackroyd sentado ahí, tal vez durmiendo, lo apuñala por la espalda, pierde la sangre fría y escapa, pero ha dejado huellas muy claras. No será difícil encontrarlo. ¿No se han visto forasteros sospechosos por los alrededores?

—¡Oh! —exclamé de pronto.

—¿Qué hay, doctor?

—He visto un hombre esta noche cuando salía de la casa. Me ha preguntado por donde se iba a Fernly Park.

—¿A qué hora sería?

—A las nueve. El campanario sonaba cuando traspasaba la verja.

—¿Puede usted describírmelo?

Lo hice lo mejor que pude.

El inspector se volvió al mayordomo.

—¿Nadie que responda a esas señas ha llamado a la puerta?

—No, señor. Nadie ha llamado en toda la noche.

—¿Y por la puerta trasera?

—No lo creo posible, señor, pero voy a enterarme.

Se encaminó a la puerta, pero el inspector levantó la mano.

—No, gracias. Yo mismo preguntaré a la gente. Pero antes deseo fijar el tiempo más exactamente. ¿Cuándo fue visto mister Ackroyd con vida por última vez?

—Creo que habré sido yo —dije—. Cuando salí a... déjeme pensar... a las nueve menos diez aproximadamente. Me había dicho que deseaba no ser molestado, y he transmitido la orden a Parker.

—Eso mismo, señor —dijo el mayordomo respetuosamente.

—Mister Ackroyd estaba vivo a las nueve y media —intercaló Raymond—. Le oí hablar aquí dentro a esa hora.

—¿Con quién hablaba?

—Eso lo ignoro. Desde luego, creía entonces que el doctor Sheppard estaba con él. Quería preguntarle algo respecto a unos papeles que ocupaban mi atención, pero recordando su deseo de hablar con el doctor sin ser molestado, lo dejé para otra ocasión. ¿Ahora resulta que el doctor ya se había ido?

Incliné la cabeza.

—Estaba en casa a las nueve y cuarto —concreté—. No he vuelto a salir hasta recibir la llamada telefónica.

—¿Quién estaría con él a las nueve y media? —inquirió el inspector—. ¿No era usted, señor...? Ejem...

—Mayor Blunt —dije yo.

—¿Mayor Héctor Blunt? —preguntó el inspector con tono más respetuoso.

Blunt se limitó a hacer un brusco movimiento afirmativo con la cabeza.

—Me parece haberle visto aquí en otras ocasiones, caballero —dijo el inspector—. No lo he reconocido de momento, pero usted estuvo en Fernly Park en mayo del año pasado.

—En junio —corrigió Blunt.

—Eso es. En junio. Tal como acabo de decir, ¿usted no estaba con mister Ackroyd a las nueve y media?

Blunt negó con la cabeza.

—No lo he vuelto a ver después de cenar —dijo finalmente.

El inspector se volvió de nuevo a Raymond.

—¿No ha oído usted nada de lo que se decía, caballero?

—Sólo una frase —dijo el secretario—. Y suponiendo, como suponía, que era el doctor Sheppard quien se encontraba con mister Ackroyd, esa frase me pareció extraña. Si no recuerdo mal, las palabras textuales de mister Ackroyd fueron éstas: «Las demandas de dinero han sido tan frecuentes últimamente que temo que sea imposible acceder a su petición...» Me he alejado en seguida, desde luego, de modo que no he oído nada más. Pero me he asombrado, porque el doctor Sheppard...

—¡No pide dinero para él ni para los demás! —le interrumpí airado.

—Una petición de dinero —dijo el inspector pensativamente—. Esto puede resultar una pista muy interesante... Parker —le preguntó al mayordomo de pronto—, ¿dice usted que nadie ha entrado por la puerta principal esta noche?

—Así es, señor.

—Entonces, parece desprenderse que mister Ackroyd debió introducir él mismo a ese forastero. Pero no acabo de entender...

El inspector se encerró en el mayor mutismo durante unos instantes.

—Una cosa es clara —dijo finalmente, saliendo de su ensimismamiento—. Mister Ackroyd gozaba de buena salud a las nueve y media. Ésta es la última hora en que sabemos que vivía.

Parker tosió levemente, lo cual tuvo por efecto atraer de nuevo la mirada del inspector sobre su persona.

—Dispense usted, señor. Miss Flora lo ha visto después de esa hora.

—¿Miss Flora, dice?

—Sí, señor... a eso de las diez menos cuarto. Después de verlo es cuando se me ha dicho nuevamente que mister Ackroyd no quería ser molestado esta noche.

—¿Mister Ackroyd le había enviado a darle este recado?

—Exactamente, no, señor. Yo iba a entrar una bandeja con whisky y soda cuando miss Flora, que salía de este cuarto, me ha detenido para decirme que su tío no quería que se le molestara.

El inspector miró al mayordomo con la mayor atención.

—A usted ya le habían avisado que mister Ackroyd quería estar solo, ¿verdad?

Parker empezó a tartamudear y las manos le temblaron.

—Sí, señor... Es verdad, señor.

—Sin embargo, se proponía entrar.

—No me acordaba, señor. Yo entro siempre el whisky con soda a esa hora y pregunto si mister Ackroyd no desea nada más y he creído... en fin, hacía como siempre...

Entonces fue cuando empecé a darme cuenta de que Parker era presa de la mayor agitación. Temblaba como un azogado.

—¡Ejem...! Es preciso que vea a miss Ackroyd inmediatamente —ordenó el inspector—. De momento dejaremos este cuarto como está y volveré a entrar tan pronto haya oído lo que ella tenga que decirme. La única precaución que voy a tomar es cerrar la ventana.

Hecho esto, salió al vestíbulo y le seguimos. Se detuvo un momento para mirar hacia la pequeña escalera y habló por encima del hombro al policía.

—Jones, usted se queda aquí. No deje entrar a nadie en este cuarto.

—Dispense, señor —intervino Parker cortésmente—, pero si cierra la puerta que da al vestíbulo central, nadie podrá penetrar en esta parte de la casa. Esta escalera lleva tan sólo al dormitorio y al cuarto de baño de mister Ackroyd. No hay comunicación alguna con el resto de la casa. Hace años había una puerta, pero mister Ackroyd la hizo tapiar. Le gustaba saber que sus habitaciones eran completamente privadas.

El inspector estudió la disposición del terreno con una sola mirada. Salimos al vestíbulo y cerró la puerta tras él, deslizando la llave en su bolsillo. Dio unas instrucciones al policía en voz baja, y éste se alejó.

—Hemos de ocuparnos de esas huellas que hemos descubierto —explicó el inspector—. Pero, ante todo, deseo hablar con miss Ackroyd. Es la última persona que ha visto a su tío con vida. ¿Está enterada de lo sucedido?

Raymond meneó la cabeza.

—¡Pues bien, es inútil decírselo inmediatamente! Contestará mejor a mis preguntas si ignora la suerte de su tío. Dígale que han robado y pregúntele si tendría la bondad de vestirse y bajar para contestar a unas cuantas preguntas.

Raymond subió deprisa la escalera para cumplir el encargo.

—Miss Ackroyd bajará dentro de un minuto —dijo al volver—. Le he dicho lo que usted me ha sugerido.

Antes de que transcurriesen cinco minutos, Flora bajó la escalera. Se había envuelto en un quimono de seda color de rosa y parecía ansiosa.

El inspector se adelantó.

—Buenas noches, miss Ackroyd —dijo cortésmente—. Se ha intentado hacerles víctimas de un robo y deseamos que nos ayude. ¿Qué es este cuarto? ¿El del billar? Entre usted y siéntese.

Flora se sentó en el ancho diván que corría a lo largo de la pared y levantó los ojos hacia el inspector.

—No acierto a comprender. ¿Qué es lo que han robado? ¿Qué desea usted que le diga?

—Verá usted, miss Ackroyd, Parker dice que usted ha salido del despacho de su tío a las diez menos cuarto, aproximadamente. ¿Es esto cierto?

—Absolutamente cierto. Fui a darle las buenas noches.

—¿La hora es exacta?

—No puedo decírselo exactamente. Tal vez un poco más tarde.

—¿Su tío estaba solo o alguien le acompañaba?

—Estaba solo. El doctor Sheppard se había ido.

—¿Se ha fijado usted en la ventana? ¿Estaba abierta o cerrada?

—No puedo asegurarlo. Las cortinas estaban corridas.

—Exactamente. ¿Su tío parecía tranquilo y normal?

—Me parece que sí.

—¿Tendría usted la bondad de decirnos exactamente lo que ocurrió entre usted y él?

Flora calló un momento, como si recapacitara.

—Entré diciendo: «Buenas noches, tío. Me voy a la cama. Estoy cansada esta noche.» El profirió una especie de gruñido y me acerqué para besarlo. Dijo después algo respecto a mi vestido, que le parecía bonito, y añadió que me fuera en seguida, porque tenía trabajo. Entonces, yo me retiré.

—¿No le dijo nada de particular para que no le molestaran?

—Sí, olvidaba decirlo. Me rogó: «Dile a Parker que no quiero nada más esta noche y que no venga a molestarme.» Y al encontrar a Parker delante de la puerta le transmití el recado de mi tío.

—¡Bien! —dijo el inspector.

—¿No quiere usted decirme qué es lo que han robado?

—No estamos seguros —contestó el inspector, vacilando.

Una mirada de alarma transformó el rostro de la muchacha, que se puso en pie de un salto.

—¿Qué pasa? ¡Usted está escondiéndome algo!

Acercándose con su serenidad acostumbrada, Héctor Blunt se interpuso entre ella y el inspector. Flora alargó ligeramente una mano que Blunt cogió entre las suyas, acariciándola como si fuera la de un niño, y la joven se volvió hacia él como si algo en su actitud y su severidad le prometiese consuelo y amparo.

—Es una mala noticia, Flora —dijo lentamente—. Una mala noticia para todos nosotros. Su tío Roger...

—¿Sí?

—Será un golpe para usted. El pobre Roger ha muerto.

Flora se alejó de él, dilatados los ojos por el horror.

—¿Cuándo? —murmuró—. ¿Cuándo?

—Muy poco tiempo después de que usted lo dejara, me imagino —dijo gravemente Blunt.

Flora levantó una mano hasta la garganta, lanzó un leve grito y me apresuré a sujetarla al ver que caía. Se había desmayado, y la llevé arriba con Blunt, que me ayudó a depositarla en su cama. Entonces fui a despertar a mistress Ackroyd y a comunicarle la noticia. Flora no tardó en volver en sí y la llevé con su madre, dejando que ésta siguiera mis instrucciones para cuidarla. Bajé entonces a reunirme con los demás.

Capítulo VI

LA DAGA TUNECINA

Encontré al inspector cuando salía por la puerta que comunicaba con la cocina.

—¿Cómo se encuentra la muchacha, doctor?

—Ha vuelto en sí y su madre la acompaña.

—Muy bien. He preguntado a los criados, y todos declaran que nadie se ha presentado en la puerta trasera esta noche. Su descripción de aquel desconocido es demasiado vaga. ¿No puede usted decirnos algo más concreto?

—Me temo que no —dije con tono de pesar—. La noche era oscura y ese sujeto llevaba el cuello de la chaqueta subido hasta las orejas y el sombrero encasquetado hasta los ojos.

—¡Hummm! —murmuró el inspector—. Podría haberlo hecho para esconder sus facciones. ¿Está usted seguro de que no se trata de alguien que conoce?

Contesté negativamente, pero con menos decisión de la que hubiera podido desear. Recordé mi impresión de que la voz del forastero no me era del todo desconocida, y así se lo comenté al inspector.

—¿Dice usted que era una voz ruda, de hombre sin educación?

Convine en ello, pero se me ocurrió que la rudeza era tal vez exagerada. Si, como el inspector sospechaba, aquel hombre deseaba esconder su rostro, de igual modo podía tratar de disfrazar su voz.

—¿Quiere usted seguirme al despacho, doctor? Hay una o dos cosas que deseo preguntarle.

Asentí. El inspector Davis abrió la puerta del vestíbulo, la franqueamos y volvió a entrar detrás de nosotros.

—No queremos que se nos moleste —dijo con tono confidencial—, y tampoco que nos oigan. ¿Qué es eso del chantaje?

—¡*Chantaje!* —exclamé asombrado.

—¿Acaso es fruto de la imaginación de Parker o hay algo de verdad en ello?

—Si Parker ha oído hablar de chantaje —dije lentamente—, debe de haber sido desde detrás de esta puerta, con el oído pegado al ojo de la cerradura.

Davis asintió con la cabeza.

—¡Muy probable! Verá usted, he indagado lo que Parker ha hecho esta noche. Para serle franco, no me gusta su actitud. Creo que sabe algo y, cuando he empezado a preguntarle a fondo, me ha espetado esa historia del chantaje.

Tomé una decisión instantánea.

—Me alegro de que usted haya suscitado el tema —dije—. No sabía qué hacer: si hablar ahora o esperar una ocasión más favorable. Y he decidido decírselo todo ahora. ¿Qué le parece?

Sin más dilaciones, le conté lo sucedido aquella noche, tal como acabo de relatarlo aquí. El inspector escuchó con muchísima atención, interponiendo de vez en cuando una pregunta.

—Es una de las más extraordinarias historias que he oído —dijo cuando terminé—. ¿Dice usted que la carta había desaparecido? ¡Malo, muy malo! Nos da lo que andábamos buscando... un motivo para el crimen.

Hice una señal de asentimiento.

—Lo entiendo perfectamente.

—¿Y dice usted que mister Ackroyd le confió sus sospechas de que alguien de la casa estaba complicado en el asunto? Esa es una expresión bastante ambigua.

—¿Y no cree usted que Parker puede ser el hombre que buscamos? —pregunté.

—Las apariencias le señalan. Es indudable que estaba escuchando detrás de la puerta cuando usted ha salido. Más tarde, miss Ackroyd le encuentra al entrar en el despacho. Podemos presumir que ha hecho una breve tentativa cuando ella se ha alejado, que ha apuñalado a Ackroyd, cerrando la puerta por dentro, abierto la ventana y salido por ésta, volviendo a entrar por una puerta lateral que previamente había dejado abierta. ¿Qué le parece?

—Sólo una cosa se opone a esta teoría —dije lentamente—. Si Ackroyd hubiese continuado leyendo esa carta después de retirarme, como era su intención, no creo que hubiera permanecido una hora allí sentado reflexionando. Habría llamado a Parker inmediatamente, acusándole en el acto y armando un magnífico escándalo. Recuerde que Ackroyd era un hombre de temperamento impulsivo y un tanto colérico.

—Tal vez no haya tenido tiempo de continuar leyendo la carta en seguida —sugirió el inspector—. Sabemos que alguien estaba con él a las nueve y media. Si esta visita se ha presentado tan pronto como usted se ha ido, y después de ella miss Ackroyd ha entrado en el despacho para darle las buenas noches a su tío, éste no habrá podido reanudar la lectura de la carta hasta cerca de las diez.

—¿Y la llamada telefónica?

—Parker la habrá realizado, tal vez antes de pensar en la puerta cerrada y la ventana abierta. Luego habrá cambiado de idea o se habrá apoderado de él el pánico y habrá decidido negarlo. Puede usted estar seguro de que eso es lo que ha sucedido.

—¿Sí...? —dije en tono de duda.

—De todos modos, podemos saber la verdad respecto a la llamada por mediación de la central de teléfonos. Si se ha efectuado desde esta casa, no veo cómo otra persona que no sea él mismo, la hiciera. Ello nos lleva al mayordomo, pero cálleselo... no es preciso alarmarle por ahora, hasta que tengamos más pruebas. Cuidaré de que no se escape, mientras tanto vamos a dedicarnos al misterioso forastero.

Se levantó de la silla donde había estado sentado a horcajadas y se acercó a la figura inmóvil que yacía en el sillón.

—El arma debiera damos una pista —observó, levantando los ojos—. Es algo fuera de lo corriente, una antigüedad, según parece.

Se inclinó, estudiando el mango con atención, y le oí dar un gruñido de satisfacción. Luego, cogió cuidadosamente el arma más abajo del mango y, sin tocar la empuñadura, sacó la hoja de la herida, dejando el arma en un jarro de porcelana que adornaba la repisa de la chimenea.

—Una verdadera obra de arte —dijo—. No debe haber muchas como ésta en los alrededores.

Era en verdad muy hermosa. La hoja era estrecha y el puño delicadamente trabajado, compuesto de metales curiosos, entrelazados. El inspector tocó el filo con un dedo e hizo una mueca significativa.

—¡Caramba! —exclamó—. Una criatura lo metería en el cuerpo de un hombre con la misma facilidad que cortaría un pedazo de manteca. Es un juguete peligroso.

—¿Puedo examinar el cuerpo detenidamente? —pregunté.

—Hágalo —asintió Davis.

Procedí a un examen detallado.

—Pues bien, ¿qué? —inquirió el inspector cuando hube terminado.

—Le ahorraré el lenguaje técnico —repuse—. Lo guardaremos para la vista. El golpe ha sido asestado por la mano derecha de un hombre que estaba en pie detrás de la víctima, y la muerte ha debido ser instantánea. A juzgar por la expresión del rostro del muerto, es de presumir que el ataque ha sido inesperado. Tal vez ha muerto sin saber quién era el que le atacaba.

—Los mayordomos acostumbran a caminar como gatos

—dijo el inspector Davis—. No habrá mucho misterio en este crimen. Mire usted la empuñadura de esta daga.

Le eché una ojeada.

—No las verá usted. —Bajó el tono de voz—. Pero yo *sí*. ¡Huellas digitales! —Se alejó unos pasos para comprobar el efecto de sus palabras.

—Sí —dije lentamente—. Lo suponía.

No comprendía por qué Davis había de creer que yo carecía de conocimientos de esa especialidad. Leo historias de detectives, los diarios, y soy un hombre de regular habilidad. Si hubiera habido huellas de los dedos de un pie humano en el puño de una daga, eso hubiera sido muy distinto y habría demostrado gran sorpresa y temor.

Me parece que el inspector sintió contrariedad al ver que rehusaba dejarme impresionar. Cogió el jarro de porcelana y me invitó a acompañarle a la sala del billar.

—A ver si mister Raymond puede decirnos algo respecto a esta daga —exclamó.

Cerrando la puerta exterior, detrás de nosotros, nos encaminamos a la sala del billar, donde encontramos a Geoffrey Raymond. El inspector le enseñó el arma.

—¿No ha visto usted nunca esto antes de ahora?

—Creo... casi tengo la seguridad de que el mayor Blunt se lo regaló a mister Ackroyd. Procede de Marruecos... no, de Túnez. ¿Es el arma del crimen...? ¡Es extraordinario...! Parece imposible! ¿Voy a buscar al mayor Blunt?

Sin esperar la contestación, se alejó precipitadamente.

—Simpático muchacho —dijo el inspector—. Parece honrado e ingenuo.

Incliné la cabeza, asintiendo. Durante los dos años que Geoffrey Raymond había sido secretario de Ackroyd no le había visto nunca de mal humor. Además, sabía que en todas las ocasiones había demostrado ser muy eficiente.

Al cabo de unos minutos, Raymond volvió acompañado de Blunt.

—Tenía razón —explicó Raymond con voz excitada—. Es la daga tunecina.

—El mayor no la ha visto todavía —objetó el inspector.

—Me he fijado en ella al entrar en el despacho —dijo el aludido.

—¿La ha reconocido usted, pues?

Blunt asintió.

—No ha dicho usted nada —añadió el inspector, algo severo.

—El momento no era apropiado —dijo Blunt—. Se hace mucho daño explicándolo en un momento inoportuno.

Devolvió su mirada al inspector con entera placidez. Éste lanzó un gruñido y cogió el jarro, alargándolo a Blunt.

—¿Está usted seguro, caballero? ¿Reconoce usted esta daga?

—Absolutamente. No me cabe la menor duda.

—¿Dónde se acostumbraba a guardar esta antigüedad? ¿Puede usted decirme eso?

El secretario fue el que contestó:

—En el salón, en la vitrina para la plata.

—¿Qué? —exclamé.

Los demás me miraron.

—Diga, doctor —profirió el inspector.

—Un detalle —expliqué, como excusándome—. Cuando he llegado esta noche para cenar he oído el ruido de la tapa de esa vitrina que se cerraba en el salón.

Leía un hondo escepticismo y una vaga duda en la expresión del inspector.

—¿Cómo sabe usted que se trataba de la vitrina?

Me vi obligado a explicarle en detalle... operación larga y aburrida, que hubiera preferido no tener que realizar.

El inspector me escuchó con atención basta el fin.

—¿Se encontraba en su sitio la daga cuando usted miró el contenido del mueble? —preguntó.

—No lo sé. No me fijé. Pero, desde luego, es posible que estuviera.

—Lo mejor será llamar al ama de llaves —observó el inspector, apretando un timbre.

Pocos minutos después miss Russell penetró en la estancia.

—No creo haberme acercado a la vitrina —dijo cuando el inspector le hizo la pregunta—. He echado una mirada a las flores... ¡Ah, sí, ahora me acuerdo! La vitrina estaba abierta, cuando debía estar cerrada, y he bajado la tapa al pasar.

Miró al inspector con aire de reto.

—Comprendo —dijo éste—. ¿Puede usted decirme si esta daga estaba en su sitio entonces?

Miss Russell miró el arma con gran serenidad.

—No puedo asegurarlo —replicó—. No me entretuve mirando. Sabía que la familia iba a bajar de un momento a otro y deseaba salir de allí.

—Gracias —dijo el inspector.

Miss Russell vaciló ligeramente, como si deseara hacerle nuevas preguntas, pero aceptó las palabras como si fueran de despedida y se deslizó fuera del cuarto.

—Vamos a ver —dijo entonces el inspector—. Esa vitrina se encuentra frente a una de las ventanas, ¿verdad, doctor?

Raymond contestó por mí.

—Sí, la de la izquierda.

—¿Y la ventana estaba abierta?

—Ambas lo estaban de par en par.

—Bueno, no creo necesario ahondar más en la cuestión, de momento. Alguien pudo coger esa daga cuando quiso, y no interesa saber exactamente en qué momento fue. Volveré durante la mañana con el jefe de policía, mister Raymond. Hasta entonces conservaré la llave de esa puerta. Deseo que el coronel Melrose lo vea todo tal cual. Sé que está cenando al otro lado del condado y que pasará la noche fuera...

Vimos al inspector apoderarse del jarro.

—Tendré que envolver esto con cuidado —observó.

Pocos minutos después, al salir de la sala del billar con Raymond, éste soltó una risita divertida.

Noté la presión de su mano en mi brazo y seguí la dirección de sus ojos. El inspector Davis parecía solicitar la opinión de Parker sobre un pequeño diario de bolsillo.

—¡De modo que Parker resulta sospechoso! Vamos a proporcionar al inspector unas muestras de nuestras huellas digitales.

Cogió dos tarjetas del tarjetero, las limpió con su pañuelo de seda, me alargó una y se quedó con la otra. Luego, con una alegre mueca, las entregó al inspector de policía.

—*Souvenirs* —dijo—. Número uno, doctor Sheppard... Número dos, mi humilde persona. Mañana por la mañana tendrá otra del mayor Blunt.

La juventud es esencialmente alegre y despreocupada. Ni el brutal asesinato de su amigo y patrón lograba entristecer a Geoffrey Raymond por mucho tiempo. ¡Tal vez sea preferible esa conducta! Lo ignoro, pues hace mucho tiempo que he perdido mi poder de reacción.

Era muy tarde cuando regresé, y esperaba que Caroline se habría ido a la cama. Podía haber adivinado que no, conociéndola como la conozco. Me había preparado una taza de chocolate, que me lo sirvió muy caliente y, mientras lo bebía, me extrajo toda la historia de la velada. No dije nada del chantaje y me limité a darle los detalles del crimen.

—La policía sospecha de Parker —dije, poniéndome en pie para irme a la cama—. ¡Todo parece indicar que es el culpable!

—¡Parker! —exclamó mi hermana—. ¡Qué desatino! Ese inspector debe ser un tonto. ¡Parker! ¡No digas sandeces!

Y tras esa oscura declaración nos fuimos a descansar.

Capítulo VII

ME ENTERO DE LA PROFESIÓN DE MI VECINO

Al día siguiente hice mis visitas con gran apresuramiento. Mi única excusa era que no tenía casos graves que atender. Al regresar, Caroline salió al vestíbulo para decirme:

—Flora Ackroyd está aquí.

—¿Qué? —Disimulé mi sorpresa lo mejor que pude.

—Está ansiosa por verte y hace media hora que espera.

Flora estaba sentada en el sofá, al lado de la ventana de nuestro saloncito. Vestida de negro, se retorcía nerviosamente las manos. Al ver su rostro me sentí conmovido. Estaba blanca como el papel, pero cuando habló lo hizo con la misma serenidad y decisión que de costumbre.

—Doctor Sheppard, he venido a pedirle que me ayude.

—¡Desde luego, cuente con ello, querida! —contestó Caroline.

No creo que Flora deseara la presencia de mi hermana durante nuestra entrevista. Estoy seguro de que hubiera preferido hablarme a solas, pero también deseaba no perder tiempo e hizo de tripas corazón.

—Deseo que me acompañe a The Larges.

—¡A The Larges! —dije sorprendido.

—¿Para ver a ese extraño hombrecillo? —exclamó Caroline.

—Sí. Ya saben ustedes quién es, ¿verdad?

—Pensamos que puede ser un peluquero retirado de los negocios —dije convencido.

Los ojos azules de Flora se abrieron desmesuradamente.

—¡Pero si es Hércules Poirot! Ya sabe usted a quién me refiero. Al detective privado. Dicen que ha hecho cosas maravillosas... como los detectives de las novelas. Se retiró hace un año y ha venido a vivir aquí. Mi tío sabía quién era, pero prometió no decirlo a nadie, porque monsieur Poirot deseaba vivir tranquilamente sin que la gente le molestara.

—Así su profesión es la de detective... —dije lentamente.

—¿Habrá oído usted hablar de él?

—Soy un viejo fósil, si he de creer lo que dice Caroline. Pero sí, *he oído* hablar de él.

—¡Es extraordinario! —exclamó Caroline.

Ignoro a qué se refería... tal vez a su fracaso para descubrir su identidad.

—¿Quiere usted ir a verle? —pregunté lentamente—. ¿Por qué?

—Para que investigue este crimen, desde luego —dijo Caroline bruscamente—. ¡No seas estúpido, James!

No soy estúpido, pero Caroline no siempre comprende a qué me refiero.

—¿No tiene usted confianza en el inspector Davis? —continué.

—Claro que no —exclamó Caroline—. Yo tampoco.

No parecía sino que era el tío de Caroline quien había sido asesinado.

—¿Como sabe usted que aceptará el caso? Recuerde que se ha retirado de su actividad.

—Ahí está la dificultad —contestó sencillamente Flora—. He de persuadirlo.

—¿Está usted segura de obrar bien? —añadí con grave entonación.

—Desde luego que sí —exclamó mi hermana—. La acompañaré, si quiere.

—Prefiero que sea el doctor el que me acompañe, si a usted le da igual, miss Sheppard —rogó Flora.

Evidentemente, la muchacha conocía la importancia de ir al grano en ciertas ocasiones. Con Caroline, cualquier alusión encubierta hubiera resultado inútil.

—Verá usted —explicó, empleando el tacto después de la franqueza—, mister Sheppard es médico, ha descubierto el cuerpo y podrá dar toda clase de detalles a monsieur Poirot.

—Comprendo, comprendo —asintió Caroline a regañadientes.

Yo me paseaba por la estancia.

—Flora —le hablé gravemente—, déjese guiar por mí. Le aconsejo que no meta a ese detective en el caso.

Flora se puso en pie de un salto y sus mejillas se arrebolaron.

—Sé por qué lo dice usted —exclamó—. Pero precisamente por este motivo estoy ansiosa de ir a verle. Usted tiene miedo, pero yo no. Conozco a Ralph mejor que usted.

—¡Ralph! —dijo Caroline—. ¿Qué tiene Ralph que ver con todo esto?

Ninguno de los dos le hicimos caso.

—Ralph puede ser débil —continuó Flora—. Puede haber cometido locuras en el pasado... acciones muy feas... pero no mataría a nadie.

—No, no —exclamé—. No he pensado nunca en él.

—Entonces —preguntó Flora—, ¿por qué fue usted al Three Boars anoche al volver a su casa, después de ser encontrado el cuerpo de mi tío?

Callé momentáneamente. Había esperado que mi visita quedara ignorada.

—¿Cómo lo sabe usted? —repliqué al cabo de unos segundos.

—He ido a la posada esta mañana —dijo Flora—. Los criados me han dicho que Ralph estaba allí...

La interrumpí.

—¿Ignoraba usted que estuviera en King's Abbot?

—Sí. Y he quedado muy sorprendida cuando en la posada he preguntado por él. Y supongo que me han contado lo mismo que le referirían a usted anoche, es decir, que salió a eso de las nueve y... no volvió.

Sus ojos me miraron desafiantes y, como si contestara a algo que viera en los míos, exclamó:

—¿Y por qué no puede haber ido... allí donde le haya dado la gana? ¿Acaso ha regresado a Londres?

—¿Dejando su equipaje en la posada? —pregunté suavemente.

Flora dio una ligera patada en el suelo.

—Tanto da, y debe haber una explicación muy plausible.

—¿Por eso desea usted ver a Hércules Poirot? ¿No es preferible dejar las cosas como están? La policía no sospecha de Ralph en lo más mínimo, recuérdelo. Trabajan en otra dirección.

—¡Pero si precisamente sospechan de él! —exclamó la muchacha—. Un hombre ha llegado esta mañana a Cranchester, un tal inspector Raglan, un individuo horrible, de mirada astuta y modales untuosos. He sabido que ha estado en el Three Boars esta mañana antes que yo. Me han explicado su visita y las preguntas que ha hecho. Debe creer que Ralph es el culpable.

—Si es así, la opinión ha cambiado desde anoche —dije lentamente—. ¿No cree en la teoría de que Parker es el criminal?

—¡Parker, por supuesto! —enfatizó mi hermana, encogiéndose de hombros.

Flora dio un paso adelante y puso la mano sobre mi hombro.

—Doctor Sheppard, vamos inmediatamente a ver a ese monsieur Poirot. Él descubrirá la verdad.

—Mi querida Flora —dije suavemente, cubriendo su mano con la mía—. ¿Está usted segura de que es la verdad lo que deseamos?

La muchacha me miró, inclinando la cabeza gravemente.

—Usted no está seguro, pero yo sí. Conozco a Ralph mejor que usted.

—Está claro que él no lo ha hecho —afirmó Caroline, que consiguió guardar silencio a duras penas—. Ralph puede ser extravagante pero es un buen muchacho. Sus modales son perfectos.

Deseaba decirle a Caroline que un buen número de asesinos poseen modales irreprochables, pero la presencia de Flora me contuvo. Puesto que la muchacha estaba decidida, me veía obligado a complacerla y nos pusimos en camino inmediatamente.

Una anciana, cuya cabeza desaparecía bajo un inmenso gorro bretón, nos anunció que mister Poirot estaba en casa.

Nos introdujo en un saloncito pulcro y ordenado, y al cabo de unos minutos de espera, mi amigo de la víspera se presentó ante nosotros.

—*Monsieur le docteur* —dijo sonriente—. *Mademoiselle*. Se inclinó ante Flora.

—Tal vez ha oído usted hablar —empecé diciendo— de la tragedia de anoche.

Su rostro adquirió cierta gravedad.

—Sí, estoy enterado. Algo horrible. Le expreso mi más sentido pésame, mademoiselle Ackroyd. ¿En qué puedo servirles?

—Miss Ackroyd —dije— desea que usted... que...

—Encuentre el asesino —terminó Flora con voz vibrante.

—Comprendo —asintió el hombrecillo—. Pero la policía, se encargará de ello, ¿verdad?

—Pueden equivocarse —dijo Flora—. Están a punto de cometer un error, según creo. Por favor, monsieur Poirot, ¿no quiere usted ayudarnos? Si es cuestión de dinero...

Poirot levantó la mano.

—No hablemos de eso, se lo ruego, mademoiselle. No es que no me interese el dinero. —Pestañeó expresivamente—.

El dinero significa mucho para mí, ahora y siempre. Pero quiero que entienda claramente que, si me meto en este asunto, *lo llevaré hasta el fin*. ¡Un buen perro no pierde jamás un rastro, recuérdelo! Tal vez después de estas palabras desee dejar el asunto al cuidado de la policía local.

—Quiero saber la verdad —dijo Flora, mirándole a los ojos.

—¿Toda la verdad?

—Toda la verdad.

—Entonces acepto. Y espero que no le pesará haber pronunciado estas palabras. Ahora, déme los detalles.

—El doctor Sheppard lo hará mejor que yo.

Empecé una cuidadosa narración, incluyendo en la misma todos los hechos que acabo de relatar.

Poirot escuchaba con atención, intercalando una pregunta de vez en cuando, pero casi siempre en silencio, con los ojos fijos en el techo.

Terminé mi historia con la partida del inspector y la mía de Fernly Park la noche anterior.

—Ahora —exigió Flora cuando concluí—, dígale lo de Ralph.

Vacilé. Pero su mirada imperiosa me instó a complacerla.

—Cuando anoche regresó a su casa, ¿fue primero al Three Boars? —preguntó Poirot—. ¿Por qué?

Me detuve un momento para escoger mis palabras con cuidado.

—Pensé que alguien debía informarle de la muerte de su tío. Después de salir de Fernly Park, se me ocurrió que posiblemente nadie, aparte de mí y de mister Ackroyd, estaba enterado de su presencia en el pueblo.

Poirot inclinó la cabeza.

—Pprobablemente. ¿Fue éste el único motivo que le llevó allí?

—El único —dije bruscamente.

—¿No era para... como diría, tranquilizarse usted respecto a ese *jeune homme*?

—¿Tranquilizarme?

—Creo, *monsieur le docteur*, que usted comprende muy bien lo que quiero decir, aunque pretenda que no. Me parece que hubiera sido un alivio para usted descubrir que el capitán Paton no se había movido de la posada en toda la noche.

—Nada de eso —afirmé con voz grave.

El detective me miró sacudiendo la cabeza gravemente.

—No tiene usted en mí la misma confianza que miss Flora. Pero no importa. Lo que tenemos que estudiar es lo que sigue: el capitán Paton ha desaparecido en circunstancias que requieren una explicación. No quiero ocultarles que el asunto me parece grave. Sin embargo, puede haber una explicación muy sencilla...

—¡Es lo que digo! —exclamó Flora.

Poirot no dijo nada más sobre este punto. En cambio, propuso una visita inmediata a la policía local. Creyó preferible que Flora volviese a su casa y que yo le acompañase para presentarle al funcionario encargado del caso.

Llevamos a cabo el plan. Encontramos al inspector Davis frente a la delegación de policía y aparentemente preocupado. Le acompañaba el coronel Melrose, jefe de policía y otro hombre en quien, después de la descripción de Flora, no me fue difícil reconocer al inspector Raglan, de Cranchester.

Conozco bastante bien a Melrose y le presenté a Poirot, explicándole la situación. El jefe de policía pareció vejado y el inspector Raglan torció visiblemente el gesto. Sin embargo, Davis exteriorizó un sentimiento de satisfacción al ver reflejada en sus rostros la contrariedad de sus superiores.

—El caso va a ser claro como el agua —dijo Raglan—. No hay la menor necesidad de que los aficionados vengan a entrometerse. Cualquier hombre un poco listo podía haberse dado cuenta de la situación anoche y no habríamos perdido doce horas.

Lanzó una mirada vengativa al pobre Davis, que la recibió impávido.

—La familia de mister Ackroyd debe, desde luego, hacer lo que crea conveniente —dijo el coronel Melrose—. Pero no podemos permitir que las investigaciones oficiales se vean entorpecidas de ningún modo. Conozco, desde luego, la gran reputación de mister Poirot... —añadió en tono cortés.

—Desgraciadamente la policía no puede hacerse propaganda —dijo Raglan.

Poirot fue quien salvó la situación.

—Es cierto que me he retirado del mundo —dijo—. No tenía intención de volver a cuidarme de ningún asunto, y temo, por encima de todo, la publicidad. He de rogarles que, en caso de que logre contribuir a la solución del misterio, no se mencione mi nombre.

La expresión del inspector Raglan se suavizó ligeramente.

—He oído hablar de sus notables éxitos —observó el coronel, volviéndose más amable.

—He tenido muchas experiencias —dijo serenamente Poirot—. Pero la mayoría de mis éxitos han sido obtenidos con ayuda de la policía. Admiro la policía inglesa. Si el inspector Raglan me permite asistirle, me sentiré, a la vez, honrado y halagado.

La actitud del inspector se hizo aún más conciliadora.

El coronel Melrose me llevó aparte.

—Según he oído decir ese individuo ha hecho cosas notables —murmuró—. Desde luego, no deseamos tener que llamar a Scotland Yard. Raglan parece seguro de sí mismo, pero no sé si estoy de completo acuerdo con sus teorías. Verá usted, yo conozco a las partes interesadas mejor que él. Ese hombre no parece buscar la gloria, ¿verdad? ¿Trabajaría con nosotros sin querer ocupar el primer puesto?

—¡A la mayor gloria del inspector Raglan! —contesté.

—Bien, bien —replicó el coronel Melrose. Y con voz más audible se dirigió al detective—: Mister Poirot, vamos a ponerle al corriente de los últimos detalles del caso.

—Gracias —dijo éste—. Mi amigo, el doctor Sheppard, me ha dicho algo respecto a las sospechas que recaían en el mayordomo.

—¡Eso es un desatino! —dijo Raglan instantáneamente—. Esos criados de cierta categoría son tan susceptibles, que obran de un modo sospechoso sin motivo alguno.

—¿Las huellas digitales? —pregunté.

—No se parecen en nada a las de Parker. —Se sonrió levemente y añadió—: Ni a las suyas ni a las de mister Raymond tampoco, doctor.

—¿Y qué me dicen de las del capitán Ralph Paton? —preguntó tranquilamente Poirot.

Despertó en mí cierta admiración secreta por su manera de coger el toro por las astas y vi asomar una mirada de respeto en los ojos del inspector.

—Veo que no deja usted que la hierba le crezca debajo de los pies, mister Poirot. Será un verdadero placer trabajar con usted. Tomaremos las huellas digitales de ese joven tan pronto como demos con él.

—No puedo dejar de pensar que usted anda equivocado, inspector —dijo el coronel Melrose con calor—. Conozco a Ralph Paton desde que era un chiquillo. No se rebajaría nunca hasta matar.

—Tal vez no —repuso el inspector con voz serena.

—¿Qué pruebas hay contra él? —inquirí.

—Anoche salió a las nueve. Se le vio en los alrededores de Fernly Park a eso de las nueve y media. Desde entonces ha desaparecido. Creemos que se encuentra en una difícil situación pecuniaria. Tengo aquí un par de sus zapatos... zapatos con tacones de goma. Tenía dos pares casi exactamente iguales. Voy a compararlos ahora con esas huellas. La policía está cuidando de que nadie las toque.

—Vamos allá en seguida —dijo el coronel—. Usted y mister Poirot nos acompañarán, ¿verdad?

Aceptamos y subimos todos al automóvil del coronel. El inspector estaba tan ansioso por comparar inmediatamente las huellas, que pidió que le dejáramos bajar ante el pabellón de la entrada. A medio camino entre éste y la casa, un sendero lleva a la terraza y a la ventana del despacho de Ackroyd.

—¿Quiere usted ir con el inspector, mister Poirot? —preguntó el jefe de policía—. ¿O prefiere examinar el despacho?

Poirot escogió lo último. Parker nos abrió la puerta. Estaba sereno y se mostró sumamente respetuoso. Parecía haberse repuesto de su pánico de la noche anterior.

El coronel Melrose sacó una llave de su bolsillo y, abriendo la puerta del vestíbulo pequeño, nos hizo entrar en el despacho.

—Excepto el cuerpo, que ya se han llevado, mister Poirot, el cuarto está exactamente igual que anoche.

—¿Dónde fue encontrado el cadáver, aquí?

Con toda la precisión posible, describí la posición de Ackroyd. El sillón continuaba delante del hogar.

Poirot se acercó al sillón y se sentó.

—¿Dónde estaba la carta azul de la que usted habla cuando dejó la habitación?

—Mister Ackroyd la había dejado en esta mesita, a su derecha.

Poirot meneó la cabeza.

—¿Aparte de eso, todo estaba en su sitio?

—Creo que sí.

—Coronel Melrose, ¿tendría usted la bondad de sentarse en este sillón un minuto? Gracias. Ahora, *monsieur le docteur*, hágame el favor de indicarme la posición exacta de la daga.

Así lo hice, mientras el hombrecillo permanecía en el umbral de la puerta.

—El puño de la daga era visible desde la puerta. Tanto usted como Parker pudieron verla inmediatamente.

—Sí.

Poirot se acercó a la ventana.

—¿La luz eléctrica estaba encendida cuando descubrieron el cuerpo? —preguntó por encima del hombro.

Asentí, y me acerqué a él mientras estudiaba las huellas de la ventana.

—Los tacones de goma son del mismo tipo que los de los zapatos del capitán Ralph Paton —dijo.

Volvió entonces al centro de la habitación. Sus ojos recorrieron ésta, escudriñándolo todo.

—¿Es usted buen observador, doctor Sheppard? —preguntó de pronto.

—Creo que sí —repuse sorprendido.

—Veo que había fuego en el hogar. Cuando usted echó la puerta abajo y encontró a mister Ackroyd muerto, ¿cómo estaba el fuego? ¿Bajo?

Solté una risita de mortificación.

—No puedo decírselo. No me fijé. Tal vez mister Raymond o el mayor Blunt... El hombrecillo meneó la cabeza, sonriendo levemente.

—Hay que proceder siempre con método. He cometido un error de juicio al hacerle esta pregunta. A cada hombre su propia ciencia. Podrá usted darme los detalles del aspecto del paciente... nada le escaparía en este terreno. Si deseara información sobre los papeles de esa mesa, mister Raymond habría notado lo que había que ver. Para saber el estado del fuego, debo preguntarlo al hombre cuyo deber consiste en observar esta clase de cosas. Con su permiso...

Se acercó a la chimenea y apretó el timbre...

Al cabo de un minuto o dos, Parker se presentó.

—¿Han llamado, señores? —preguntó vacilante.

—Entre, Parker —dijo el coronel Melrose—. Este caballero quiere preguntarle algo.

Parker mostró una respetuosa atención hacia Poirot.

—Parker —dijo el hombrecillo—, cuando usted echó abajo la puerta con el doctor Sheppard anoche y encontró a su amo muerto, ¿cómo estaba el fuego?

—Muy bajo, señor —contestó sin dilación—. Casi estaba apagado.

—¡Ah! —exclamó Poirot. La exclamación parecía triunfante. Continuó con estas palabras—: Mire usted en torno suyo, mi buen Parker. ¿Se encuentra esta habitación exactamente como estaba entonces?

El mayordomo lanzó una mirada circular que fue a posarse en las ventanas.

—Las cortinas estaban corridas, señor, y la luz encendida.

Poirot hizo una señal de aprobación.

—¿Nada más?

—Si, señor. Este sillón estaba algo más apartado.

Indicaba una enorme butaca de «abuelo», de alto respaldo, colocada a la izquierda de la puerta, entre ésta y la ventana. Acompaño un plano del cuarto para mejor comprensión, y marco el sillón con una X.

—Enséñeme cómo estaba —dijo Poirot.

El mayordomo apartó el sillón unos dos palmos de la pared, dándole media vuelta, de modo que el asiento estuviera frente a la puerta.

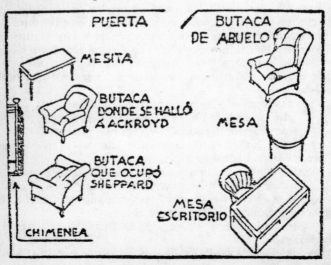

—*Voilà qui est curieux!* —murmuró Poirot—. Me parece que nadie se sentaría en un sillón colocado de ese modo. ¿Quién volvió a ponerlo en su sitio? ¿Usted, amigo mío?

—No, señor —dijo Parker—. Estaba demasiado trastornado después de ver al amo.

Poirot me miró.

—¿Fue usted, doctor?

Negué con la cabeza.

—Volvía a estar en su sitio cuando llegué con la policía, señor —apuntó Parker—. Estoy seguro de ello.

—¡Curioso! —repitió Poirot.

—Raymond o Blunt pueden haberlo movido —sugerí—. Seguramente no tiene importancia.

—Ninguna. Por eso es tan interesante —declaró Poirot con sutileza.

—Dispénseme un minuto —dijo el coronel Melrose, saliendo del cuarto acompañado de Parker.

—¿Cree usted que Parker dice la verdad? —pregunté.

—Respecto a la silla, sí. En otras ocasiones, lo ignoro. Descubrirá usted, *monsieur le docteur*, si se encuentra ante otros casos como éste, que todos tienen algo en común.

—¿Qué? —pregunté lleno de curiosidad.

—Todos los que andan mezclados en el asunto tienen algo que esconder.

—¿Yo también? —pregunté sonriendo.

Poirot me miró con atención.

—Creo que sí —dijo lentamente.

—Pero...

—¿Me ha dicho usted todo lo que sabía respecto al joven Paton?

Se sonrió al ver mi confusión.

—No tema usted. No insisto, porque me enteraré de todo a su debido tiempo.

—Quisiera que me hablara de sus métodos —dije precipitadamente, con el fin de disimular mi desconcierto—. ¿Por ejemplo, lo del fuego?

—¡Ah! Eso es muy sencillo. Usted dejó a mister Ackroyd a las nueve menos diez, ¿verdad?

—Sí, exactamente.

—La ventana estaba entonces cerrada y con el pestillo echado, y la puerta abierta. A las diez y cuarto, cuando se descubre el cuerpo, la puerta está cerrada y la ventana abierta. ¿Quién la ha abierto? Se deduce que únicamente mister Ackroyd ha podido hacerlo, y por uno de estos motivos: o porque reinaba en el cuarto un calor insoportable, pero puesto que el fuego estaba bajo y la temperatura sufrió un descenso notable anoche, hay que descartar esta posibilidad, o porque dejó entrar a alguien de esta forma. Siendo así, debe tratase de una persona a la que conocía muy bien, ya que momentos antes había demostrado inquietud respecto a la misma ventana.

—Parece muy sencillo —dije.

—Todo es sencillo si se ordenan los hechos metódicamente. Lo que nos interesa ahora es el conocimiento de la persona que anoche se encontraba con él a las nueve y media. Todo tiende a demostrar que fue el individuo que se introdujo por la ventana y, aunque mister Ackroyd fue visto más tarde por miss Flora, vivo todavía, no podemos esclarecer el misterio hasta saber quién era esa visita. La ventana podía haber quedado abierta después que le fue permitido al asesino introducirse en la estancia, o acaso la misma persona entrase otra vez. ¡Ah! Aquí tenemos al coronel.

El coronel Melrose estaba muy animado.

—Hemos comprobado finalmente —dijo— que la llamada al doctor Sheppard de anoche a las 10,15 no fue hecha desde aquí sino que fue hecha desde un teléfono público de la estación de King's Abbot. Y a las 10,23, el tren correo nocturno sale para Liverpool...

Capítulo VIII

EL INSPECTOR RAGLAN SE MUESTRA CONFIADO

Nos miramos los unos a los otros.

—¿Hará usted averiguaciones en la estación, desde luego? —dije.

—Por supuesto; pero no confío mucho en los resultados. Ya sabe lo que es esa estación.

En efecto, lo sabía. King's Abbot es un pueblecito, pero su estación es un empalme importante. La mayoría de los grandes expresos se detienen allí. Se añaden o quitan vagones, se cambian unidades... Hay dos o tres cabinas de teléfonos públicos. A esa hora de la noche, llegan tres trenes de cercanías que traspasan al expreso del Norte la correspondencia que llevan. El expreso llega a las 10,19 y sale a las 10,23. Una gran animación reina en aquella hora y hay pocas probabilidades de que se note a una persona determinada que esté telefoneando o subiendo al expreso.

—¿Por qué telefonear? —preguntó Melrose—. Eso es lo que encuentro extraordinario. No tiene sentido.

Poirot colocó en debida forma un adorno de porcelana de una de las estanterías.

—Tenga por seguro que existe un motivo —dijo por encima del hombro.

—¿Pero cuál?

—Cuando sepamos eso, lo sabremos todo. Este caso es curioso y muy interesante.

Había algo indescriptible en su modo de pronunciar estas últimas palabras. Me pareció que consideraba el caso desde un ángulo especial, excesivamente suyo, y no pude adivinar lo que veía.

Fue hasta la ventana y permaneció allí, mirando afuera.

—¿Dice usted que eran las nueve, doctor Sheppard, cuando encontró al forastero delante de la verja? —Hizo la pregunta sin volverse.

—Sí —contesté—. Oí las campanadas del reloj de la iglesia.

—¿Cuánto tiempo necesitaría el forastero para llegar a la casa... a esta ventana, por ejemplo?

—Cinco minutos por la parte exterior de la casa; dos o tres tan sólo si hubiese tomado el sendero de la derecha que lleva directamente hasta aquí.

—Para hacer eso, sería preciso que conociese el camino. ¿Cómo se explicaría pues? ¡Significaría que había estado aquí antes... que conocía el terreno!

—Es verdad —exclamó el coronel Melrose.

—Sin duda podríamos averiguar si mister Ackroyd había recibido a algún forastero durante la semana pasada.

—El joven Raymond podrá decírnoslo —dije.

—O Parker —sugirió el coronel Melrose.

—*Ou tous les deux* —añadió Poirot, sonriendo.

El coronel Melrose fue en busca de Raymond y llamó una vez más a Parker.

Melrose volvió casi inmediatamente acompañado del joven secretario, a quien presentó Poirot. Geoffrey Raymond estaba tan alegre y sereno como siempre. Pareció sorprendido y encantado de conocer personalmente a Poirot.

—No tenía idea de que viviese usted entre nosotros de incógnito, mister Poirot —dijo—. Será un gran privilegio verle trabajar. ¡Oiga, qué hace!

Poirot había estado hasta entonces de pie a la izquierda de la puerta. De pronto, se apartó y vi que, mientras le daba la espalda, había apartado el sillón hasta colocarlo en la posición indicada por Parker.

—¿Quiere usted que me siente en el sillón mientras reconstruye la escena? —preguntó Raymond de buen humor—. ¿Qué piensa usted hacer?

—Mister Raymond, este sillón se encontraba así cuando se halló a mister Ackroyd muerto. Alguien volvió a ponerlo en su sitio. ¿Fue usted?

—No, no fui yo —contestó el secretario sin vacilar—. No recuerdo siquiera que estuviese en esa posición. No obstante, debe de ser así, puesto que usted lo dice. Otra persona lo habrá empujado. ¿Han destruido alguna pista al hacerlo? ¡Qué lástima!

—No tiene importancia —dijo el detective—. Lo que deseo preguntarle es lo siguiente, mister Raymond: ¿Ha venido algún forastero a ver a mister Ackroyd durante esta última semana?

El secretario reflexionó un minuto o dos, arrugando el ceño y, durante la pausa, Parker se presentó en respuesta a la llamada.

—No —dijo finalmente Raymond—. No recuerdo a nadie. ¿Y usted, Parker?

—¿Perdón, señor?

—¿Vino algún extraño a ver a mister Ackroyd esta semana?

El mayordomo reflexionó unos segundos.

—Vino un joven el miércoles, señor —dijo finalmente—. Creo que era de Curtis & Troute.

Raymond hizo un gesto de impaciencia.

—Lo recuerdo, pero este caballero no se refiere a esa clase de extraños.

Se volvió hacia Poirot.

—Mister Ackroyd pensaba comprar un dictáfono —explicó—. Eso nos hubiera permitido hacer mucho más trabajo en menos tiempo. La firma en cuestión nos envió su representante, pero no llegamos a un acuerdo. Mister Ackroyd no se decidió a comprarlo.

Poirot miró al mayordomo.

—¿Puede usted describirme a ese joven, mi buen Parker?

—Era rubio, señor, y de baja estatura. Bien vestido, llevaba un traje azul marino. Un muchacho muy presentable, señor, para ser un sencillo empleado.

Poirot se volvió hacia mí.

—El hombre que usted vio ante la verja era alto, ¿verdad, doctor?

—Sí. Mediría un metro ochenta por lo menos.

—Entonces, no van por ahí los tiros —declaró el belga—. Gracias, Parker.

El mayordomo se dirigió a Raymond.

—Mister Hammond acaba de llegar, señor —dijo—. Desea saber si puede ser útil en algo y le gustaría hablar un momento con usted.

—Voy en seguida —dijo el joven, saliendo apresuradamente.

Poirot miró al jefe de policía con una pregunta muda en la mirada.

—Es el notario de la familia, mister Poirot —explicó el jefe.

—Mister Raymond está muy atareado —murmuró Poirot—. Parece diligente.

—Creo que mister Ackroyd lo consideraba un secretario muy valioso.

—¿Hace tiempo que está aquí?

—Unos dos años.

—Desempeña sus funciones concienzudamente, de eso estoy seguro. ¿Cuáles son sus diversiones? ¿Es aficionado a algún deporte?

—Los secretarios particulares no tienen mucho tiempo para divertirse —dijo sonriendo el coronel—. Creo que Raymond juega al golf y en verano al tenis.

—¿No va a las carreras de caballos?

—No creo que le interesen.

Poirot asintió con la cabeza y pareció perder todo interés por el asunto. Lanzó una mirada al despacho.

—He visto lo que había que ver, me parece.

—Si estas paredes pudiesen hablar... —murmuré.

Poirot meneó la cabeza.

—No basta con una lengua —dijo—. También deberían tener ojos y oídos. Pero no esté demasiado seguro de que estas cosas inertes —tocó ligeramente la estantería al hablar— permanezcan siempre mudas. A veces me hablan... Las sillas... las mesas... envían su mensaje.

—¿Qué mensaje? —grité—. ¿Qué le han dicho hoy?

Miró por encima del hombro y enarcó las cejas enigmáticamente.

—Una ventana abierta —dijo—. Una puerta cerrada. Un sillón que ha cambiado de sitio. A las tres cosas les digo: ¿Por qué? Y no encuentro contestación.

Meneó la cabeza, hinchó el pecho y se quedó mirándonos y pestañeando. Tenía un aspecto sumamente ridículo y parecía convencido de su propia importancia. Me cruzó por la mente la duda de que no fuera en realidad tan buen detective como decían. ¿Acaso no sería debida su gran reputación a una serie de felices casualidades? Me parece que la misma idea asaltó al coronel Melrose que frunció las cejas.

—¿Desea usted ver algo más, mister Poirot? —preguntó el coronel bruscamente.

—¿Tal vez tendrá usted la bondad de enseñarme la vitrina de donde fue sacada el arma? Después de lo cual no abusaré más de su amabilidad.

Fuimos al salón. Pero, por el camino, el policía detuvo al coronel y, tras cambiar con él unas palabras, éste se excusó y nos dejó solos. Enseñé la vitrina a Poirot y, después de abrir y cerrar dos o tres veces la tapa, el detective abrió la ventana y salió a la terraza, donde le seguí.

El inspector Raglan doblaba la esquina de la casa y se nos acercaba. Parecía satisfecho de sí mismo

—¡Ah, ah, mister Poirot! —exclamó—. Poco trabajo nos dará este asunto. Lo siento... Un muchacho de esa edad echado a perder.

Poirot cambió de expresión y habló con gran mesura.

—Temo que no voy a serle de gran utilidad en este asunto.

—Otro día será —añadió amablemente el inspector—. Aunque no tenemos crímenes a diario en este tranquilo rinconcito del mundo.

—Ha trabajado usted con una rapidez maravillosa —observó Poirot—. ¿Cómo ha llegado a este resultado, si me es permitido preguntárselo?

—Por supuesto —dijo el inspector—. Ante todo... con método. Eso es lo que digo siempre... método.

—¡Ah! —exclamó su interlocutor—. Éste es también mi lema. Método, orden y las pequeñas células grises.

—¿Las células... grises? —dijo el inspector asombrado.

—Las pequeñas células grises del cerebro —explicó el belga.

—¡Desde luego! Supongo que todos las usamos.

—Más o menos —murmuró Poirot—. Hay diferencias de calidad. Además, es preciso tener en cuenta la psicología de un crimen. Hay que estudiarla.

—¡Ah! —dijo el inspector—. Usted es partidario de esa teoría del psicoanálisis. Mire, yo soy un hombre sencillo. Voy a decirle cómo he empezado a trabajar. Ante todo... método. Mister Ackroyd fue visto vivo todavía a las diez menos cuarto por su sobrina, miss Flora Ackroyd. Éste es él hecho número uno, ¿verdad?

—Puesto que usted lo dice...

—Pues bien, así es. A las diez y media el doctor, aquí presente, dice que mister Ackroyd estaba muerto hacía media hora. ¿No es así, doctor?

—Ciertamente, media hora o algo más.

—Muy bien. Eso nos da exactamente un cuarto de hora, durante el cual el crimen debe haber sido cometido. He hecho una lista de todos los habitantes de la casa, apuntando al lado de cada uno el lugar donde se encontraban y lo que hacían entre las 9,45 y las 10 de la noche.

Alargó una hoja de papel a Poirot. La leí por encima del hombro de éste. Decía, en una letra muy clara, lo siguiente:

Mayor Blunt: *En la sala del billar con mister Raymond. (Este último confirma el hecho.)*

Mister Raymond: *En la sala del billar. (Ver mayor Blunt.)*

Mistress Ackroyd: *A las 21,45 la viuda de Cecil Ackroyd presenció la partida de billar. Se fue a la cama a las 21,55. (Raymond y Blunt la vieron subir la escalera.)*

Flora Ackroyd: *Fue directamente del despacho de su tío a su cuarto del piso superior. (Confirmado por Parker y Elsie Dale, la camarera.)*

Parker: *Mayordomo. Fue directamente a la cocina. (Confirmado por miss Russell, el ama de llaves, que bajó a hablarle a las 21,47 y se estuvo allí por lo menos diez minutos.)*

Miss Russell: *(Ver Parker.) Habló con Elsie Dale, la camarera, arriba, a las 21,45.*

Ursula Bourne: *Camarera. Estuvo en su cuarto hasta las 21,55. Luego en el comedor de la servidumbre.*

Mistress Cooper: *Cocinera. Estaba en el comedor de la servidumbre.*

Gladys Jones: *Segunda camarera. Estaba en el comedor de la servidumbre.*

Elsie Dale: *Arriba, en su dormitorio. Vista por miss Russell y miss Flora Ackroyd.*

Mary Thripp: *Ayudante de la cocinera. Estaba en el comedor de la servidumbre.*

—La cocinera lleva aquí siete años, la camarera dieciocho meses y Parker un año. Los demás son nuevos en la casa. Excepto Parker, que resultaba algo sospechoso, todos parecen excelentes personas.

—Lista muy completa —dijo Poirot, devolviéndola a su propietario—. Estoy seguro de que Parker no ha cometido el crimen —añadió gravemente.

—Lo mismo dice mi hermana —interrumpí—. Y acostumbra a tener razón.

Nadie de los allí presentes hizo el menor caso de mi exclamación.

—Ahora llegamos a un detalle muy grave —continuó el inspector—. La mujer que vive en el pabellón, Mary Black, corría las cortinas anoche cuando vio a Ralph Paton entrar por la verja y acercarse a la casa.

—¿Está segura de eso? —pregunté ansioso.

—Completamente segura. Lo conoce muy bien de vista. Andaba con paso rápido y tomó el sendero que lleva en pocos minutos a la terraza.

—¿Qué hora sería? —preguntó Poirot, impávido.

—Exactamente las nueve y veinticinco —dijo el inspector. Tras un breve silencio, añadió—: La cosa está clara como el agua. A las nueve y veinticinco el capitán Paton pasó por delante del pabellón. A las nueve y media, aproximadamente, mister Geoffrey Raymond oye a alguien pedir dinero, petición que mister Ackroyd rehúsa. ¿Qué ocurre luego? El capitán Paton se marcha por el mismo lugar que ha entrado... por la ventana. Recorre la terraza, encolerizado y desilusionado. Llega delante de la ventana abierta del salón. Digamos que eran entonces las diez menos cuarto. Miss Flora Ackroyd está dando las buenas noches a su tío. El mayor Blunt, mister Raymond y mistress Ackroyd están en la sala del billar. El salón está vacío. Se introduce en la estancia, coge la daga de la vitrina y vuelve a la ventana del despacho. Se quita los zapatos, se desliza en el interior y... no he de entrar en más detalles. Vuelve a salir y huye. No tiene el valor de regresar a la posada. Se va a la estación y telefonea desde allí.

—¿Por qué? —dijo suavemente Poirot.

Me sobresalté al oír la interrupción. El hombrecillo estaba inclinado y en sus ojos brillaba una luz extraña.

El inspector Raglan se mostró desconcertado por la pregunta.

—Es difícil decir exactamente por qué lo hizo —manifestó—. Los asesinos suelen hacer cosas asombrosas. Lo sabría usted si estuviese en el cuerpo de policía. Los más hábiles cometen a veces errores estúpidos. Venga y le enseñaré las huellas.

Le seguimos por la terraza hasta la ventana del despacho. Allí, a una orden de Raglan, un policía uniformado le entregó los zapatos de Paton que habían recogido en la posada.

El inspector los colocó sobre las huellas.

—Como verá, huellas y zapatos coinciden —dijo en tono confidencial—. Es decir, no son los mismos zapatos que dejaron estas huellas, pues se fue con ellos. Éste, es un par absolutamente igual, pero más viejo... Vea cómo la goma está gastada.

—Mucha gente lleva zapatos con tacones de goma —dijo Poirot.

—Es verdad —contestó el inspector—. No daría mucha importancia a las huellas si no fuera por los demás indicios.

—El capitán Ralph Paton es un joven muy alocado —dijo pensativamente Poirot—. Ha dejado numerosas huellas de su presencia.

—Verá usted —explicó el inspector—. Era una noche seca y hermosa. No dejó huellas en la terraza ni en el sendero enarenado, pero desgraciadamente para él debió de haber un escape de agua últimamente al final del sendero. Mire aquí.

Un estrecho sendero enarenado desembocaba en la terraza a pocos pasos. A unos cuantos metros de su extremo, el suelo estaba húmedo y fangoso. Más allá de aquel punto húmedo se veían nuevamente huellas de pisadas y entre ellas las de los zapatos de tacones de goma.

Poirot siguió el sendero hasta cierta distancia acompañado del inspector.

—¿Se ha fijado usted en las huellas de mujer? —dijo de pronto.

El inspector se echó a reír.

—Desde luego, pero distintas mujeres han venido por aquí, al igual que hombres. Es un atajo muy usado. Sería una tarea imposible calificar todas esas huellas. Después de todo, las de la ventana son las únicas importantes.

Poirot asintió.

—Es inútil ir más lejos —dijo el inspector, cuando llegamos a corta distancia del sendero—. Aquí todo está enarenado de nuevo y no veremos nada.

Poirot hizo una seña significativa, pero tenía la vista fija en un pequeño cobertizo, situado a la izquierda del sendero y al cual llevaba un caminito enarenado.

Poirot se entretuvo allí hasta que el inspector regresó a la casa. Entonces me miró.

—¡Usted —exclamó jocosamente— debe haber sido enviado por Dios para reemplazar a mi amigo Hastings! Observo que no se aleja de mi lado. ¿Qué le parece la idea de ir a inspeccionar ese cobertizo, doctor Sheppard? Me interesa.

Fue hasta la puerta y la abrió. El interior estaba muy oscuro. Sólo se veían un par de sillas rústicas, un juego de criquet y algunas tumbonas plegadas.

La conducta de mi nuevo amigo me asombró. Se había dejado caer de rodillas y se arrastraba por el suelo. De vez en cuando meneaba la cabeza como si no estuviera satisfecho. Finalmente se sentó en cuclillas.

—Nada —murmuró—. Claro que no había que esperarlo, pero habría ayudado tanto...

Calló, irguiéndose de pronto. Alargó la mano hacia una de las sillas rústicas y cogió algo que colgaba de ésta.

—¿Qué es? —exclamé—. ¿Qué ha encontrado?

Sonrió, abriendo la mano para que viera lo que tenía en la palma. Era un pedacito de batista blanca y almidonada.

Lo cogí, examinándolo con curiosidad, y se lo devolví a continuación.

—¿Qué le parece esto, amigo mío? —preguntó, mirándome fijamente.

—Un trozo de un pañuelo —sugerí, encogiéndome de hombros.

Dio un respingo y recogió una pluma del suelo. Me pareció una pluma de oca.

—¿Y esto? —gritó triunfalmente—. ¿Qué le parece esto?

Me limité a contemplarlo.

Se puso la pluma en el bolsillo y miró nuevamente el pedazo de tela blanca.

—¡Un fragmento de pañuelo —dijo pensativamente—. Tal vez tiene usted razón. Pero recuerde esto: En un buen lavado no debe almidonarse un pañuelo.

Meneó con aire de triunfo la cabeza y guardó cuidadosamente el pedazo de tela en su cuaderno de notas.

CAPÍTULO IX

EL ESTANQUE DE LOS PECES DORADOS

Regresamos a la casa juntos. No se veía al inspector en ninguna parte. Poirot se detuvo en la terraza y, dando la espalda al edificio, volvió lentamente la cabeza a todos lados.

—*Une belle propiété!* —dijo con tono convencido—. ¿Quién la hereda?

Sus palabras fueron un golpe para mí. Cosa extraña. Hasta entonces la cuestión de la herencia no se me había ocurrido. Poirot me miraba con atención.

—Nueva idea para usted, ¿verdad? —dijo finalmente—. No había pensado en ello antes.

—No —confesé—. Y lo siento.

Volvió a mirarme con curiosidad.

—¿Qué quiere usted decir con eso? No, no —añadió al ver que iba a hablar—. *Inutile!* No me diría su verdadero pensamiento.

—Todo el mundo tiene algo que esconder —dije, sonriendo.

—Eso mismo.

—¿Continúa usted creyéndolo?

—Más que nunca, amigo mío. Pero no es nada fácil ocultarle cosas a Hércules Poirot. Tiene la especialidad de descubrirlas.

Al hablar, iba bajando la escalinata del jardín.

—Paseemos un poco —dijo por encima del hombro.

Le seguí. Me llevó por un sendero situado a la izquierda y bordeado de tejos. Un camino se abrió delante de nosotros, llevando al centro del jardín, bordeado de flores y terminando en una plazoleta redonda, empedrada, donde había un banco de piedra y un estanque con pececillos dorados. En vez de seguir andando, Poirot subió por un sendero que zigzagueaba por una pendiente poblada de árboles. En un sitio habían cortado los árboles y colocado un banco. Se admiraba desde allí una vista espléndida del país y se dominaba la plazoleta del estanque.

—Inglaterra es muy hermosa —dijo Poirot, abarcando el paisaje con la vista. Se sonrió y prosiguió—: También lo son las muchachas inglesas. —Bajó el tono—. Chitón, amigo mío, y mire el lindo cuadro que se presenta a nuestros pies.

Entonces es cuando vi a Flora. Llegaba por el sendero que acabábamos de dejar y tarareaba una canción. Bailaba más bien que andaba y, a pesar de su vestido negro, su actitud denotaba alegría. Hizo una pirueta sobre la punta de los pies y sus vestidos negros flotaron en torno suyo. Al mismo tiempo echó atrás la cabeza y se puso a reír.

En aquel momento, un hombre surgió de entre los árboles. Era Héctor Blunt.

La muchacha se quedó mirándole y su expresión cambió ligeramente.

—Me ha asustado usted. No le había visto.

—Lo que me gusta en usted —dijo Flora, con algo de malicia— es su alegre conversación.

Me pareció ver a Blunt ruborizarse muy ligeramente. Cuando habló, su voz sonó distinta, con acento de humildad.

—Nunca he sido un gran orador, ni cuando era joven.

—De eso hace muchos años, supongo —dijo Flora gravemente.

Me fijé en su risita ahogada, pero me pareció que Blunt no se dio cuenta.

—Sí. Muchos años.

—¿Qué efecto produce ser un Matusalén? —preguntó Flora.

Esta vez la risa era más aparente, pero Blunt estaba ensimismado.

—¿Recuerda usted a aquel individuo que vendió su alma al diablo para recobrar la juventud? Hay una ópera sobre esta historia.

—¿Habla de «Fausto»?

—Eso mismo. Bonita historia. Algunos de nosotros lo haríamos si fuese posible.

—Cualquiera diría que usted se cae de viejo, al oírle —exclamó Flora, entre vejada y divertida.

Blunt hizo una pausa. Apartó luego la mirada de Flora y declaró a un árbol situado a algunos pasos, de que ya era hora de regresar a Africa.

—¿Va usted a preparar una nueva expedición de caza?

—Sí, es mi ocupación usual.

—Usted mató al animal cuya cabeza adorna el vestíbulo, ¿verdad?

Blunt asintió con la cabeza y dijo, vacilando:

—¿Le gustaría recibir algunas pieles? En este caso se las enviaría.

—¡Oh, sí, gracias! —exclamó Flora—. ¿Se acordará usted?

—No lo olvidaré —dijo Héctor Blunt, añadiendo en un arranque de confianza—: Es hora de que me vaya. Esta vida no está hecha para mí. No sé adaptarme a ella. Soy un hombre rudo que no ha sabido adaptarse a la sociedad en que vive. No recuerdo nunca lo que conviene decir según las ocasiones. Sí, es hora de que me vaya.

—Pero usted no se irá en seguida —exclamó Flora—. Ahora que estamos tan trastornados... ¡Por favor, si usted se va...!

—¿Usted desea que me quede? —preguntó Blunt.

Hablaba deliberadamente, pero con gran sencillez.

—Todos nosotros...

—Hablo de usted en particular —dijo Blunt con gran franqueza.

Flora levantó los ojos y le miró fijamente.

—Deseo que usted se quede —dijo—. Si... si eso representa alguna diferencia...

—Tanto es así, que representa toda la diferencia del mundo.

Hubo un momento de silencio. Se sentaron en el banco de piedra, delante del estanque de los pececillos dorados. Era evidente que ninguno de los dos sabía qué decir.

—¡El día es... es precioso! —declaró por fin Flora—. ¿Sabe? No debería sentirme feliz. La pena que me embarga... a pesar de todo lo ocurrido. Es horrible, ¿verdad?

—Es muy natural. Usted no había visto a su tío hasta hace un par de años. Es lógico que no sienta una pena inmensa. También es lógico ser sincero con uno mismo.

—Hay algo en usted que irradia consuelo —continuó Flora—. Explica las cosas de una forma tan sencilla...

—Es que, por regla general, todo es sencillo —replicó el cazador.

—No siempre.

La muchacha había bajado la voz, y vi cómo Blunt se volvía a mirarla. Era evidente que tradujo a su modo su cambio de tono, puesto que después de una breve pausa dijo de un modo bastante brusco:

—No se preocupe usted. Al muchacho no va a pasarle nada. El inspector es un asno. Todo el mundo sabe... Es absurdo pensar que pueda haberlo hecho. Eso es obra de un ladrón cualquiera. No hay otra solución posible.

—¿Usted lo cree así?

—¿Y usted no? —dijo rápidamente Blunt.

—Yo sí, claro.

Hubo una nueva pausa. De pronto, Flora exclamó:

—Yo... voy a confesarle por qué me siento tan feliz esta mañana. Aunque me tache de mujer sin corazón, prefiero decírselo. Es porque ha venido el notario, mister Hammond. Nos ha hablado del testamento. El tío Roger me ha dejado veinte mil libras. Piénselo... Veinte mil hermosas libras...

Blunt pareció sorprendido.

—¿Tanto representan para usted?

—¡Que si representan! Pues lo son todo: libertad... vida... el fin de tanta lucha y de tanta mentira.

—¿Mentira? —dijo con voz adusta Blunt, interrumpiéndola.

Flora vaciló un momento.

—Ya sabe usted a qué me refiero —explicó finalmente—. Eso es fingir que se agradece la ropa usada que los parientes le regalan a una... los trajes y los sombreros del año anterior...

—No entiendo de vestidos de mujeres, pero hubiera dicho que usted vestía siempre muy elegante.

—Caro lo pago —dijo Flora en voz baja—. No hablaremos de esas cosas, que me asquean. Soy tan feliz y libre... Libre de hacer lo que quiera. Libre de no...

Se detuvo de pronto.

—¿Libre de qué? —se apresuró a preguntar Blunt.

—Lo he olvidado. Nada importante.

Blunt tenía un bastón en la mano y lo metió en el estanque, tratando de alcanzar algo.

—¿Qué está usted haciendo, mayor Blunt?

—Hay algo brillante más abajo. No sé qué será... Parece un broche de oro. He removido el barro y ha desaparecido.

—Tal vez sea una corona —sugirió Flora—, como la que Melisanda vio en el agua.

—¡Melisanda! —murmuró pensativamente Blunt—. Es un personaje de ópera, ¿verdad?

—Sí. Usted parece saber mucho sobre ópera.

—Tengo amigos que me invitan a veces —explicó el cazador, con tono melancólico—. Extraño modo de divertirse... Arman un ruido peor que los indígenas con sus tamtam.

Flora se echó a reír.

—Recuerdo a Melisanda —continuó Blunt—. Se casa con un viejo que podría ser su padre.

Echó un guijarro en el agua y, cambiando de actitud, se volvió hacia Flora.

—¿No puedo hacer nada, miss Ackroyd? Me refiero a Paton. Comprendo la ansiedad que usted sufre.

—Gracias —contestó fríamente Flora—. No se puede hacer nada. A Ralph no va a sucederle ningún contratiempo. He encontrado el mejor detective del mundo y se encargará de descubrir la verdad.

Hacía un momento que nuestra posición me tenía contrariado. No estábamos precisamente escuchando a escondidas la conversación de Flora y de su compañero, pues sólo tenían que levantar la cabeza para vernos. Sin embargo, cuando intenté avisarles de nuestra presencia, mi compañero me contuvo cogiéndome del brazo, y entonces advertí en él el deseo de que pasáramos inadvertidos. Pero, al oír las últimas palabras de Flora, Poirot se decidió a obrar. Se irguió rápidamente y se aclaró la voz.

—Les pido perdón —gritó—. No puedo permitir que mademoiselle me cumplimente de esta manera, llamando la atención sobre mi persona. Dicen que los que escuchan a los demás no oyen nada bueno de ellos. Pero esta vez no ha sido así. Para no ruborizarme, me reúno con ustedes y me excuso.

Bajó rápidamente el sendero por el cual le seguí, y se vio con ellos al lado del estanque.

—¡Monsieur Hércules Poirot! —dijo Flora—. Supongo que habrá oído hablar de él.

Poirot se inclinó.

—Conozco al mayor Blunt por su reputación —dijo cortésmente— y me alegro de conocerlo, monsieur. Necesito una información que usted puede proporcionarme.

Blunt le miró durante unos instantes, esperando que continuara.

—¿Cuándo vio usted vivo a mister Ackroyd por última vez?

—Cuando comíamos.

—¿No le vio ni le oyó después?

—No le vi, pero oí su voz.

—¿Cómo es eso?

—Me paseaba por la terraza...

—Perdone, ¿a qué hora?

—A eso de las nueve y media. Me paseaba arriba y abajo, fumando, frente a la ventana del salón. Oí a Ackroyd hablando en su despacho...

Poirot se inclinó y arrancó una microscópica hierba parásita.

—¿Cómo pudo oír las voces del despacho desde aquel punto de la terraza? —murmuró.

Poirot no miraba a Blunt, pero yo sí tenía la vista fija en él y, con gran sorpresa por mi parte, éste se ruborizó.

—Fui hasta la esquina —explicó a regañadientes.

—¿De veras? —dijo Poirot.

De la manera más suave posible, Poirot insistió en recabar más información.

—Creí ver... a una mujer que desaparecía entre los matorrales. Me llamó la atención una cosa blanca... Acaso me equivoqué. Mientras estaba en la esquina de la terraza, oí la voz de Ackroyd hablándole a su secretario.

—¿Hablando a mister Geoffrey Raymond?

—Sí... eso es lo que supuse entonces, pero resulta que no era cierto.

—¿Mister Ackroyd no lo llamó por su nombre?

—No.

—Entonces, ¿qué le hizo pensar que se trataba de ese joven?

—Di por descontado que se trataba de Raymond —se explicó Blunt a duras penas—, porque antes de salir había dicho que iba a llevar unos papeles a Ackroyd. Nunca se me había ocurrido que pudiese tratarse de otra persona.

—¿Recuerda usted las palabras que oyó?

—Siento decirle que no. Era algo intrascendente, sin importancia, y sólo oí dos o tres palabras. Estaba pensando en otra cosa.

—No tiene importancia —murmuró Poirot—. ¿Volvió

usted a colocar un sillón contra la pared cuando entró en el despacho, después de ser descubierto el cuerpo?

—¿Un sillón? No, señor, en absoluto. ¿Por qué había de hacerlo?

Poirot se encogió de hombros, sin contestar, y se volvió hacia Flora.

—Hay algo que me gustaría saber de usted, mademoiselle. Cuando estaba mirando el contenido de la vitrina con el doctor Sheppard, la daga estaba en su sitio, ¿verdad?

Flora irguió la cabeza.

—El inspector Raglan me lo ha preguntado ya —dijo con resentimiento—. Se lo he dicho y se lo repito a usted. Estoy completamente segura de que la daga no estaba allí. Él cree que sí, y que Ralph la cogió más tarde. No... no me cree. Está convencido de que lo digo con el fin de salvar a Ralph.

—¿Acaso no es cierto? —pregunté gravemente.

Flora dio una ligera patada en el suelo.

—¿Usted también, doctor Sheppard? ¡Eso es el colmo!

Con gran tacto, Poirot creó una digresión.

—¡Tiene usted razón, mayor Blunt! Algo brilla en este estanque. Vamos a ver si lo pesco.

Se arrodilló delante del agua, desnudándose el brazo hasta el hombro y hundiéndolo lentamente con el fin de no enturbiar el agua. Pero, a pesar de sus precauciones, el fango se arremolinó y se vio obligado a retirar el brazo sin haber cogido nada.

Miró tristemente el lodo que le cubría la piel. Le ofrecí un pañuelo, que aceptó con fervientes manifestaciones de agradecimiento. Blunt consultó su reloj.

—Casi es hora de almorzar —dijo—. Lo mejor será regresar a casa.

—¿Almorzará usted con nosotros, monsieur Poirot? —inquirió Flora—. Me gustaría que viese a mi madre. Ella quiere mucho a Ralph.

El hombrecillo se inclinó.

—¡Encantado, mademoiselle!

—¿Usted también se queda, doctor Sheppard?

Vacilé.

—Se lo ruego.

Deseaba quedarme. De modo que acepté la invitación sin poner más reparos.

Nos encaminamos a la casa. Flora y Blunt abrían la marcha.

—¡Qué cabello! —exclamó Poirot, en voz baja, señalando a Flora—. ¡Oro de ley! Formarán una hermosa pareja con el moreno y guapo capitán Paton, ¿verdad?

Le miré con una pregunta muda en los ojos, pero empezó a sacudir y a secar unas cuantas y microscópicas gotas de agua que tenía en la manga de la chaqueta. Aquel hombre me sugería a menudo la idea de un enorme gato, con sus ojos verdes y sus gestos imprevistos.

—Todo eso por nada —dije simpatizando con él—. Me pregunto qué es lo que habría en el estanque.

—¿Le gustaría verlo? —preguntó Poirot.

Le miré con extrañeza e incliné la cabeza.

—Mi buen amigo —dijo severamente con reproche en la voz—. Hércules Poirot no corre el riesgo de echar a perder su viaje sin estar seguro de alcanzar lo que se propone. Lo contrario sería ridículo y absurdo. Y nunca he sido lo primero.

—Pero usted ha sacado la mano vacía —objeté.

—Hay ocasiones en que es necesario obrar con discreción. ¿Nunca oculta nada a sus enfermos, doctor? Lo dudo. Como tampoco a su excelente hermana, ¿verdad? Antes de enseñar mi mano vacía, he dejado caer su contenido en la otra. Verá usted lo que es.

Abrió la mano izquierda. En la palma había una sortija de oro, una alianza de mujer.

La cogí.

—Mire usted dentro —ordenó Poirot.

Lo hice así y leí una inscripción en caracteres sumamente pequeños:

Recuerdo de R, el 13 de marzo

Miré a Poirot, pero estaba atareado estudiando su rostro en un diminuto espejo de bolsillo. Toda su atracción estaba fija en su bigote y no en mí. Comprendí que no tenía intención de mostrarse comunicativo.

CAPÍTULO X

LA CAMARERA

Encontramos a mistress Ackroyd en el zaguán. La acompañaba un hombrecillo seco, de expresión agresiva y ojos grises, penetrantes. Tenía todo el aspecto del hombre de leyes.

—Mister Hammond almuerza con nosotros —dijo mistress Ackroyd—. ¿Usted conoce al mayor Blunt, mister Hammond? ¿Y al querido doctor Sheppard...? Otro amigo íntimo del pobre Roger. Además...

Se detuvo mirando a Hércules Poirot con perplejidad.

—Aquí está monsieur Poirot, mamá —dijo Flora—. Te he hablado de él esta mañana.

—Sí, sí —dijo vagamente su madre—. Por supuesto, querida, por supuesto. Encontrará a Ralph, ¿verdad?

—Descubrirá quién ha matado a mi tío —exclamó Flora.

—¡Oh, querida! —contestó la madre—. ¡Por favor! Ten compasión de mis nervios. Estoy deshecha de pensar que debe haber habido un accidente. Roger sentía tanta afición por las antigüedades... Su mano debió resbalar...

Esta teoría fue recibida en medio de un cortés silencio. Vi que Poirot se acercaba al notario y le hablaba a media voz, en tono confidencial. Se retiraron al hueco de la ventana. Me reuní con ellos.

—¡Tal vez molesto! —les dije.

—De ningún modo —exclamó Poirot, amablemente—. Usted y yo, *monsieur le docteur*, investigamos este asunto de común acuerdo. Sin usted estaría perdido. Deseo que el bueno de mister Hammond me facilite una pequeña información.

—Entiendo que usted actúa en nombre del capitán Ralph Paton —dijo el notario, con cautela.

—Nada de eso. Obro en interés de la justicia. Miss Ackroyd me ha pedido que investigue la muerte de su tío.

Hammond pareció sorprendido.

—No puedo creer que el capitán Paton tenga algo que ver en este crimen —dijo—. Sin embargo, las apariencias le acusan. ¡El solo hecho de que tuviera problemas financieros...!

—¿Andaba apurado? —repitió Poirot, con viveza.

El notario se encogió de hombros.

—Era un estado crónico en Ralph Paton —dijo de forma adusta—. El dinero le corría por las manos como agua. Siempre tenía que recurrir a su padrastro...

—¿Lo había hecho así en estos últimos tiempos? ¿Durante el último año, por ejemplo?

—No puedo decirlo. Mister Ackroyd no me dijo nada de este asunto.

—Comprendo, mister Hammond. Creo que usted está al corriente de las disposiciones testamentarias de mister Ackroyd.

—Desde luego. Ése es el motivo de mi presencia aquí hoy.

—Así pues, en vista de que estoy obrando en nombre de miss Ackroyd, no tendrá usted inconveniente en darme a conocer los términos de este testamento.

—Son muy sencillos. Descartando la fraseología legal y después de hacer constar algunos legados y dádivas...

—¿Tales como...? —le interrumpió Poirot.

Hammond pareció sorprendido.

—Mil libras a su ama de llaves, miss Russell; cincuenta libras a la cocinera, Emma Cooper; quinientas libras a su secretario, mister Geoffrey Raymond; luego a varios hospitales...

Poirot levantó la mano.

—La parte benéfica no me interesa.

—Pues bien, la renta de diez mil libras en valores ha de ser pagada a mistress Cecil Ackroyd mientras viva. Miss Flora Ackroyd hereda inmediatamente la cantidad de veinte mil libras. El resto, incluyendo esta propiedad y las acciones de la firma *Ackroyd and Son*, va a su hijo adoptivo, Ralph Paton.

—¿Mister Ackroyd poseía una gran fortuna?

—Una fortuna cuantiosa. El capitán Paton será un joven muy rico.

Hubo un silencio. Poirot y el notario se miraban.

—Mister Hammond —dijo la voz quejumbrosa de mistress Ackroyd, desde el otro extremo de la estancia.

El notario se le acercó. Poirot me cogió del brazo y me llevó a la ventana.

—¡Mire usted los lirios! —observó en voz alta—. Son magníficos, ¿verdad? Tan altos y erguidos... ¡Qué visión tan placentera!

Al mismo tiempo noté la presión de su mano en mi brazo, y añadió en voz baja:

—Desea usted de veras ayudarme? ¿Tomar parte en esta investigación?

—Sí —contesté con entusiasmo—. Me gustaría muchísimo. No puede usted figurarse lo aburrida que es la vida que llevo. Nunca ocurre nada que rompa su monotonía.

—Bien. Colaboraremos. Dentro de unos momentos creo que el mayor Blunt se nos unirá. No se encuentra a sus anchas con la buena mamá. Hay algunas cosas que deseo saber, pero no quiero que el mayor piense que me interesa conocerlas. ¿Comprende? A usted le tocará hacer las preguntas.

—¿Qué quiere usted que pregunte? —dije vacilando.

—Deseo que pronuncie usted el nombre de mistress Ferrars.

—¡Ya!

—Hable de ella de un modo natural. Pregúntele si se

encontraba aquí cuando su esposo murió. ¿Comprende usted lo que quiero decir? Mientras contesta, estudie su rostro sin aparentarlo. *C'est compris?*

No hubo tiempo para más, pues en aquel instante, tal como había pronosticado Poirot, Blunt dejó a los demás del modo brusco que le era peculiar y se nos acercó.

Propuse dar un paseo por la terraza, y aceptó. Poirot se quedó atrás.

Me incliné con el fin de examinar de cerca una rosa tardía.

—¡Cómo cambian las cosas en el transcurso de unos días! —observé—. Estuve aquí el miércoles y recuerdo haberme paseado por esta misma terraza con un Ackroyd lleno de vida. Han transcurrido tres días. Ackroyd ha muerto, ¡pobre! Mistress Ferrars, también... La conoció usted, ¿verdad?

Blunt asintió con la cabeza.

—¿La vio usted acaso durante su última visita a Fernly?

—Fui a saludarla con Ackroyd. Me parece que el martes pasado. Era una mujer encantadora... pero había algo extraño en ella. No descubría nunca su juego.

Observé con atención sus ojos grises. No percibí en ellos ningún cambio.

—¿Supongo que la había visto antes? —dije.

—La última vez que estuve aquí. Ella y su esposo acababan de instalarse en el país. —Se detuvo un instante y añadió—: Es extraño, pero desde entonces mistress Ferrars cambió mucho.

—¿En qué sentido? —inquirí.

—Aparentaba diez años más.

—¿Estaba usted aquí cuando su esposo murió? —pregunté, procurando hablar del modo más natural del mundo.

—No, y por lo que he oído decir, el mundo no perdió gran cosa con su muerte. Esta opinión carece tal vez de espíritu caritativo, pero es la expresión de la verdad.

Le di la razón.

—Ashley Ferrars —dije con cautela— no era lo que se llama un esposo modélico.

—Un canalla, eso es lo que era —dijo Blunt.

—No. Sólo un hombre que tenía demasiado dinero.

—¡Ah! ¡El dinero! Todas las desgracias del mundo pueden achacársele a él... o a su carencia.

—¿Y cuál de estos dos casos, mayor Blunt, ha sido el suyo?

—Me basta con lo que tengo para satisfacer mis deseos. Soy uno de los mortales afortunados.

—¡Claro que sí!

—Lo cierto es que de momento no me sobra el dinero. Heredé el año pasado y, como un imbécil, me dejé persuadir para invertirlo en una empresa dudosa.

Le expresé mi simpatía y le expliqué mi caso, bastante similar. Sonó el gong y nos dirigimos al comedor.

Poirot me llevó aparte un instante.

—*Eh bien!* ¿Qué le parece?

—Es inocente —dije—. Estoy plenamente convencido.

—¿Nada... inquietante?

—Heredé el año pasado. Pero, ¿por qué no? Juraría que el hombre es honrado a carta cabal.

—¡Sin duda, sin duda! —dijo Poirot, sosegándose—. No se alarme usted.

Me hablaba como a un niño rebelde.

Después del almuerzo, mistress Ackroyd me hizo sentar en el sofá, a su lado.

—No puedo menos de sentirme algo ofendida —murmuró sacando a relucir un pañuelito de esos que a todas luces no sirven para enjugar las lágrimas—. Quiero decir, ofendida por la falta de confianza de Roger en mí. Esas veinte mil libras debió dejármelas a mí, y no a Flora. Hay que tener confianza en una madre para salvaguardar los intereses de un hijo. Y hacer lo que él ha hecho supone, a mi modo de ver, falta de confianza.

—Olvida usted, mistress Ackroyd —dije—, que Flora era sobrina de Roger Ackroyd, hija de un hermano. Hubiera sido distinto si usted, en vez de cuñada, hubiese sido hermana suya.

—Creo que, considerando que soy la viuda del pobre Cecil, debió obrar de otro modo —dijo la dama, tocándose ligeramente las pestañas con el pañuelito—. Pero Roger ha sido siempre muy peculiar... por no decir *mezquino*, cuando se trataba de dinero. La posición de Flora y la mía propia han sido muy difíciles. No le daba a la pobre niña ni un céntimo para sus gastos. Pagaba las facturas, ya lo sabe usted, pero incluso eso lo hacía a regañadientes y preguntando por qué necesitaba tantos trapos... Claro, un hombre ignora... Ahora he olvidado lo que iba a decir. ¡Ah, sí! No teníamos un céntimo nuestro, ¿comprende usted...? Flora se resentía... Quería a su tío, desde luego, pero cualquier muchacha se hubiera resentido de su modo de ser. He de decir que Roger tenía ideas extrañas cuando se trataba de dinero. No quiso siquiera comprar toallas nuevas, aunque le dije que las viejas estaban agujereadas. Luego... —prosiguió mistress Ackroyd, cambiando el orden de las ideas del modo que era característico en ella— dejar tanto dinero... mil libras... figúrese, mil libras... a esa mujer.

—¿Qué mujer?

—La Russell. Hay algo extraño en ella, siempre lo he dicho, pero Roger no quería oír nada en contra de ella. Decía que era una mujer de gran fuerza de carácter y que la admiraba y respetaba. Siempre hablaba de su rectitud, de su independencia y valor moral. *Yo* creo que esconde algo. Hizo cuanto pudo para casarse con Roger, pero yo obstaculicé sus intentos con todo ahínco. Siempre me ha odiado. Es natural, puesto que *yo* descubrí sus intenciones.

Empecé a preguntarme cómo podría detener la ola de elocuencia de mistress Ackroyd y escaparme.

Hammond me facilitó la ocasión acercándose con el fin de despedirse. Aproveché la oportunidad y me levanté.

—¿Dónde preferiría usted que se celebrase la encuesta judicial? —dije—. ¿Aquí o en el Three Boars?

Mistress Ackroyd me miró boquiabierta.

—¿La encuesta? —preguntó consternada—. ¿Se celebrará pues una encuesta judicial?

Hammond tosió ligeramente y murmuró:

—Es inevitable, en estas circunstancias.

—Pero el doctor Sheppard podría arreglar...

—Mi poder de persuasión tiene sus límites —contesté con alguna brusquedad.

—Si su muerte fue un accidente...

—Él fue asesinado, mistress Ackroyd —dije brutalmente.

Lanzó un leve gemido.

—La teoría de un accidente no se sostendría en pie un solo minuto.

Mistress Ackroyd me miraba, anonadada. No tuve compasión por lo que pensé sería su tonto temor a las cosas desagradables.

—Si me interrogan... ¿tendré que contestar a todas las preguntas que me hagan?

—No se lo puedo asegurar, pero creo que mister Raymond la librará de ello. Conoce todas las circunstancias y puede identificar a la víctima.

El notario asintió con un gesto.

—No tema usted, mistress Ackroyd —añadió—. Procurarán ahorrarle todos los interrogatorios desagradables. Ahora, en cuanto a dinero, ¿tiene usted lo que necesita de momento? Quiero decir —añadió, al ver que ella le miraba sin comprenderle—, si tiene usted dinero en efectivo en casa. De lo contrario, le mandaría lo que necesitara.

—No creo que le falte —dijo Raymond que estaba de pie a su lado—. Mister Ackroyd cobró un cheque de cien libras ayer mismo.

—¿De cien libras?

—Sí... para salarios y otros gastos que vencían hoy. Continúa intacto.

—¿Dónde está el dinero? ¿En su escritorio?

—No. Acostumbraba a guardarlo en su dormitorio, en una vieja caja de cartón. ¿Extraña idea, verdad?

—Creo —dijo el notario— que haríamos bien asegurándonos antes de marcharnos de que el dinero está ahí.

—Muy bien —asintió el secretario—. Le llevaré arriba ahora mismo. ¡Ah! Me olvidaba... la puerta está cerrada.

Unas preguntas a Parker dieron por resultado el enterarnos de que el inspector Raglan se encontraba en el cuarto del ama de llaves, haciéndole unas cuantas preguntas suplementarias. Unos minutos después, el inspector se nos reunió en el vestíbulo, trayendo la llave deseada. Abrió la puerta y subimos la pequeña escalera. En lo alto de ésta encontramos la puerta del dormitorio abierta. La estancia estaba a oscuras, las cortinas corridas y la cama tal como estaba la víspera. El inspector apartó las cortinas, dejando penetrar los rayos del sol, y Geoffrey Raymond se acercó a una mesita de palo santo, abriendo el cajón superior.

—¿Guardaba su dinero en un cajón abierto? —exclamó el inspector—. ¡Figúrense!

El secretario se ruborizó levemente.

—Mister Ackroyd tenía confianza en la honradez de todos sus criados —dijo con calor.

—Desde luego —se apresuró a contestar el inspector.

Raymond sacó del cajón una caja de cartón, la abrió y tiró de la misma un grueso fajo de billetes.

—¡Aquí tiene el dinero! —dijo—. Encontrará intacto el centenar de libras. Lo sé porque mister Ackroyd lo puso en la caja en mi presencia, anoche, cuando se vestía para la cena y, desde luego, no ha sido tocado desde entonces.

Hammond se apoderó del fajo y lo contó. Levantó la vista casi inmediatamente.

—Ha dicho usted un centenar de libras, pero aquí sólo hay sesenta.

—¡Imposible! —exclamó Raymond, dando un respingo.

Tomó los billetes y los contó a su vez.

Hammond tenía razón. Sólo había sesenta libras.

—¡No lo entiendo! —exclamó el secretario, en el colmo del asombro.

Poirot hizo una pregunta:

—¿Usted vio cómo mister Ackroyd guardaba este dinero anoche mientras se vestía para la cena? ¿Está seguro de que no había pagado nada hasta entonces?

—Segurísimo. Me dijo textualmente: «No quiero bajar al comedor con cien libras en el bolsillo. Hacen demasiado bulto.»

—Entonces el asunto está claro —dijo Poirot—. O pagó esas cuarenta libras algo más tarde o fueron robadas.

—Exacto —asintió el inspector, y volviéndose hacia mistress Ackroyd, añadió—: Supongo que la camarera entraría a última hora para preparar la cama. ¿Quién es? ¿Qué sabe usted de ella?

—No hace mucho que está en la casa —contestó mistress Ackroyd—. Es una muchacha del campo, sencilla y buena chica.

—Deberíamos aclarar este asunto —dijo el inspector—. Si mister Ackroyd pagó esta suma en persona, tal vez tenga alguna relación con el crimen. ¿Cree usted que los demás criados son todos de confianza?

—Diría que sí.

—¿Nunca faltó nada antes de hoy?

—No.

—¿Nadie del servicio se ha despedido?

—La otra camarera se marcha.

—¿Cuándo?

—Me parece que lo avisó ayer.

—¿Se lo dijo a usted?

—Oh, no. *Yo* no me ocupo del servicio. Miss Russell es quien se cuida de esas cosas.

El inspector reflexionó un momento. Inclinó la cabeza y observó:

—Voy a decirle unas palabras a miss Russell y de paso veré a esa muchacha, Dale.

Le acompañamos Poirot y yo al cuarto del ama de llaves. Miss Russell nos recibió con su sangre fría habitual.

Hacía cinco meses que Elsie Dale trabajaba en Fernly

Park. Era una buena chica, trabajadora y que se hacía respetar. Tenía buenas referencias. Era la persona menos indicada para tomar algo que no le perteneciera.

—¿Y la otra camarera?

—Ella también era una chica excelente, muy pacífica y trabajadora.

—¿Por qué se va, entonces? —preguntó el inspector.

Miss Russell apretó los labios.

—No tengo nada que ver con su marcha. Me parece que mister Ackroyd la regañó ayer por la tarde. Era su obligación limpiar el despacho, y creo que tocó papeles de su mesa. El señor se enfadó y la muchacha dijo que se iría. ¿Quieren ustedes hablar con ella?

El inspector aceptó. Yo me había fijado en la muchacha cuando servía el almuerzo. Era alta, con una mata de pelo castaño atada en la nuca y grandes ojos grises. Se presentó al llamarla el ama de llaves y permaneció muy erguida delante de nosotros, mirándonos con sus ojazos.

—¿Usted se llama Ursula Bourne? —preguntó el inspector.

—Sí, señor.

—¿Se va usted de la casa?

—Sí, señor.

—¿Por qué?

—Cambié de sitio unos papeles de la mesa de mister Ackroyd. Se enfadó, y le dije que lo mejor sería que me fuera. Él me contestó que sí y que me marchara tan pronto como fuera posible.

—¿Se encontraba usted en el dormitorio de mister Ackroyd anoche, para limpiar o desempeñar cualquier otro menester?

—No, señor. Eso es trabajo de Elsie. Yo nunca entro en esas habitaciones.

—He de decirle, hija mía, que una importante cantidad de dinero ha desaparecido del cuarto de mister Ackroyd.

Por fin la vi cambiar de expresión y un intenso rubor le cubrió el rostro.

—No sé nada de ese dinero. Si usted cree que lo cogí y que el señor me despidió por eso, se equivoca.

—No la acuso de haberlo tomado, hija mía —dijo el inspector—. No se sulfure por eso.

La muchacha le miró fríamente.

—Si lo desea, puede registrar mi habitación —dijo desdeñosamente—. Pero no encontrará nada.

Poirot intervino de pronto.

—Fue ayer por la tarde cuando mister Ackroyd la despidió... o usted se despidió, ¿verdad?

La muchacha asintió con la cabeza.

—¿Cuánto tiempo duró la entrevista?

—¿La entrevista?

—Sí, la entrevista entre usted y mister Ackroyd, en el despacho.

—No... no sé.

—¿Veinte minutos? ¿Media hora?

—Algo así.

—¿No duró más?

—Más de media hora, no.

—Gracias, mademoiselle.

Miré a Poirot con curiosidad. Estaba ordenando los objetos que cubrían la mesa, y los ojos le brillaban de un modo peculiar.

—Gracias, basta con eso —dijo el inspector.

Ursula Bourne desapareció y el inspector se volvió hacia miss Russell.

—¿Cuánto tiempo hace que está aquí? ¿Tiene usted una copia de las referencias que le dieron de ella?

Sin contestar a la primera pregunta, miss Russell se acercó a una mesita, abrió uno de los cajones y sacó un puñado de cartas sujetas por una pinza. Escogió una de ellas y la alargó al inspector.

—¡Bien! —dijo éste—. No está mal. Mistress Richard Folliot, Marby Grange, Marby. ¿Quién es esa mujer?

—Pertenece a una buena familia del condado —contestó miss Russell.

—Bien —dijo el inspector, devolviéndole la carta—. Vamos a ver a la otra camarera, Elsie Dale.

Ésta era una muchacha alta y gruesa, rubia, de rostro agradable, pero de expresión algo estúpida. Contestó de buena gana a nuestras preguntas y se mostró muy disgustada al enterarse de la desaparición del dinero.

—No creo que esconda nada —observó el inspector después de despedirla—. ¿Y Parker?

Miss Russell apretó nuevamente los labios y no contestó.

—Me da el corazón de que este hombre nos reserva una sorpresa —continuó pensativamente el inspector—. Lo cierto es que no veo cuándo pudo tener la oportunidad de hacerlo. Sus ocupaciones le tienen atareado después de la cena, y cuenta con una buena coartada para la velada. Lo sé porque le he dedicado mi atención de un modo particular. —Se dirigió al ama de llaves directamente—: Gracias, miss Russell. De momento dejaremos las cosas como están. Es muy probable que mister Ackroyd dispusiera en persona del dinero.

El ama de llaves nos dio las buenas tardes y nos alejamos.

Yo salí de la casa junto con Poirot.

—Me pregunto —dije, rompiendo el silencio— qué papeles debían ser los que esa muchacha tocó para que Ackroyd se enfureciera de tal modo. Acaso en eso está la clave del misterio.

—El secretario dijo que no había papeles de importancia en la mesa —recordó Poirot.

—Sí, pero... —Me detuve.

—¿Le parece extraño que Ackroyd se enfadara tanto por una nimiedad?

—Sí, he de confesarlo.

—Pero, ¿es realmente una nimiedad?

—Desde luego —admití—. No sabemos lo que podían ser esos papeles. Pero Raymond dijo...

—Deje a mister Raymond fuera de la cuestión un minuto. ¿Qué le ha parecido la muchacha?

—¿Qué muchacha? ¿La camarera?

—Sí, Ursula Bourne.

—Me pareció una buena chica —dije, vacilando.

Poirot repitió a continuación mis palabras, pero poniendo énfasis en la semblanza de la chica.

—*Le pareció* una buena chica... sí.

Sacó algo del bolsillo y me lo alargó.

—Mire, amigo mío. Voy a enseñarle algo.

El papel que me daba era la lista del inspector entregada a Poirot horas antes. Siguiendo la línea que marcaba el dedo del belga, vio una pequeña cruz hecha con lápiz ante el nombre de Ursula Bourne.

—Tal vez no se ha fijado usted, mi buen amigo, pero en esta lista hay una persona cuya coartada no tiene confirmación: Ursula Bourne.

—¿No creerá usted...?

—Doctor Sheppard, no me atrevo a creer nada. Ursula Bourne puede haber matado a mister Ackroyd, pero confieso que no veo el motivo de semejante acto. ¿Y usted?

Me miraba fijamente, tan fijamente, que me sentí algo molesto.

—¿Y usted? —insistió.

—Ni el menor motivo —añadí con firmeza.

Poirot apartó hacia un lado la mirada, frunció las cejas y murmuró:

—Puesto que el chantajista era un hombre, ella no puede serlo y...

Tosí ligeramente.

—En cuanto a eso... —empecé, vacilando.

Poirot se volvió hacia mí.

—¿Qué iba a decir?

—Nada, nada. Sólo que en su carta, mistress Ferrars mencionaba *a una persona*, sin especificar su nombre, pero Ackroyd y yo, dimos por descontado, que se trataba de un hombre.

Poirot no parecía escucharme. Y murmuraba entre dientes.

—Es posible, después de todo... Sí, es posible... pero entonces he de ordenar mis ideas de nuevo. ¡Método, orden! Nunca lo he necesitado tanto. Todo debe encajar en su sitio, o de otro modo sigo una pista falsa.

Se detuvo y se volvió hacia mí.

—¿Dónde se encuentra Marby?

—Al otro lado de Cranchester.

—¿A qué distancia?

—A unas once millas.

—¿Podría usted ir allí? ¿Mañana por ejemplo?

—¿Mañana? Veamos. ¿Mañana es domingo...? Sí, puedo arreglarlo. ¿Qué quiere usted que haga allí?

—Que vea a mistress Folliot y se entere de cuanto pueda respecto a Ursula Bourne.

—Muy bien, pero... el encargo no es de los que me entusiasmen demasiado, créame.

—No es hora de poner dificultades. La vida de un hombre depende tal vez de esto.

—¡Pobre Ralph! —dije suspirando—. ¿Usted cree en su inocencia?

Poirot me miró y su aspecto era muy grave.

—¿Quiere usted saber la verdad?

—Desde luego.

—Pues ahí va. Amigo mío, todo tiende a demostrar su culpabilidad.

—¿*Qué?* —exclamé.

Poirot asintió con la cabeza.

—Si, ese estúpido inspector, pues es estúpido, no le quepa duda... está convencido de que él es el culpable. Yo busco la verdad, y... la verdad me lleva cada vez hacia Ralph Paton. Motivo, oportunidad, medios. Sin embargo, no dejaré nada por hacer. He prometido a miss Flora hacer todo lo posible, y la pequeña estaba muy segura de su inocencia, muy segura.

Capítulo XI

POIROT HACE UNA VISITA

Me sentía un poco nervioso al llamar a la puerta de Marby Grange al día siguiente por la tarde. ¿Por qué me había confiado Poirot esta misión? ¿Acaso deseaba permanecer en la sombra como cuando se trató de hacer preguntas al mayor Blunt? Mis meditaciones fueron interrumpidas por la aparición de una elegante camarera.

Mistress Folliot estaba en casa. Me hicieron pasar a un salón de grandes dimensiones y miré con curiosidad en torno mío, mientras esperaba a la dueña de la casa. Había allí algunos hermosos jarrones de porcelana, grabados, y muchos almohadones y cortinajes. Era un salón femenino por excelencia.

Al entrar mistress Folliot dejé la contemplación de un Bartolozzi que colgaba de una de las paredes. Era una mujer alta, de cabellos castaños algo despeinados y simpática sonrisa.

—¿El doctor Sheppard? —dijo vacilando.

—Sí, así me llamo —contesté—. He de pedirle mil perdones por molestarla, pero deseo informes de una camarera que usted empleó hace algún tiempo llamada Ursula Bourne.

Al oír el nombre, la sonrisa desapareció de su rostro y su cordialidad dejó sitio a una marcada frialdad.

—¿Ursula Bourne? —dijo lentamente.

—Sí. ¿Tal vez no recuerda usted el nombre?

—Sí, lo recuerdo muy bien.

—¿Dejó de trabajar aquí hace un año, según creo?

—Exactamente.

—¿Cumplió bien su cometido mientras trabajó en su casa?

—Sí.

—¿Cuánto tiempo estuvo?

—Un año o dos... no puedo precisar cuánto. Es... muy capaz. Estoy segura de que le dará completa satisfacción. No sabía que se iba de Fernly Park.

—¿Puede usted decirme algo más de ella?

—¿De ella?

—Sí. ¿De dónde viene, quién es su familia...todo eso, comprende?

La expresión de mistress Folliot se volvió todavía más fría.

—No lo sé.

—¿Dónde sirvió antes de entrar en su casa?

—Lo siento, pero no me acuerdo.

Un ligero enfado se mezclaba ahora a su excitación. Irguió la cabeza con un gesto que me era vagamente familiar.

—¿Son realmente necesarias todas esas preguntas?

—No —dije, fingiendo sorpresa y como excusándome—. No quería molestarla, y lo siento mucho, de veras.

Su enfado se desvaneció y quedó confusa.

—No siento responder a sus preguntas, le aseguro que no. Pero me extraña, nada más.

Una de las ventajas de ser médico es que se adivina casi siempre cuando la gente miente. La actitud de mistress Folliot me daba a entender que la molestaban muchísimo mis preguntas. Estaba molesta, contrariada. Era evidente que escondía algún secreto. La juzgué como a una mujer que no estaba acostumbrada a esconder sus emociones, ni a mentir, por eso se sentía violenta al tener que hacerlo. Un niño se hubiera percatado de ello.

Comprendí al instante que mistress Folliot no tenía la menor intención de explicármelo, tratase de lo que se tratase.

Vencido, me excusé una vez más y salí de la casa.

Fui a ver a dos enfermos y llegué a casa a eso de las seis. Caroline estaba sentada delante de la mesa del té y su rostro revelaba esa excitación peculiar que conocía tan bien. Estaba buscando información o bien tenía noticias interesantes que comunicar.

—He tenido una tarde interesantísima —empezó diciendo, cuando me dejaba caer en mi sillón y alargaba los pies hacia el fuego, que ardía alegremente.

—¿De veras? —dije—. ¿Ha venido, quizá, miss Ganett?

—Esta digna mujer es uno de nuestros principales heraldos.

—Piensa, piensa bien, a ver si lo adivinas —dijo Caroline, muy complacida.

Nombré algunas personas, apurando todo el personal informativo secreto de mi hermana. Ésta continuaba negando con la cabeza de un modo triunfante. Por último exclamó:

—¡Mister Poirot! ¿Qué te parece?

Me parecía un sinfín de cosas, pero tuve el cuidado de no decirlas a Caroline.

—¿Por qué ha venido?

—Para verme, naturalmente. Me ha dicho que, conociendo al hermano como lo conoce, esperaba que le sería permitido trabar conocimiento con su encantadora hermana...

—¿De qué ha hablado?

—Mucho de él y de los casos que le han sido confiados. Conoce al príncipe Paul de Mauritania, el que acaba de casarse con una bailarina.

—¿Sí?

—Hace unos días leí un párrafo muy interesante sobre ella en «Ecos de Sociedad», donde se decía que era en realidad una gran duquesa rusa, una de las hijas del zar, que logró escapar de los bolcheviques. Pues bien, resulta que mister Poirot descubrió un crimen misterioso en el que iban a verse involucrados. El príncipe Paul estaba loco de gratitud.

—¿No le regaló acaso un alfiler de corbata con una esmeralda del tamaño de un huevo de paloma? —pregunté sarcásticamente.

—No me lo ha dicho, ¿por qué?

—Por nada. Creía que era la costumbre, por lo menos lo es en las novelas de detectives. El súper detective tiene siempre sus habitaciones llenas de rubíes, perlas y esmeraldas, regaladas por sus reales clientes.

—Es muy interesante escuchar estas historias de boca de sus protagonistas —dijo mi hermana complacida.

Debería serlo... por lo menos para Caroline. Yo no podía dejar de admirar el ingenio de Hércules Poirot que supo escoger el tema que más complacía a una solterona de un pequeño pueblo.

—¿Te ha dicho que la bailarina era realmente una gran duquesa? —pregunté.

—No tenía derecho a revelarlo —contestó Caroline, con aires de importancia.

Me pregunté hasta qué punto Poirot habría alterado la verdad al hablar con mi hermana. Era posible que no hubiera dicho nada, sino dejado creer mucho enarcando las cejas o encogiéndose de hombros.

—Después de eso —observé—, supongo que estás dispuesta a comer en su mano.

—No seas vulgar, James. No sé dónde aprendes esas expresiones tan ordinarias.

—Probablemente en casa de mis enfermos, que son mi único lazo con el mundo exterior. Por desgracia, no hay entre ellos ni príncipes reales ni interesantes *émigrés* rusos.

Caroline se subió las gafas sobre la frente y miró con atención.

—Estás de mal humor, James. Debe de ser el hígado. Toma una píldora esta noche.

Al verme en mi casa, nadie diría nunca que soy doctor en medicina. Caroline receta tanto para mí como para ella.

—¡Maldito sea mi hígado! —dije con irritación—. ¿Habéis hablado del crimen?

—Naturalmente, James. ¿Acaso se puede hablar de otra cosa en este pueblo? He podido aclararle algunos puntos a mister Poirot, que se ha mostrado muy agradecido. Dice que tengo el instinto de un verdadero detective y una intuición maravillosa de la naturaleza humana.

Caroline se parecía a un gato harto de crema. Estaba roncando de placer.

—Ha hablado mucho de las células grises del cerebro y de sus funciones. Dice que las suyas son de primera calidad.

—No me extraña —observé amargamente—. La modestia no se cuenta entre sus cualidades.

—Me gustaría, James, que no fueras tan horriblemente americano. Mister Poirot cree muy importante que se encuentre a Ralph tan pronto como sea posible, y se le induzca a presentarse y a dar cuenta de cómo empleó su tiempo. Dice que su desaparición produciría una impresión malísima en su contra.

—¿Y qué le has contestado?

—Que estaba de acuerdo con él —dijo mi hermana con aire de suficiencia—. Además, le he contado cómo la gente juzga los hechos.

—Caroline —dije severamente—, ¿le has dicho a mister Poirot lo que oíste en el bosque el otro día?

—Sí —contestó Caroline muy ufana.

Me levanté y empecé a andar por el cuarto.

—Supongo que comprendes lo que haces —dije nerviosamente—. Le estás poniendo la cuerda al cuello a Ralph Paton con tanta seguridad como tú estás sentada en esta silla.

—Nada de eso —replicó Caroline sin inmutarse—. Lo que me ha extrañado muchísimo es que tú no se lo hayas dicho.

—Me he guardado muy bien de hacerlo. Quiero de veras al muchacho.

—Yo también. Por eso digo que piensas en tonterías. No creo que Ralph haya asesinado a su tío, de modo que la verdad no puede hacerle daño, y debemos ayudar a mister Poirot en todo lo que podamos. Piensa en la posibilidad de que Ralph estuviera con la misma chica la noche del crimen y, si es así, tiene una coartada perfecta.

—Y si tiene una coartada —repliqué—, ¿por qué no viene a decirlo?

—Teme ocasionar disgustos a la chica —dijo Caroline, con serenidad—. Pero si mister Poirot la encuentra y le expone que es su deber, se presentará por sí misma para demostrar la inocencia de Ralph.

—Me parece que has imaginado una novela —dije—. Lees demasiada literatura barata, Caroline. Siempre te lo he dicho.

Volví a sentarme en mi sillón.

—¿Te ha preguntado algo más Poirot? —quise indagar.

—Sólo respecto a los enfermos que recibiste aquella mañana.

—¿Los enfermos? —repetí sin comprender.

—Sí, los de cirugía menor. ¿Cuántos y quiénes eran?

—¿Quieres hacerme creer que has sido capaz de decirle eso? —pregunté.

Caroline es realmente sorprendente.

—¿Por qué no? —inquirió con tono triunfal mi hermana—. Veo el sendero que lleva a la puerta de tu consultorio desde esta ventana y tengo una memoria excelente, James. Mucho mejor que la tuya, deja que te lo diga.

—¡Estoy convencido de ello! —murmuré máquinalmente.

Mi hermana prosiguió, contando con sus dedos:

—Vino la vieja mistress Bennett y el muchacho de la granja que tenía un dedo herido; Dolly Grice, para que le quitaras una aguja que se clavó en el dedo; el camarero del trasatlántico norteamericano. Déjame contar... son cuatro. Sí, y el viejo George Evans, con su úlcera. Además...

Se detuvo de un modo significativo.

—¿Sí...?

Caroline creó el clímax apropiado y triunfal para silbar, con su mejor estilo y, gracias a la cantidad de «eses» que llevan las dos palabras, el nombre de su personaje:

—*Miss Russell!*

Se recostó en su silla, mirándome fijamente. Y cuando mi hermana te mira así es imposible no darse cuenta.

—No sé a qué te refieres —dije, mintiendo descaradamente—. ¿Por qué no había de venir miss Russell a consultarme respecto a su rodilla enferma?

—¡Qué rodilla enferma y qué narices! ¡Monsergas! Tiene la rodilla tan enferma como tú y yo. Lo que buscaba era otra cosa.

—¿Qué? —pregunté.

Caroline tuvo que confesar que lo ignoraba.

—¡Pero ten por seguro que eso es lo que mister Poirot deseaba saber! Esa mujer esconde algo y él lo sabe.

—Es la misma reflexión que mistress Ackroyd me hizo ayer —exclamé—. Decía que miss Russell tenía algo sobre su conciencia.

—¡Ah! —exclamó mi hermana misteriosamente—. Mistress Ackroyd. ¡Otra que tal!

—¿Otra qué?

Caroline rehusó explicar sus observaciones. Se limitó a inclinar la cabeza varias veces, dobló su labor y subió a su cuarto con el fin de ponerse la blusa de seda de color de malva y el medallón de oro, que constituía su traje de noche.

Me quedé mirando el fuego y pensando en las palabras de Caroline. ¿Habría venido Poirot en realidad para obtener informes sobre miss Russell, o la mente tortuosa de Caroline había interpretado sus reflexiones de acuerdo con sus propias ideas?

La conducta de miss Russell aquella mañana no había

sido sospechosa, pero recordaba su insistencia sobre el tópico de las drogas y los venenos. Sin embargo, eso no probaba nada. Ackroyd no había muerto envenenado...

Oí la voz de Caroline llamarme desde lo alto de la escalera:

—James, vas a retrasarte para la cena.

Eché carbón al fuego y subí obedientemente.

Conviene tener paz en casa, a cualquier precio.

Capítulo XII

EN TORNO A LA MESA

La encuesta judicial se celebró el lunes.

No me propongo entrar en detalles, pues tendría que repetir lo ya dicho. Debido a un acuerdo con la policía, muy poca cosa se dijo en público. Declaré la causa de la muerte de Ackroyd y la hora probable de ésta. La ausencia de Ralph Paton fue comentada por el *coroner*[1] sin que éste insistiera sobre el hecho.

Después, Poirot y yo hablamos con el inspector Raglan. Éste parecía muy preocupado.

—Eso pinta a bastos, mister Poirot —dijo—. Trato de juzgar las cosas con justicia y mesura. Soy hijo de aquí y he visto muchas veces al capitán Paton en Cranchester. No deseo probar su culpabilidad, pero si es inocente, ¿por qué no se presenta? Varios indicios parecen culparle, pero acaso tenga una explicación plausible. ¿Por qué no viene a dar esa explicación?

El inspector no nos lo decía todo. La descripción de Ralph había sido enviada por telégrafo a todos los puertos y estaciones de ferrocarril de Inglaterra. La policía andaba al acecho en todas partes. Se vigilaban sus habitaciones en Londres y las casas que frecuentaba. Con semejante cor-

---

1. Oficial de la policía judicial de Inglaterra, encargado de las vistas en los casos de muertes violentas o accidentes, incendios, etcétera.

dón policial parecía imposible que escapara a la justicia. No llevaba equipaje y se le suponía sin dinero.

—Nadie le vio en la estación aquella noche —continuó el inspector—. Sin embargo, se le conoce muy bien allí, y era de suponer que alguien se hubiese fijado en él. Tampoco tenemos noticias de Liverpool.

—¿Usted cree que fue a Liverpool? —inquirió Poirot.

—Es posible. La llamada telefónica de la estación llegó tres minutos antes de salir el expreso de Liverpool. Algo relaciona seguramente los dos hechos.

—A menos que lo hayan hecho para que sigamos una pista falsa. La llamada por teléfono quizá responda a tal motivo.

—Es posible —confesó el inspector—. ¿Cree usted que ésta es la explicación de la llamada?

—Amigo mío —dijo lentamente Poirot—, ¡yo no sé nada! Pero voy a decirle algo: Creo que, al dar con la explicación de esa llamada, encontraremos la del crimen.

—Ya nos dijo algo por el estilo antes de ahora —observé mirándole con curiosidad.

—Siempre vuelvo a lo mismo —declaró Poirot con gran seriedad.

—Me parece que no tiene nada que ver... —afirmé.

—No digo tanto —exclamó el inspector—. Pero he de confesar que mister Poirot le da demasiada importancia. Tenemos pistas mejores que ésa... Las huellas digitales en la daga, por ejemplo.

Poirot demostró de pronto, como siempre que se excitaba, su origen extranjero.

—*Monsieur l'inspecteur* —dijo—, tenga cuidado con la calle... *Comment dire?* Con el callejón que no lleva a ninguna parte.

El inspector Raglan se le quedó mirando, pero yo me adelanté.

—¿Quiere usted decir el callejón sin salida?

—Eso mismo, el callejón sin salida, el que no lleva a ninguna parte. Eso puede ocurrirle con las huellas de la daga: a lo mejor no le llevan a ninguna parte.

—No veo el porqué —contestó el oficial de policía—. Supongo que se refiere a la posibilidad de que estén trucadas. He leído que eso se hace, aunque no lo he encontrado nunca en la práctica. Pero reales o falsas, han de llevar a *alguna parte*.

Poirot se limitó a encogerse de hombros, abriendo los brazos.

El inspector nos enseñó entonces varias fotografías ampliadas de las huellas y habló en términos técnicos de sus características.

—Veamos —dijo finalmente, molesto por la actitud indiferente de Poirot—, ¿está dispuesto a admitir que estas huellas fueron hechas por alguien que se encontraba en la casa aquella noche?

—*Bien entendu!* —dijo Poirot, asintiendo.

—Pues bien, he tomado las huellas de todos los de la casa, empezando por la vieja y acabando por la cocinera.

No creo que le hubiese gustado a mistress Ackroyd oírse llamar vieja. Calculo que debe gastar sumas considerables en cosméticos.

—Las de todo el mundo —repitió el inspector, nervioso.

—Incluso las mías —dije con voz adusta.

—Pues bien, ninguna corresponde. Eso nos deja dos alternativas: o bien Ralph Paton o el misterioso forastero de quien nos habla el doctor. Cuando pongamos la mano sobre ellos...

—... tal vez hayamos perdido un tiempo valioso —interrumpió Poirot.

—No le entiendo, mister Poirot.

—Dice usted que ha tomado las huellas de todos los de la casa —murmuró Poirot—. ¿Está seguro, *monsieur l'inspecteur*?

—Segurísimo.

—¿Sin olvidar a nadie?

—Sin olvidar a nadie.

—¿Los vivos y los muertos?

Durante un segundo el inspector se quedó desorientado, tomando aquello como una observación religiosa. Luego, reaccionó lentamente.

—¿Quiere usted decir...?

—¡El muerto, *monsieur l'inspecteur*!

El inspector necesitó unos minutos para comprenderlo.

—Le sugiero —explicó plácidamente Poirot— que las huellas del puño de la daga pertenecen a mister Ackroyd en persona. Es fácil de comprobar. Todavía disponemos del cuerpo.

—Pero, ¿por qué? ¿Con qué fin? ¿No creerá usted en un suicidio, mister Poirot?

—No, no. Mi teoría es que el criminal llevaba guantes o la mano envuelta en un trapo cualquiera. Después de asestar el golpe, cogió la mano de su víctima y la cerró sobre el puño de la daga.

—Pero ¿por qué?

Poirot volvió a encogerse de hombros.

—¡Para embrollar todavía más un caso complicado!

—Bien —dijo el inspector—. Voy a comprobarlo. Pero dígame: ¿cómo se le ha ocurrido semejante idea?

—Las fotografías que ha tenido la bondad de enseñarme. Entiendo muy poco de esas cosas y confieso mi ignorancia, pero se me ha ocurrido que la posición de las huellas no es natural. No es así como yo hubiera empuñado una daga para asestar un golpe. Desde luego, con la mano derecha doblada hacia atrás por encima del hombro, era difícil colocarla en la posición normal.

El inspector Raglan se quedó mirando a Poirot que, fingiendo cierta indiferencia, se limpiaba el polvo de la manga de su chaqueta.

—Es una idea —dijo por último el inspector—. Voy a comprobarlo en el acto, pero no se desanime si no da resultado.

Trataba de hablar amablemente, con voz que denotaba cierto aire protector y de superioridad. Poirot le miró alejarse y se volvió hacia mí, sonriente, guiñándome los ojos.

—Otra vez —observó— he de tener más cuidado con su

amour propre. Y ahora que estamos solos, ¿qué le parece a usted, mi buen amigo, una pequeña reunión familiar?

La «pequeña reunión», como la llamaba Poirot, se efectuó media hora después. Nos sentamos en torno a la mesa del comedor de Fernly Park. Poirot se colocó al extremo de la mesa, como el presidente de alguna velada fúnebre. Los criados no estaban presentes, de modo que éramos seis: mistress Ackroyd, Flora, el mayor Blunt, el joven Raymond, Poirot y yo.

Cuando estuvimos todos sentados, Poirot se levantó y saludó.

—*Messieurs, mesdames*, me he permitido reunirles con un fin determinado —hizo una pausa—. Para empezar, he de dirigir una súplica especial a mademoiselle.

—¿A mí? —dijo Flora.

—Mademoiselle, usted es la prometida del capitán Ralph Paton. Si alguien disfruta de su confianza, es usted. Le ruego encarecidamente que, si conoce su paradero, le convenza para que salga al descubierto. Un momento —añadió al ver que Flora erguía la cabeza para hablar—. No diga nada hasta haber reflexionado. Mademoiselle, la posición del capitán se hace más peligrosa cada día. Si se hubiese presentado en seguida, por desfavorables que le hubiesen sido los indicios recogidos, tenía probabilidades de explicarse, pero este silencio... esa huida... ¿qué significan? Unicamente una cosa, evidentemente: confirmar su culpabilidad. Mademoiselle, si usted cree realmente en su inocencia, trate de persuadirlo para que salga de su escondite antes de que sea demasiado tarde.

Flora se había puesto intensamente pálida.

—¡Demasiado tarde! —repitió bajito.

Poirot se inclinó, mirándola fijamente a los ojos.

—Mire usted, mademoiselle —dijo suavemente—. Papá Poirot es quien se lo pide, el viejo papá Poirot, que sabe muchas cosas y tiene mucha experiencia. No voy a hacerle caer en trampas, mademoiselle. ¿No quiere confiar en mí y decirme dónde se esconde Ralph Paton?

La muchacha se levantó y se encaró con él.

—Monsieur Poirot —dijo con voz clara—, le juro solemnemente que ignoro dónde está Ralph, y que no lo he visto ni he sabido de él desde el día del... del crimen.

Volvió a sentarse. Poirot la contempló en silencio unos instantes y de pronto dio una palmada en la mesa.

—*Bien!* Ésta es la cuestión. —Su rostro adquirió una expresión dura—. Ahora hago un llamamiento a los demás que están sentados en torno a esta mesa: a mistress Ackroyd, al mayor Blunt, al doctor Sheppard, a mister Raymond. Todos eran amigos íntimos del desaparecido. ¡Si saben dónde se esconde Ralph Paton, hablen! —Hubo un largo silencio en el que Poirot nos miró a todos alternativamente—. Se lo ruego —dijo en voz baja—. ¡Hablen!

Pero el silencio se prolongó. Por último, mistress Ackroyd lo rompió.

—Verdaderamente —dijo con voz quejumbrosa—, la ausencia de Ralph es muy extraña. Deja entrever que hay algo *detrás* de todo eso. No puedo dejar de pensar, querida Flora, que es una suerte que vuestros esponsales no hayan sido anunciados formalmente.

—¡Madre! —exclamó Flora con enfado.

—¡Es la Providencia! —declaró mistress Ackroyd—. Tengo una fe ciega en la Providencia... divinidad que da forma a nuestros fines, como dicen unos bellos versos de Shakespeare.

—¡Estoy seguro, mistress Ackroyd —exclamó Geoffrey Raymond, cuya risa irresponsable retumbó en el comedor—, de que no hará responsable al Todopoderoso de todos los tobillos hinchados!

Supongo que Raymond lo dijo para relajar la tensión ambiental, pero mistress Ackroyd le lanzó una mirada de reproche mientras sacaba su pañuelo.

—¡Mi hija se ha ahorrado muchos disgustos! No es que piense un solo momento que el querido Ralph tenga algo que ver con la muerte del pobre Roger. *No lo creo*. Pero es verdad que tengo un corazón confiado... Desde la infancia soy así. Me cuesta mucho creer en la maldad ajena. Desde luego hay que recordarlo cuando era niño. Dicen que a veces los resultados tardan en manifestarse. La gente no es responsable de sus actos, pierden el dominio sobre sí mismos y no permiten que nadie les ayude.

—¡Mamá! No creerás que Ralph es culpable?

—¡Vamos, mistress Ackroyd! —exclamó Blunt.

—No sé qué pensar —dijo mistress Ackroyd, lloriqueando—. Todo esto me trastorna. ¿Qué sería de la herencia, de esta finca, si se descubriera que Ralph es culpable?

Raymond apartó la silla de la mesa con violencia. El mayor permaneció inmóvil, mirando pensativamente a la dama.

—Algo así como una neurosis de guerra, ¿sabe usted? —continuó ella con obstinación—. Creo también que Roger le ataba muy corto con el dinero... con las mejores intenciones del mundo, desde luego. Veo que todos están indignados, pero encuentro muy extraño que Ralph no se haya presentado, y repito que me alegro de que los esponsales de Flora no hayan sido aún anunciados formalmente.

—Lo serán mañana —afirmó miss Ackroyd con voz clara.

—¡Flora! —exclamó su madre, anonadada.

Flora se había vuelto hacia el secretario.

—Mande por favor el anuncio al *The Morning Post* y al *The Times*, mister Raymond.

—Si usted lo juzga sensato, miss Ackroyd... —replicó gravemente éste.

La muchacha se volvió impulsivamente hacia Blunt.

—¿Me comprende, verdad? —dijo—. ¿Qué más puedo hacer? Tal como están las cosas, debo permanecer al lado de Ralph. ¿*Debo* hacerlo, no?

Le miraba con insistencia y, al cabo de un momento, Blunt asintió con la cabeza.

Mistress Ackroyd se deshizo en protestas airadas y Flora ni se inmutó. Raymond tomó la palabra:

—Aprecio sus motivos, miss Ackroyd. Pero, ¿no cree usted que se precipita demasiado? Espere un día o dos.

—¡Mañana mismo! —protestó Flora—. Es inútil continuar así, mamá. A pesar de mis defectos, no soy desleal con mis amigos.

—Mister Poirot —exclamó llorosa la madre—. ¿No puede usted hacer algo?

—No hay nada qué hacer —interrumpió Blunt—. Hace lo que debe hacer. Yo lo apruebo y la ayudaré en cuanto de mí dependa.

Flora le alargó la mano.

—Gracias, mayor Blunt.

—Mademoiselle —dijo Poirot—, permita usted a un anciano que la felicite por su valor y lealtad, pero no se ofenda si le pido solemnemente que retrase un par de días el anuncio del que habla.

Flora vaciló.

—Se lo pido por el bien de Ralph Paton tanto como por el suyo propio, mademoiselle. Veo que frunce el ceño. No comprende por qué lo digo, pero le aseguro que tengo un motivo. *Pas de blagues!* Usted puso el caso en mis manos. No ponga ahora trabas a mi cometido.

Flora reflexionó antes de contestar.

—No me gusta esa idea —dijo finalmente—, pero haré lo que dice.

—Y ahora, *messieurs et mesdames* —dijo Poirot rápidamente—, continúo con lo que iba a decir. Compréndanme bien: quiero llegar a la verdad. Ésta, por fea que sea en sí, es siempre curiosa, y siempre resulta hermosa para el que la busca con afán. Tengo muchos años, mis facultades no son ya lo que eran. —Aquí esperaba a todas luces una contradicción—. Es muy probable que éste sea el último caso en el que intervendré, pero Hércules Poirot no acabará con un fracaso. *Messieurs et mesdames*, les advierto que quiero *saber*... y lo *sabré* a pesar de todos ustedes.

Pronunció las últimas palabras como un reto. Nos estremecimos todos, excepto Geoffrey Raymond, que continuó de buen humor e impávido como de costumbre.

—¿Qué quiere usted sugerir... diciendo «a pesar de todos nosotros»? —preguntó, enarcando las cejas.

—Pues eso, monsieur. Exactamente eso. Cada uno de los aquí presentes me esconde algo. —Levantó una mano al subir un coro de débiles protestas—. Sí, sí. Sé lo que digo. Puede ser algo sin importancia, trivial, que se supone que tiene que ver con el caso, pero ahí está. *Cada uno de ustedes tiene algo que esconder.* Confiésenlo, ¿tengo o no tengo razón?

Su mirada, cargada de acusación y de reto, dio la vuelta a la mesa, y todos los ojos cayeron ante los suyos... incluso los míos.

—Ya me han contestado —dijo Poirot con una risita extraña. —Se levantó—. Les hago un llamamiento... ¡Díganme la verdad, toda la verdad! —Hubo un silencio—. ¿Nadie quiere hablar? —Volvió a reír—. *C'est dommage.*

Y salió del comedor.

Capítulo XIII

LA PLUMA DE OCA

Aquella noche, después de cenar, fui a casa de Poirot a instancias suyas. Caroline me vio alejarme con contrariedad. Creo que le hubiera gustado acompañarme.

Poirot me recibió de un modo hospitalario. Había colocada una botella de whisky irlandés —que detesto— en una mesita, junto con un sifón y un vaso. Él estaba ingiriendo una taza de chocolate caliente. Más tarde descubrí que se trataba de su bebida favorita.

Me preguntó cortésmente por mi hermana, afirmando que era una mujer muy interesante.

—Temo que le haya usted hecho subir los humos a la cabeza —dije bruscamente—. Me refiero al domingo por la tarde.

Se echó a reír alegremente.

—Me gusta siempre recurrir a los expertos —observó sin matizar sus palabras.

—Se habrá enterado usted de todas las habladurías del pueblo —le hice observar—. De lo cierto y de lo falso.

—Y de unas informaciones valiosísimas —añadió tranquilamente.

—¿Tales como...?

Poirot meneó la cabeza.

—¿Por qué no me dijo usted la verdad? —preguntó—. En un pueblo como éste, todo el mundo se entera de lo que hace el vecino. Si su hermana no hubiera atravesado el bosque aquel día, otra persona lo hubiera hecho.

—Es probable —contesté con tono gruñón—, pero, ¿a qué demostrar tanto interés por mis enfermos?

Poirot se sonrió levemente.

—Sólo por uno de ellos, doctor, sólo por uno.

—¿El último? —me arriesgué a decir.

—Miss Russell es una persona muy interesante —replicó evasivamente.

—¿Está usted de acuerdo con mi hermana y con miss Ackroyd en que nos esconde algo? —pregunté.

—¿Eso dicen?

—¿Acaso no se lo dio a entender mi hermana?

—*C'est possible!*

—No tiene motivo en qué fundarse —declaré.

—*Les femmes*... —generalizó Poirot—... son unos seres maravillosos. Inventan, se dejan llevar de su fantasía y milagrosamente aciertan la verdad. Las mujeres observan de un modo inconsciente mil detalles íntimos, sin saber lo que hacen. Sus subconscientes añaden esas cositas unas a las otras, y a eso le llaman intuición. Yo tengo mucha experiencia en psicología. Conozco bien todo eso.

Sacó el pecho con aire de importancia y su aspecto era tan ridículo que me costó un gran esfuerzo no echarme a reír.

Bebió un sorbo de chocolate y se secó cuidadosamente el bigote.

—Quisiera que usted me dijera lo que piensa en realidad —exclamé de pronto.

Poirot dejó su taza en la mesa.

—¿Lo desea usted?

—Sí.

—Usted ha visto lo mismo que yo. Nuestros razonamientos deberían coincidir.

—Temo que se burla de mí —dije secamente—. No tengo experiencia en esos asuntos.

Poirot me miró con indulgencia.

—Usted se parece al niño que desea ver cómo las máquinas trabajan. Quiere contemplar el asunto, no en calidad de médico de familia, sino con el ojo de un detective muy experimentado y que no siente cariño por nadie... para quien todos son extraños e igualmente sospechosos.

—Lo dice usted de un modo acertado.

—Voy a hacerle un pequeño discurso. Lo más importante es obtener un relato exacto de lo que ocurrió aquella noche... teniendo siempre en cuenta que la persona que habla puede mentir.

Enarqué las cejas.

—¡Ésa es una actitud sumamente desconfiada!

—Pero necesaria, se lo aseguro. Ante todo... el doctor Sheppard sale de la casa a las nueve menos diez. ¿Cómo sé yo esto?

—Porque yo se lo he dicho.

—Sin embargo, usted puede disfrazar la verdad o su reloj puede no ser exacto. No obstante, Parker también dice que usted dejó la casa a las nueve menos diez, de modo que aceptamos esta declaración y continuamos. A las nueve usted encuentra un hombre... aquí llegamos a lo que llamaremos la «Historia del misterioso forastero» frente a la verja de entrada. ¿Cómo puedo saber que así ocurrió?

—Yo se lo dije —empecé de nuevo, pero Poirot me interrumpió con un gesto de impaciencia.

—Se muestra un poco estúpido esta noche, amigo mío.

—*Usted sabe* que es así, pero, ¿cómo lo voy a saber yo? *Eh bien*, puedo decirle que el misterioso forastero no es una alucinación que usted haya sufrido, porque la doncella de una tal miss Ganett lo vio unos minutos antes que usted, y a ella también le preguntó el camino de Fernly Park. Aceptemos, pues, el hecho de su presencia y podemos estar seguros de dos cosas respecto a él... que no se le conocía en el vecindario, y que el objeto de su visita a Fernly Park, no deseaba mantenerlo secreto, puesto que preguntó dos veces el camino.

—Comprendo —dije.

—He procurado averiguar pormenores de ese hombre. Bebió una copa en el Three Boars, y la camarera dice que hablaba con acento norteamericano y que mencionó la circunstancia de que acababa de llegar de Estados Unidos. ¿Le pareció a usted que tenía algo de acento?

—Creo que sí —dije, recapacitando—, pero muy ligero.

—*Précisément*. También hay esto, que según recordará recogí en el pequeño cobertizo.

Me enseñaba la pluma de oca. Le miré con curiosidad, y algo que había leído me volvió a la memoria.

Poirot, que me estaba mirando, asintió con la cabeza.

—Sí... «nieve» de heroína. Los cocainómanos llevan una pluma como ésta y con ella esnifan la droga.

—¡Diacetilmorfina! —murmuré maquinalmente.

—Este sistema de tomar la droga está muy divulgado en América. Es otra prueba, si la necesitamos, de que el hombre vino de Canadá o de Estados Unidos.

—¿Por qué le llamó la atención el cobertizo? —pregunté, lleno de curiosidad.

—Mi amigo el inspector estaba convencido de que quien siguió el sendero lo hizo para llegar cuanto antes a la casa, pero tan pronto como vi el pequeño cobertizo me di cuenta de que sería el camino seguido por quien lo empleara como lugar de cita. Parece plausible puesto que el forastero no se presentó ni en la puerta trasera ni en la entrada principal. ¿Acaso alguien de la casa fue a reunirse con él? En este caso, ¿qué lugar más adecuado que el pequeño cobertizo? Busqué en el interior para ver si daba con algunas huellas y encontré dos: el pedazo de batista y la pluma.

—¿Qué dice usted del pedazo de batista? —pregunté con interés.

Poirot enarcó las cejas.

—No emplea usted las células grises —observó secamente—. No es muy difícil de deducir.

—Pues no se me ocurre nada. —Cambié de conversación—. De todos modos, ese hombre fue a reunirse con alguien en el cobertizo. ¿Quién sería?

—Ahí está la cuestión —dijo Poirot—. ¿Recuerda usted que mistress Ackroyd y su hija vivían en Canadá antes de venir aquí?

—¿Se refería usted a eso al acusarlas de esconder la verdad?

—Quizás. Ahora, otra cosa. ¿Qué le pareció la historia de la camarera?

—¿Qué historia?

—La historia de su despido. ¿Se necesita acaso media hora para despedir a una criada? ¿Era plausible la historia de los papeles importantes? Además, recuerde que, a pesar de que dice que estaba en su cuarto entre las nueve y media y las diez, nadie puede confirmar su declaración.

—Usted me sorprende —exclamé.

—Para mí todo va aclarándose. *Bien!* Explíqueme ahora sus propias ideas y teorías.

Saqué una hoja de papel del bolsillo.

—He apuntado unas cuantas cosillas.

—Excelente... tiene usted método. Veamos.

Empecé a leer con cierta turbación.

—Es preciso considerar la cosa lógicamente...

—Eso mismo acostumbraba a decir mi pobre Hastings —interrumpió Poirot—, pero desgraciadamente, nunca lo hacía.

—*Punto número uno*. Se oyó a mister Ackroyd hablar con alguien a las nueve y media.

»*Punto número dos*. Ralph Paton debió entrar por la ventana a una hora cualquiera de la noche, como lo prueban las huellas de sus zapatos.

»*Punto número tres*. Mister Ackroyd estaba nervioso aquella noche y sólo hubiera dejado entrar a un conocido.

»*Punto número cuatro*. La persona con quien se encontraba mister Ackroyd a las nueve y media pedía dinero, Sabemos que Ralph Paton estaba apurado.

»Esos cuatro puntos tienden a demostrar que la persona que se encontraba con mister Ackroyd a las nueve y media era Ralph Paton, pero sabemos que mister Ackroyd vivía a las diez menos cuarto y, en consecuencia, no fue Ralph Paton quien lo mató. Ralph dejó la ventana abierta, y el criminal entró por ella después de que Ralph se hubo alejado.

—¿Quién fue el criminal? —inquirió Poirot.

—El forastero norteamericano. Es posible que estuviese de acuerdo con Parker y también es posible que Parker fuera quien hiciese a mistress Ferrars víctima de un chantaje. De ser así, Parker puede haber oído lo suficiente para comprender que la cosa iba a descubrirse, habérselo dicho a su cómplice y éste cometer el crimen con la daga que Parker le entregó.

—Es una teoría... —admitió Poirot—. Decididamente, sus células funcionan... Pero deja muchas cosas sin explicar.

—¿Tales como...?

—La llamada telefónica, el sillón cambiado de sitio...

—¿Cree usted realmente que este último detalle es importante? —le dije, interrumpiéndole.

—Tal vez no —admitió mi amigo—. Puede haber sido movido accidentalmente y Raymond o Blunt haberlo colocada en su sitio inconscientemente, bajo la impresión que sufrían. Además, están las cuarenta libras que han desaparecido.

—Que Ackroyd entregó a Ralph —sugerí—. Acaso Ackroyd cediera después de rehusar.

—¡Eso deja todavía una cosa sin explicación!

—¿Cuál?

—¿Por qué está Blunt tan seguro de que era Raymond el que hablaba con mister Ackroyd a las nueve y media?

—Nos lo ha explicado él mismo.

—¿Lo cree usted así? No insisto. Pero dígame, en cambio, ¿cuáles eran los motivos de Ralph Paton para desaparecer?

—Eso es harina de otro costal —dije lentamente—. Tendré que hablarle como médico. Ralph debió perder el dominio de sus nervios. Si descubrió de repente que su tío había sido asesinado unos minutos después de que se alejara de su lado, y tal vez después de una entrevista tempestuosa, es muy posible que huyera sin pensar en las consecuencias de su acto. Muchos hombres han obrado en circunstancias similares como si fuesen culpables, a pesar de su inocencia.

—Si, es verdad —dijo Poirot—, pero es preciso tener en cuenta una cosa.

—Sé lo que usted va a decir —observé—. ¡El motivo! Ralph Paton hereda una fortuna considerable a la muerte de su tío.

—Éste es uno de los motivos.

—¿Uno?

—*Mais oui*. ¿No comprende usted que son tres los motivos que se nos presentan? Alguien robó el sobre azul y su contenido. Éste es uno de los motivos. *¡Chantaje!* Ralph Paton era tal vez el hombre que hacia víctima de este chantaje a mistress Ferrars. Recuerde que Hammond no estaba enterado de que Ralph hubiera pedido dinero a su tío últimamente. Eso hace pensar en que se lo procuraba en otra parte. Luego hay el hecho de que se encontraba en un lío que temía llegase a conocimiento de su tío, y finalmente hay el que usted acaba de mencionar.

—¡Dios mío! El caso me parece muy negro contra él.

—¿De veras? —dijo Poirot—. Aquí es donde no estamos de acuerdo usted y yo. Tres motivos son muchos. Me inclino a creer que, después de todo, Ralph Paton es inocente.

Capítulo XIV

MISTRESS ACKROYD

Después de la conversación que acabo de relatar, me pareció que el asunto entraba en una fase distinta.

Se puede dividir en dos partes, bien diferenciadas la una de la otra. La primera empieza con la muerte de Ackroyd el viernes por la noche y acaba el lunes siguiente, al atardecer. Es el relato fiel de lo ocurrido hecho a Hércules Poirot. Yo estuve a su lado continuamente. Veía lo que él e hice lo que pude por adivinar sus pensamientos. Comprendo ahora que fracasé en este punto.

Aunque Poirot me enseñó sus descubrimientos, como, por ejemplo, la alianza de oro, se calló las impresiones vitales y lógicas que sacó. Como descubrí más adelante, este sigilo cauteloso suyo era una de sus principales características. Se permitía lanzar sugerencias sin ir más allá.

Tal y como he dicho, mi relato hasta el lunes al atardecer pudo ser el de Poirot en persona. Él era Sherlock Holmes y yo Watson. Pero, después del lunes, nuestros caminos se separaron. Poirot tenía trabajo por su parte. Me enteré de lo que hacía porque en King's Abbot se sabe todo, pero no me lo participaba de antemano. Yo también tenía mis preocupaciones. Al mirar atrás, lo que me llamaba la atención era el hecho de que el asunto se parecía a un rompecabezas en el cual todos intervenían, aportando sus conocimientos particulares, un detalle, una observación, que contribuían a su solución. No obstante, a Poirot le tocaba el honor de haber sabido colocar esas piezas en su lugar correspondiente.

Algunos de los incidentes parecían entonces desprovistos de interés y de significado. Había, por ejemplo, la cuestión de los zapatos negros, pero eso vendrá después... Para poner las cosas por orden riguroso, he de empezar con la llamada de mistress Ackroyd.

Me envió a buscar el martes por la mañana de un modo tan urgente, que me apresuré a trasladarme a su lado, creyendo encontrarla *in extremis*.

Mistress Ackroyd estaba en la cama... Ésa fue una concesión por su parte a la etiqueta de la situación. Me alargó su mano huesuda y me señaló una silla al lado de su cama.

—Bien, mistress Ackroyd —dije—. ¿Qué le pasa?

Le hablé con jovialidad, una característica de los médicos de cabecera.

—Estoy deshecha —dijo con voz débil—. Completamente deshecha. Es la impresión de la muerte del pobre Roger. Dicen que son cosas que no se sienten *en el acto*, ¿sabe usted? La reacción viene después.

Es una lástima que su profesión le impida a un médico decir algunas veces lo que piensa en realidad. Hubiera dado cualquier cosa por poder contestarle: «¡Pamplinas!»

En vez de eso le propuse tomar un tónico, que mistress Ackroyd aceptó en seguida. El primer movimiento en el juego estaba dado. No se me ocurrió un solo momento la idea de que me había enviado a buscar a causa del efecto que le causó la muerte de Roger, pero mistress Ackroyd es incapaz de seguir una línea recta, sea cual sea el asunto a tratar. Se acerca siempre al que se propone por medios tortuosos. Me pregunté con curiosidad por qué me había mandado llamar.

—¡Luego está esa escena de ayer! —continuó diciendo.

—¿Qué escena?

—Doctor, ¿cómo puede usted decir eso? ¿Acaso lo ha olvidado? Hablo de ese horrible hombrecillo, de ese francés o belga... de su modo de maltratarnos a todos. Me trastornó completamente después de la muerte de Roger.

—Lo siento mucho, mistress Ackroyd —dije.

—No sé qué es lo que se proponía, gritándonos como lo hizo. Sé cuál es mi deber... para soñar con acultar nada. He ayudado a la policía con todos los medios a mi alcance.

Mistress Ackroyd se detuvo mientras yo contestaba:

—¡Sí, sí, desde luego! —Empezaba a vislumbrar de qué se trataba.

—Nadie puede acusarme de haber faltado a mi deber —continuó mi interlocutora—. Estoy segura de que el inspector Raglan está satisfecho. ¿Por qué ha de meterse en todo eso ese forastero intrigante? Es el hombre más ridículo que he visto en mi vida. Se parece a un cómico francés de esos que salen en las revistas. No comprendo por qué Flora ha insistido en que se encargue del caso. No me lo dijo de antemano. Todo lo hizo por su propia iniciativa. Flora es demasiado independiente. Soy una mujer de mundo y soy su madre. Debió dejar que la aconsejara ante todo.

Escuché todo eso en silencio.

—¿Qué pensará ese individuo Me gustaría saberlo. ¿Creerá acaso que escondo algo? Ayer me... me *acusó*.

Me encogí de hombros.

—No tiene importancia, mistress Ackroyd. Puesto que no esconde usted nada, lo que ha dicho no se refiere a usted.

La dama cambió de conversación, como era su costumbre.

—¡Los criados son tan fastidiosos! Hablan, charlan entre ellos. Luego se sabe... y probablemente no hay nada de cierto en todo ello.

—¿Han hablado los criados? —pregunté—. ¿A propósito de qué?

Mistress Ackroyd me lanzó una rápida mirada que me hizo perder la calma.

—Estaba convencida de que usted lo sabría, doctor. Usted estuvo todo el tiempo con mister Poirot, ¿verdad?

—Sí, es cierto.

—Entonces, lo sabe. Fue esa muchacha, Ursula Bourne, ¿verdad? Desde luego, sale de la casa, y trata de hacer todo el mal posible. Es una mujer despechada. Todas son iguales. Y usted que estaba allí, doctor, sabrá exactamente lo que dijo. Me preocupa la idea de que se formen impresiones erróneas. Después de todo, hay pequeños detalles que no se repiten a la policía, ¿verdad? A veces son cosas familiares... que no tienen nada que ver con el crimen. Pero si la muchacha se sentía despechada, puede haber inventado toda clase de mentiras.

Comprendí que mistress Ackroyd estaba verdaderamente angustiada. Poirot no se había equivocado. De las seis personas reunidas en torno a la mesa ayer, mistress Ackroyd, por lo menos, tenía algo que esconder. A mí sólo me quedaba descubrir qué era.

—En su lugar, señora —dije bruscamente—, yo lo confesaría todo.

Lanzó un leve gemido.

—¡Oh, doctor! ¿Cómo puede usted ser tan brusco...? No parece sino que yo... que yo... ¡Pero si puedo explicarlo todo de un modo sencillo!

—¿Por qué no hacerlo, pues? —sugerí.

Mistress Ackroyd se apoderó de un pañuelo bordado de encajes y empezó a lloriquear.

—He pensado, doctor, que usted podría decirle a mister Poirot... explicarle, ¿comprende usted...? Es tan difícil para un extranjero darse cuenta de nuestro punto de vista... Usted no sabe... nadie sabe... lo que he tenido que luchar. Mi vida ha sido un largo martirio. No me gusta hablar mal de los muertos, pero es así. Todas, todas las facturas, hasta las más pequeñas, tenían que ser comprobadas y estudiadas como si Roger sólo tuviese unos cuantos centenares de libras de renta, en vez de ser, como me dijo ayer mister Hammond, uno de los hombres más ricos de la comarca.

Mistress Ackroyd se detuvo para enjugarse los ojos con el pañuelito de encajes.

—¿Me hablaba usted de facturas? —dije, animándola.

—¡Esas horribles facturas! Algunas no las enseñaba siquiera a Roger. Eran cosas que un hombre no comprende. Habría dicho que no eran necesarias. Y, desde luego, iban en aumento y llegaban periódicamente...

Me miró en demanda de simpatía y comprensión.

—Eso es lo que suele ocurrir —dije.

—Cada vez fueron más ofensivas. Le aseguro, doctor, que tenía los nervios deshechos. No podía dormir por la noche. Tenía palpitaciones extrañas. Finalmente recibí una carta de un caballero escocés... no, dos, eran dos cartas, ambas de escoceses. La una, de mister Bruce Mac-Pherson y la otra era de Colin MacDonald... ¿Qué coincidencia, no?

—No lo creo —repliqué secamente—. En general, se las dan de escoceses, pero sospecho la existencia semítica en sus antepasados.

—Diez libras por cada diez mil, sólo en notas hechas a mano —murmuró mistress Ackroyd, rememorándolo—. Escribí a uno de ellos, pero hubo dificultades.

Se detuvo.

Comprendí que llegábamos a un terreno delicado. No he conocido nunca a nadie que le costase tanto hablar sin embages.

—Todo es cuestión de perspectiva —prosiguió mistress Ackroyd—. Estaba convencida de que Roger pensaría en mí al hacer su testamento, pero *no lo sabía* con certeza. Pensé que si pudiese ver una copia de su testamento... con el fin de llegar a un acuerdo.

Me miró de reojo. La posición era muy delicada. Afortunadamente, las palabras empleadas con tacto sirven para disfrazar la fealdad de los hechos desnudos.

—Sólo a usted puedo decirle esto, querido doctor Sheppard —continuó precipitadamente—. Confío en que no se formará un juicio erróneo de mí, y explicará a mister Poirot la cosa tal como es. El viernes por la tarde...

Se detuvo nuevamente y tragó saliva con dificultad.

—Sí, el viernes por la tarde —repetí para animarla.

—Todo el mundo había salido, o así lo creí. Entré en el despacho de Roger y, cuando vi los papeles amontonados en la mesa, pensé de pronto: «¡A ver si Roger guarda su testamento en uno de los cajones de la mesa!» Soy muy impulsiva... siempre lo he sido, desde niña. Había dejado sus llaves, por descuido, en la cerradura del cajón superior...

—Comprendo —dije para ayudarla—. ¿De forma que usted registró la mesa? ¿Dio con el testamento?

Mistress Ackroyd lanzó un leve grito y comprendí que no había sido lo suficiente diplomático.

—¡Qué horrible suena! No, no fue así.

—Claro que no —me apresuré a contestar—. Perdone mi torpe manera de decir las cosas.

—Los hombres son muy peculiares. En el lugar de mi querido Roger, no me habría importado dar a conocer las cláusulas de mi testamento, ¡pero los hombres son tan reservados que una se ve obligada a recurrir a pequeños subterfugios en defensa propia!

—¿Y el resultado de ese pequeño subterfugio? —pregunté.

—Eso iba a decirle. Cuando iba a abrir el cajón inferior, Ursula entró. Era una situación delicada. Cerré el cajón y me erguí, llamándole la atención sobre el polvo que había en la mesa. Pero no me gustó su mirada, respetuosa en apariencia y con un extraño brillo, casi de desdén. Sí, usted comprende lo que quiero decir. Nunca me ha gustado esa chica. Es una buena camarera, la llama a una: «Señora», y no rehúsa llevar gorros y delantales, lo que muchas hacen hoy día. Sabe contestar: «La señora no está en casa» sin escrúpulos, si ha de abrir la puerta en vez de Parker... ¿Qué estaba diciendo?

—Decía usted que, a pesar de sus valiosas cualidades, no le gustaba esa chica, Ursula Bourne.

—No. Es... es extraña. Hay algo que la diferencia de las demás. Creo que está demasiado bien educada. Ahora no se pueden distinguir las señoras de las criadas.

—¿Qué ocurrió luego? —pregunté.

—Nada. Roger entró. Creía que había ido a dar un paseo. Y dijo: «¿Qué ocurre aquí?», y yo le contesté: «Nada. He venido a buscar el *Punch*». Tomé el periódico y salí. La Bourne se quedó atrás. Le oí preguntar a Roger si podía hablarle un momento. Yo me fui a mi cuarto para echarme un rato en la cama. Estaba completamente trastornada.

Hubo una pausa.

—Lo explicará todo a mister Poirot, ¿verdad? Usted mismo ve que se trata de una nimiedad, pero se mostró tan severo hablando de cosas que disimulábamos, que recordé en seguida este incidente. La Bourne puede haber inventado una historia extraordinaria con ello, pero usted lo aclarará todo, ¿verdad?

—¿Es eso todo? —dije—. ¿Me lo ha dicho usted todo?

—Sí... —dijo mistress Ackroyd, vacilando ligeramente—. ¡Oh, sí! —repitió con mayor firmeza.

Me había fijado en su indecisión momentánea y comprendí que callaba algo. Una inspiración repentina me impulsó a hacerle la siguiente pregunta:

—Mistress Ackroyd, ¿fue usted la que dejó la vitrina para la plata abierta?

Leí la respuesta en el rubor culpable que el colorete y los polvos no lograron disimular.

—¿Cómo lo sabe? —murmuró.

—¿Fue usted, pues?

—Sí... Yo... Verá usted. Había uno o dos objetos de plata antigua... muy interesantes. Había leído algo sobre el asunto, y en una ilustración vi que representaba una pieza pequeñísima y que se vendió por una cantidad fabulosa en casa de Christy. Me pareció igual a una de las que había en la vitrina. Pensé en llevármela a Londres para... para que la tasaran. ¡Qué sorpresa tan agradable para Roger si de veras se trataba de un objeto de gran valor!

Me abstuve de hacer comentarios, aceptando la historia de mistress Ackroyd tal como la explicaba.

—¿Por qué dejó usted la tapa abierta? —pregunté—. ¿Olvidó usted cerrarla?

—Me sobresalté —confesó ella—. Oí pisadas en la terraza, salí del cuarto y subí la escalera antes de que Parker le abriera la puerta a usted.

—Debió de ser miss Russell —dije pensativo.

Mistress Ackroyd me acababa de revelar un hecho extremadamente interesante. No me importaba saber si sus designios respecto a la plata de Ackroyd fueron o no honrados. Lo que me interesaba era el hecho de que miss Russell había entrado en el salón por la ventana y que no me había equivocado al creer que estaba sin aliento por haber corrido. ¿Dónde habría estado? Pensé en el cobertizo y en el pedazo de batista.

—¡Me pregunto si miss Russell almidona sus pañuelos! —exclamé de pronto.

El asombro que se dibujó en el rostro de mistress Ackroyd me hizo volver a la realidad y me levanté.

—¿Cree usted que podrá explicarle a mister Poirot...? —preguntó ansiosa.

—Desde luego.

Me despedí por fin, después de verme obligado a escuchar nuevas justificaciones de su conducta.

La camarera estaba en el vestíbulo y me ayudó a ponerme el abrigo. La observé más de cerca que antes y me di cuenta de que había llorado.

—¿Cómo es que usted nos dijo que mister Ackroyd *la* llamó el viernes a su despacho —le pregunté—, y ahora me entero de que fue usted quien *le* pidió permiso para hablarle?

La muchacha no pudo resistir mi mirada y bajó los ojos.

—Pensaba irme de todos modos —contestó insegura.

No insistí. Me abrió la puerta y, cuando ya traspasaba el umbral, dijo de pronto en voz baja:

—Dispense usted, señor. ¿No se tienen noticias del capitán Paton?

Negué con la cabeza y la miré inquisitivamente.

—Pues debería volver —insistió ella con ojos suplicantes—. ¡Debería volver! ¿Nadie sabe dónde está?

—¿Lo sabe usted acaso? —pregunté rápidamente.

Hizo una señal negativa.

—No lo sé, pero quienquiera que sienta amistad por él le diría que debería volver.

Me entretuve pensando que tal vez la muchacha diría algo más. Su próxima pregunta me sorprendió.

—¿Cuándo cree que ocurrió el crimen? ¿Poco antes de las diez?

—Eso mismo —dije—. Entre las diez menos cuarto y las diez.

—¿No antes? ¿No antes de las diez menos cuarto?

La miré con atención. Estaba claro que esperaba con ansiedad una respuesta afirmativa.

—No hay que pensar siquiera en ello —dije—. Miss Ackroyd saludó a su tío a las diez menos cuarto.

Se volvió abatida.

—¡Hermosa chica! —me dije al alejarme—. ¡Muy hermosa!

Caroline estaba en casa. Había recibido la visita de Poirot y estaba sumamente complacida y orgullosa.

—Le ayudo en su trabajo —me explicó.

Me sentí vagamente inquieto. Caroline es ya bastante difícil de manejar tal como es. ¿Qué ocurriría si alguien alentaba su instinto detectivesco?

—¿Y qué haces? ¿Te dedicas a buscar a la misteriosa muchacha que acompañaba a Ralph Paton? —pregunté.

—No, esto ya lo hago por mi cuenta. Pero hay una cosa que mister Poirot desea que descubra para él.

—¿De qué se trata?

—Quiere saber si las botas de Ralph Paton eran negras o marrones —dijo Caroline con gran solemnidad.

Me quedé mirándola. Comprendo ahora que fui un estúpido en ese asunto de las botas, que no me di cuenta de su importancia.

—Eran unos zapatos marrones —dije—. Yo los vi.

—No se trata de zapatos, sino de botas, James. Mister Poirot desea saber si el par de botas que Ralph tenía en el hotel eran marrones o negras. Es un detalle esencial.

No sé si seré tonto, pero no acertaba a comprenderlo.

—¿Y cómo lo sabrás? —le pregunté.

Caroline me dijo que eso no presentaba dificultad alguna. La mejor amiga de Annie, nuestra doncella, era la de miss Ganett que se llama Clara. Esa tal Clara salía a pasear con el botones del Three Boars. Nada tan sencillo pues. Con ayuda de miss Ganett, que prestaría lealmente su cooperación dejando la tarde libre a Clara, el asunto se llevaría a cabo con la máxima rapidez.

Cuando nos sentamos para almorzar, Caroline observó con indiferencia estudiada:

—¡Sabes, esas botas de Ralph Paton...!

—Sí —contesté—. ¿Qué ocurre con ellas?

—Mister Poirot creía que eran de color marrón, pero se equivocaba. Son negras.

Caroline inclinó varias veces la cabeza, evidentemente satisfecha del resultado.

No le contesté. Me preocupaba la idea de que el color de un par de botas de Ralph Paton tuviera algo que ver con el caso.

CAPÍTULO XV

GEOFFREY RAYMOND

Aquel mismo día debía tener una nueva prueba del éxito de la táctica de Poirot. Su pequeño discurso estaba inspirado en su conocimiento de la naturaleza humana. Una mezcla de temor y de remordimiento había arrancado la verdad a mistress Ackroyd. Fue la primera en reaccionar.

Por la tarde, cuando volví de mis visitas a los enfermos, Caroline me dijo que Geoffrey acababa de irse.

—¿Quería verme? —pregunté, colgando mi abrigo en el vestíbulo.

Caroline revoloteaba a mi alrededor.

—Quería ver a mister Poirot. Llegaba de The Larges. Mister Poirot había salido. Raymond pensó que tal vez estaría aquí o que tú sabrías dónde se encontraba.

—No tengo la menor idea.

—He intentado hacerle esperar —añadió Caroline—, pero me ha dicho que quería volver a The Larges dentro de media hora y se ha ido al pueblo. Es una lástima, porque mister Poirot regresó exactamente un minuto después de irse Raymond.

—¿Ha venido aquí?

—No, ha entrado en su casa.

—¿Cómo lo sabes?

—Lo he visto por la ventana lateral —explicó sencillamente Caroline.

Creía que el tema estaba acabado, pero mi hermana no era de la misma opinión.

—¿No vas allá?

—¿A dónde?

—A The Larges, desde luego.

—¿Y por qué, mi querida Caroline?

—Mister Raymond quería verte con mucha urgencia —explicó Caroline—. Así te enterarías de lo que ocurre.

Enarqué las cejas.

—La curiosidad no es mi peor vicio —observé fríamente. Puedo vivir confortablemente sin saber al dedillo lo que mis vecinos hacen y piensan.

—¡Tonterías, James! Tienes tantas ganas de saberlo como yo, pero no eres franco y te gusta disimular tu curiosidad.

—Es cierto, Caroline —dije, entrando en mi sala de consultas.

Diez minutos después, Caroline llamaba a la puerta y entraba. Llevaba un tarro de confitura en la mano.

—Me pregunto, James, si te molestaría llevar este tarro de jalea de nísperos a mister Poirot. Se lo he prometido. No ha comido nunca jalea de nísperos hecha en casa.

—¿Por qué no puede ir Annie?

—Está zurciendo y la necesito.

Nos miramos fijamente.

—Muy bien —dije levantándome—. Sin embargo, si llevo este maldito tarro, lo dejaré en la puerta. ¿Lo oyes?

Mi hermana enarcó las cejas.

—Naturalmente —dijo—. ¿Quién ha hablado de otra cosa?

Caroline siempre pronunciaba la última palabra.

—Si *por casualidad* ves a mister Poirot —dijo cuando abría la puerta—, puedes decirle lo de las botas.

Era un tiro acertado. Yo deseaba, ansiaba comprender el enigma de las botas. Cuando la anciana del gorro bretón me abrió la puerta, pregunté máquinalmente si Poirot estaba en casa.

Éste salió a recibirme, demostrando gran satisfacción al verme.

—Siéntese, mi buen amigo —dijo—. ¿En este sillón? ¿En esta silla? La habitación no está demasiado caldeada, ¿verdad?

Me ahogaba, pero me abstuve de decírselo. Las ventanas estaban cerradas y un gran fuego ardía en el hogar.

—Los ingleses tienen la manía del aire fresco —declaró Poirot—. El aire está muy bien en la calle, que es donde pertenece. ¿Por qué admitirlo en casa? Pero no discutamos esas nimiedades. ¿Tiene usted algo para mí?

—Dos cosas —dije—. Ante todo, esto... de parte de mi hermana.

Le entregué el tarro de jalea.

—¡Cuán amable es miss Caroline al recordar su promesa! ¿Y la segunda cosa?

—Una información. —Le hablé de mi entrevista con mistress Ackroyd. Me escuchó con interés, pero sin excitarse.

—Esto echa un poco de luz sobre el asunto —dijo pensativamente—. Y tiene cierto valor, porque confirma la declaración del ama de llaves. Ésta dijo, como recordará usted, que encontró abierta la tapa de la vitrina y la cerró al pasar.

—¿Qué le parece su excusa de que fue al salón para ver si las flores estaban frescas?

—¡Ah! No nos la tomaremos en serio, ¿verdad, amigo mío? Era tal como lo dice, una excusa, inventada aprisa por una mujer que se veía en el caso de explicar su presencia, cosa que por otra parte no se le hubiera ocurrido a usted preguntarle. Pensé que tal vez su agitación provenía del hecho de que había abierto la vitrina, pero creo que ahora hemos de buscar otro motivo.

—Sí —dije—. ¿A quién fue a ver fuera de la casa? ¿Y por qué?

—¿Usted cree que fue a ver a alguien?

—Estoy convencido de ello.

Poirot asintió con la cabeza.

—Yo también —dijo pensativo.

Hubo una pausa.

—A propósito —dije—. Mi hermana me ha encargado que le transmita un mensaje. Las botas de Ralph Paton eran negras y no marrones.

Le miraba fijamente y me pareció verle cambiar de expresión, pero esta impresión pronto se desvaneció.

—Su hermana, ¿está segura de que no eran de color marrón?

—En absoluto.

—¡Ah! —dijo Poirot—. ¡Qué lástima!

Parecía desanimado y no entró en explicaciones, sino que inmediatamente empezó a hablar de otra cosa.

—El ama de llaves, miss Russell, que fue a su consulta aquel viernes por la mañana... ¿sería acaso indiscreto preguntarle lo que ocurrió durante esa entrevista... aparte de los detalles profesionales?

—Nada de eso —contesté—. Después de la consulta, hablamos unos minutos de venenos, de la facilidad o de la dificultad de descubrir el empleo de los estupefacientes y de los que se entregan a ese vicio.

—¿Con una mención especial de la cocaína? —inquirió Poirot.

—¿Cómo lo sabe usted? —pregunté sorprendido.

Por toda respuesta, el hombrecillo se levantó y se acercó a un extremo de la habitación donde tenía archivados unos periódicos. Me trajo un número del *Daily Budget*, del 16 de setiembre, que era un viernes, y me enseñó un artículo sobre el contrabando de cocaína. Era un artículo de estilo sombrío y trágico con vistas a producir un efecto pintoresco.

—Ésta es la idea que le puso la cocaína en la cabeza, amigo mío.

Le hubiera hecho nuevas preguntas, pero no comprendía del todo su pensamiento, pero en aquel momento la puerta se abrió y anunciaron a Geoffrey Raymond.

El joven entró tan alegre y jovial como siempre y nos saludó a ambos.

—¿Cómo está usted, doctor? Mister Poirot, es la segunda vez que vengo a su casa esta mañana. Tenía ansia de verle.

—Tal vez haga bien retirándome —sugerí algo torpemente.

—Por mí no lo haga, doctor. Verá usted —dijo, sentándose por indicación de Poirot—. Tengo que hacer una confesión.

—*En verité?* —dijo Poirot con tono cortés.

—En realidad no tiene importancia, pero mi conciencia me remuerde desde ayer por la tarde. Usted nos acusó a todos de esconder algo, mister Poirot. Yo me confieso culpable. Callaba algo, en efecto.

—¿Y qué es, mister Raymond?

—Le repito que nada importante... Tenía deudas... muchas, y ese legado ha llegado oportunamente. Quinientas libras me ponen a flote y me dejan un pequeño sobrante.

Sonrió, mirándonos con esa franqueza que le hacía tan simpático a todo el mundo.

—Ya sabe lo que es eso —prosiguió—. La policía sospecha de todo el mundo, y es desagradable confesar que uno está en apuros por temor a causar mala impresión. Pero fui un tonto, puesto que Blunt y yo estuvimos en la sala del billar a partir de las diez menos cuarto, de forma que tengo una excelente coartada y nada que temer. Sin embargo, cuando usted nos gritó eso de que callábamos cosas, sentí un ligero malestar y pensé que más valía aligerar mi espíritu de ese peso.

Se levantó, siempre sonriente.

—Es usted un muchacho muy cuerdo —dijo Poirot, mirándole con aprobación—. Verá usted, cuando sé que alguien me esconde cosas, sospecho que lo que se calla puede ser muy malo. Usted ha obrado bien.

—Me alegro de verme libre de toda sospecha —dijo Raymond riendo—. Ahora me retiro.

—¡De forma que ya sabemos lo de mister Raymond! —observé cuando la puerta se cerró tras él.

—Sí —aprobó Poirot—. Es una nimiedad... pero si no hubiese estado en el billar, ¿quién sabe? Después de todo, muchos crímenes han sido cometidos par menos de quinientas libras. Todo depende de la cantidad de dinero que hace falta para corromper a un hombre. Es una cuestión de relatividad. ¿No es cierto? ¿Ha pensado usted, amigo mío, en que muchas personas habían de resultar beneficiadas en esa casa con la muerte de mister Ackroyd? Mistress Ackroyd, miss Flora, mister Raymond, el ama de llaves... Uno sólo constituye una excepción: el mayor Blunt.

Pronunció este nombre con acento tan singular, que le miré asombrado.

—No le entiendo —dije.

—Dos de las personas que se han acusado me han dicho la verdad.

—¿Usted cree que el mayor Blunt tiene algo que esconder también?

—En cuanto a eso —observó Poirot lánguidamente—, hay un refrán que dice que los ingleses esconden sólo una cosa... su amor... y el mayor Blunt no sabe esconder la verdad.

—A veces —dije— me pregunto si no hemos ido demasiado aprisa al llegar a algunas conclusiones.

—¿A qué se refiere?

—Estamos convencidos de que el individuo que hizo víctima de un chantaje a mistress Ferrars es necesariamente el asesino de mister Ackroyd. ¿Acaso no nos equivocamos?

Poirot meneó enérgicamente la cabeza.

—¡Muy bien, excelente! Me preguntaba si usted tendría esa idea. Desde luego, es posible. Pero hemos de recordar una cosa. La carta desapareció. Sin embargo, tal como dice usted, eso no explica la idea de que el criminal se apoderó de ella. Cuando usted encontró el cuerpo, Parker pudo sustraer la carta sin que lo viera.

—¿Parker?

—Sí, Parker. Siempre vuelvo a Parker, no como asesino... o autor material del crimen, sino como el individuo capaz de aterrorizar a mistress Ferrars. Pudo obtener informes de la muerte de mister Ferrars a través de uno de los criados de King's Paddock. De todos modos, es más probable que se haya enterado de ello por un huésped pasajero como Blunt, por ejemplo.

—Parker pudo coger la carta —admití—. No me fijé que faltaba hasta bastante después.

—¿Cuándo exactamente? ¿Después de entrar Blunt y Raymond en el cuarto o antes?

—No recuerdo —dije lentamente—. Creo que era antes... no, después. Sí, estoy casi seguro que era después.

—Esto ensancha el campo hasta tres —dijo pensativamente Poirot—. Parker es, sin embargo, el más indicado. Tengo el proyecto de hacer un pequeño experimento con Parker. ¿Quiere usted acompañarme a Fernly Park?

Asentí y nos pusimos en camino inmediatamente.

Al llegar a la mansión, Poirot preguntó por miss Ackroyd, y Flora no tardó en presentarse ante nosotros.

—Mademoiselle Flora —dijo Poirot—. Tengo que confiarle un pequeño secreto. No estoy todavía convencido de la inocencia de Parker. Propongo hacer un pequeño experimento con ayuda de usted. Deseo reconstruir algunas de sus acciones de aquella noche, pero hemos de decirle algo... ¡Ah, sí! Desearía saber si las voces de los que hablaban en el vestíbulo pequeño pueden oírse desde la terraza. Ahora llame usted a Parker, por favor.

Así lo hizo y el mayordomo se presentó, servicial como siempre.

—¿Ha llamado usted, señor?

—Sí, mi buen Parker. Pienso hacer un pequeño experimento. He colocado al mayor Blunt en la terraza, frente a la ventana del despacho. Deseo saber si alguien que estuviera allí pudo oír las voces de miss Ackroyd y de usted cuando se encontraban en el vestíbulo aquella noche.

Quiero representar nuevamente aquella escena. Traiga usted la bandeja o la que llevara.

Parker se alejó y nos trasladamos al vestíbulo, frente a la puerta del despacho. De pronto oímos un ruido cristalino en el vestíbulo y Parker surgió en el umbral de la puerta, trayendo una bandeja con un sifón, un frasco de whisky y dos vasos.

—Un momento —exclamó Poirot, levantando la mano, y al parecer muy excitado—. Hemos de hacerlo todo con orden, tal como ocurrió. Es mi método usual.

—Costumbre extranjera, señor —dijo Parker—. Creo que lo llaman reconstrucción del crimen...

Parker permaneció de pie, imperturbable, con la bandeja en las manos, aguardando las órdenes de Poirot.

—¡Ah! Nuestro buen Parker sabe eso —exclamó Poirot—. Ha leído cosas... Ahora, se lo ruego, hagámoslo todo del modo más exacto. Usted salió del vestíbulo... así. Mademoiselle... ¿dónde?

—Aquí —dijo Flora, colocándose frente a la puerta del despacho.

—Exacto, señor —dijo Parker.

—Acababa de cerrar la puerta —continuó Flora.

—Si, señorita —asintió Parker—. Su mano estaba todavía en el picaporte, como ahora.

—Pues bien, *allez!* —dijo Poirot—. Representen la pequeña comedia.

Flora tenía la mano en el picaporte y Parker entró por la puerta del vestíbulo, llevando la bandeja.

—¡Oh! Parker. Mister Ackroyd no quiere que se le vuelva a molestar esta noche... ¿Está bien así? —preguntó en voz baja.

—Me parece que sí, miss Flora —dijo Parker, del mismo modo. Luego, levantando la voz de un modo teatral, continuó—: Muy bien, señorita. ¿Cierro como siempre?

—Si, haga el favor.

Parker se retiró por la puerta. Flora le siguió y empezó a subir la escalera central.

—¿Basta con esto? —preguntó por encima del hombro.

—Admirable —declaró el hombrecillo, frotándose las manos—. A propósito, Parker, ¿está seguro de que había dos vasos en la bandeja aquella noche? ¿Para quién era el segundo?

—Acostumbraba a llevar dos vasos, señor —dijo Parker—. ¿Desea algo más?

—Nada, gracias.

Parker se retiró, digno como siempre. Poirot permaneció en medio del vestíbulo con las cejas arqueadas y Flora bajó y se reunió con nosotros.

—¿Ha ido bien el experimento, monsieur Poirot? —preguntó—. No comprendo del todo...

Poirot sonrió amablemente, mirándola, y dijo:

—No es necesario que lo comprenda. Pero, dígame, ¿había en efecto dos vasos en la bandeja de Parker aquella noche?

Flora reflexionó un momento.

—No puedo recordarlo. Creo que sí... ¿Era éste el objetivo de su experimento?

Poirot la cogió de la mano y se la acarició.

—Siempre me interesa saber si la gente me dice la verdad —contestó.

—¿Le dijo la verdad Parker?

—Me parece que sí —contestó Poirot pensativo.

—¿Por qué tanto interés por los vasos? —pregunté curiosamente.

Poirot se encogió de hombros.

—Era preciso decir algo —replicó—. Esta pregunta me sirvió tan bien como cualquier otra.

Me quedé mirándole.

—De todos modos, amigo mío —dijo más seriamente—, ahora sé algo que deseaba saber, y dejémoslo así por ahora.

CAPÍTULO XVI

UNA VELADA JUGANDO AL MAH-JONGG

Aquella noche teníamos una pequeña reunión en casa para jugar al Mah-Jongg. Estas diversiones eran muy populares en King's Abbot. Los invitados llegaban con chanclos e impermeables después de cenar. Les ofrecíamos café y, más tarde, pasteles, emparedados y té.

Aquella noche nuestros invitados eran miss Ganett y el coronel Carter, que vivía cerca de la iglesia. Durante esas reuniones se charlaba por los codos hasta el punto de suspender a menudo el juego. Acostumbrábamos a jugar al bridge, pero aquella noche encontramos el Mah-Jongg más apacible.

—La noche es fría, ¿verdad, Sheppard? —dijo el coronel Carter, calentándose la espalda delante del hogar. Caroline se había llevado a miss Ganett a su cuarto y la ayudaba a quitarse el abrigo y los chales que la cubrían de pies a cabeza—. Eso me recuerda los desfiladeros de Afganistán.

—¿De veras? —dije cortésmente.

—¡Qué misteriosa muerte la de ese pobre Ackroyd! —continuó el coronel que aceptó una taza de café—. Eso traerá cola. Entre nosotros, Sheppard, he oído mencionar la palabra chantaje.

El coronel me lanzó una mirada significativa.

—Seguro que detrás de todo eso hay una mujer —dijo de pronto.

Caroline y miss Ganett se nos acercaron en aquel instante. Miss Ganett tomaba café mientras Caroline sacaba la caja del Mah-Jongg y desparramaba las fichas.

—¿Lavando las fichas, eh? —dijo guasón el coronel—. Es lo que solíamos decir en el club de Shanghai.

Tanto Caroline como yo opinamos que el coronel Carter no había estado nunca en un club de Shangai y que jamás llegó más allá de la India, donde se dedicaba a hacer juegos de manos con las latas de conserva de carne y de mermelada de manzana durante la Gran Guerra. Sin embargo, el coronel es un militar con todas las de la ley y, en King's Abbot, permitimos a nuestros conciudadanos que cultiven libremente su idiosincrasia.

—¿Empezamos ya? —preguntó mi hermana.

Nos sentamos en torno a la mesa. Durante cinco minutos hubo un silencio completo, debido al hecho de que todos los jugadores luchaban entre ellos para ver quién era el primero en tener construida la muralla.

—Empieza, James —dijo Caroline—. Eres el «viento del Este».

Aparté una ficha. El juego prosiguió, roto el silencio por las monótonas observaciones de «tres bambúes», «dos discos», «cinco caracteres», *pung*... A veces miss Gannet exclamaba *unpung*, evidenciando su costumbre de reclamar fichas a las que no tenía derecho.

—He visto a Flora Ackroyd esta mañana —dijo miss Ganett—. *Pung*... No, *unpung*. Me he equivocado.

—«Cuatro discos» —contestó Caroline—. ¿Dónde la ha visto usted?

—Ella *no* me ha visto —replicó miss Ganett, que daba a sus palabras la enorme importancia que sólo en los pueblos se atribuye a hechos de esta naturaleza.

—¡Ah! —contestó Caroline—. *Chow*.

—Creo —dijo miss Ganett, momentáneamente distraída— que ahora se dice *chee* y no *chow*.

—¡Tonterías! —exclamó Caroline—. Siempre he dicho *chow*.

—En el club de Shanghai decíamos *chow* —declaró el coronel.

Miss Ganett calló confundida.

—¿Qué decía usted respecto a Flora Ackroyd? —preguntó Caroline, al cabo de un momento—. ¿Estaba con alguien?

—Ya lo creo —dijo miss Ganett.

Las miradas de ambas mujeres se cruzaron y parecieron comprenderse.

—¿De veras? —dijo mi hermana con interés—. Pues no llega a sorprenderme.

—Esperamos que usted juegue, miss Caroline —intervino el coronel. Le sucede a menudo querer dar la impresión de que sólo le interesa el juego, pero nadie se deja engañar por su actitud.

—Si me lo preguntan... dijo miss Gannet—. ¿Qué ha tirado, querida, «un bambú»? ¡Oh, no! Ahora me doy cuenta, es «un disco»... Pues bien, si me lo preguntan, Flora es muy afortunada. ¡Ha tenido mucha suerte!

—¿Por qué, miss Ganett? —preguntó el coronel—. ¿Por qué ha tenido suerte...? *Pung*... Me quedo este «dragón verde». ¡Es una muchacha encantadora! Ya lo sé.

—No sé mucho respecto a crímenes —dijo miss Ganett, con el tono de quien no ignora nada—, pero puedo decirle una cosa. La primera pregunta que hacen es siempre: «¿Quién ha sido el último en ver vivo al muerto?» Y se sospecha de la persona en cuestión. Ahora bien. Flora Ackroyd fue la última en ver a su tío todavía vivo. Las cosas podían haberse complicado para ella. Mi opinión es que Ralph Paton no se presenta para alejar las sospechas de ella.

—Vamos, vamos —protesté suavemente—, ¿no va usted a sugerir que una muchacha de la edad de Flora Ackroyd es capaz de asesinar a su tío a sangre fría?

—No sé —contestó miss Ganett—. Acabo de leer un libro que habla de los apaches de París. En él se cuenta que algunas de las peores mujeres criminales son muchachas jóvenes con rostro de ángeles.

—¡Eso es en Francia! —dijo instantáneamente Caroline.

—Desde luego —continuó el coronel—. Ahora les diré una cosa curiosa, una historia que se contaba por los bazares de la India.

La historia del coronel era interminable y escasamente interesante. Algo que ocurrió en la India hacia muchos años no podía compararse ni por un momento con un acontecimiento que había sucedido en King's Abbot hacia dos días.

Caroline puso fin al relato del coronel ganando la partida de Mah-Jongg. Después de alguna discusión promovida, como siempre, por mi revisión de las cuentas más bien deficientes de Caroline, empezamos una nueva partida.

—El «viento del Este» pasa —dijo Caroline—. Yo he formado una idea respecto a Ralph Paton... «Tres caracteres», pero me la callo por ahora.

—¡De veras, querida! —exclamó miss Ganett—. *Chow.* No, *pung.*

—Sí —declaró Caroline, con firmeza.

—¿Qué hay de cierto con lo de las botas? —preguntó miss Gannet—. ¿Eran negras, no? ¿Fue bien aquello?

—Muy bien —respondió Caroline.

—Supongo —prosiguió miss Gannet— que ahora que el doctor trabaja con mister Poirot conoce todos los secretos.

—Nada de eso —exclamé.

—James es tan modesto... —dijo Caroline.

Jugamos un rato sin hablar.

—Ese mister Poirot —dijo de pronto el coronel—, ¿es tan buen detective como dicen?

—El mejor que el mundo haya conocido —declaró mi hermana, con tono enfático—. Ha venido aquí de incógnito con el fin de evitar la publicidad.

—*Chow* —dijo miss Ganett—. Es una cosa nunca vista en nuestro pueblecito. A propósito, Clara, mi doncella, es muy amiga de Elsie, la camarera de Fernly,Park y, ¿qué creen ustedes que Elsie le contó? Que ha sido robada una

suma importante y que a ella le parece que la otra doncella tiene algo que ver con el asunto. Se va a fin de mes y
por la noche no hace más que llorar. Es muy posible que
esa muchacha pertenezca a una banda. Siempre se ha
mostrado distinta de las demás... no tiene amigas entre las
muchachas de por aquí. Sale sola los días de fiesta. Eso no
es natural y se presta a sospechas. Le pregunté una vez si
quería asistir a nuestras veladas para las «mujeres que trabajan», pero rehusó y, cuando quise saber algo de su casa
y de su familia, se mostró impertinente. No me faltó al
respeto, no, pero se negó a decirme nada.

Miss Ganett se detuvo para tomar aliento, y el coronel,
que no sentía interés alguno por la cuestión de las criadas,
hizo observar que en el club de Shanghai jugaban de prisa, sin entretenerse.

Jugamos, pues, un momento sin distraernos.

—Luego está esa miss Russell —dijo Caroline—. Vino
aquí, a la consulta de James, el viernes por la mañana. Me
parece que lo que quería saber era dónde se guardan los
venenos... «Cinco caracteres».

—*Chow* —dijo miss Ganett—. ¡Qué ideas tan extraordinarias! ¿Será cierto?

—Hablando de venenos... —dijo el coronel—. ¿Qué?
¿No ha jugado todavía...? ¡Oh! «Ocho bambúes».

—¡*Mah-Jongg!* —dijo miss Ganett.

Caroline estaba contrariada.

—Sólo «un dragón rojo» —dijo con tono de pesar—, y
hubiera debido tener «tres dobles parejas».

—Yo he tenido «dos dragones rojos» todo el rato —exclamé.

—Eso es típico en ti, James —acusó mi hermana—. No
acabas de captar el espíritu del juego.

Creía, sin embargo, haber jugado hábilmente. Hubiera
tenido que pagar una suma enorme a Caroline si ella hubiese hecho Mah-Jongg. El de miss Ganett era bastante
pobre, y Caroline no dejó de indicárselo así.

El «viento del Este» pasó y empezamos otra partida.

—Lo que iba a decirles es lo siguiente —empezó Caroline—. Me parece que adivino dónde se encuentra.

—¿Sí...? —dijo miss Ganett para alentarla.

—Me refiero a Ralp Paton.

—Sí, querida, siga... siga —insistió miss Gannet a fin de estimularla más—. *Chow.*

—Es una señal de debilidad hacer *chow* tan pronto —apuntó Caroline severamente—. Debería intentar una mano más fuerte.

—Lo sé, lo sé... ¿Qué decía de Ralph Paton? ¿Sabe algo?

—Sí... Bueno. Sé dónde puede estar.

Todos nos detuvimos para mirarla.

—Esto es muy interesante, miss Caroline —dijo el coronel Carter—. ¿La idea es suya?

—No del todo. Voy a decírselo. ¿Conocen ustedes el gran mapa del condado que tenemos en el vestíbulo?

Contestamos unánimemente que sí.

—Pues bien. Al salir mister Poirot el otro día, se detuvo para mirarlo, e hizo una observación, no recuerdo cuál era, pero sí algo referente a que Cranchester era la única ciudad importante que tenemos cerca, lo cual es cierto. Cuando se hubo retirado tuve una corazonada...

—¿Cuál?

—Comprendí su significado y me dije: «Desde luego, Ralph se encuentra en Cranchester».

En aquel instante dejé caer el atril que sostenía mis fichas. Mi hermana me reprochó inmediatamente mi torpeza, pero sin insistir. Tenía la mente fija en su teoría.

—Cranchester, miss Caroline —dijo el coronel Carter—. No diga eso. Está tan cerca...

—Por eso mismo —exclamó Caroline triunfalmente—. A estas horas se sabe que no se fue por tren. Debió de ir a pie hasta Cranchester y aún continúa allí. A nadie de le ocurre siquiera que esté a tan corta distancia de aquí.

Opuse algunas objeciones a esta teoría, pero una vez que Caroline tiene algo en la cabeza, nadie se lo quita.

—¿Cree usted que mister Poirot tiene la misma idea?

—dijo miss Ganett, pensativa—. Es una coincidencia, pero he salido a dar un paseo esta tarde por la carretera y ha pasado a mi lado en un automóvil que venía de esa dirección.

Nos miramos unos a otros.

—¡Vaya! —dijo de pronto miss Ganett—. Tengo Mah-Jongg hace rato y no me había fijado.

La atención de Caroline por sus propios ejercicios de inventiva, se distrajo momentáneamente. Advirtió a miss Ganett que con una mano formada por tantas fichas distintas y tantos *chows* no merecía la pena hacer Mah-Jongg. Miss Ganett permaneció impávida y empezó a contar.

—Sí, querida, sé a lo que se refiere, Pero todo depende de las fichas con que uno empieza. ¿O no?

—Nunca logrará grandes manos si no las busca —insistió Caroline.

—De todas formas, cada uno juega como quiere, ¿no? —Miss Ganett hechó un vistazo a sus ganacias y dijo—: Fíjense sino quién gana.

Caroline, que había perdido un montón de fichas, no dijo nada.

Mientras, Annie trajo la bandeja del té.

El «viento del Este» pasó de nuevo. Miss Ganett y Caroline tenían su pique particular, como suele ocurrir en veladas semejantes.

—Debería jugar un poco más de prisa, querida —dijo Caroline, al ver que su amiga vacilaba antes de colocar una ficha—. Los chinos colocan las piezas tan de prisa que hacen un ruido parecido al de cien mil pajaritos piolando.

Durante unos instantes jugamos como los chinos.

—Usted no dice nunca nada, Sheppard —exclamó jovialmente el coronel—. Es un hombre misterioso... amigo íntimo del gran detective, y sin soltar una palabra de lo que ocurre.

—James es extraordinario —dijo Caroline—. Nunca da la menor información.

Me miró sin ternura.

—Les aseguro que no sé nada —dije—. Poirot no me hace partícipe de sus razonamientos.

—Es listo —murmuró el coronel con una risita—. Nunca descubre su juego. Esos detectives extranjeros son magníficos y emplean toda clase de trucos. ¡Sí, señor!

—¡*Pung*! —dijo miss Ganett triunfalmente—. ¡Y *Mah-Jongg*!

La atmósfera iba cargándose. La contrariedad que Caroline sentía al presenciar la tercera victoria de su amiga fue la que la impulsó a decirme, mientras edificaba una nueva muralla:

—¡Eres el colmo, James! Estás sentado ahí como una momia, sin decir una palabra.

—Pero, querida —protesté—, no tengo nada que decir... nada de lo que tú quisieras que dijera

—¡Tonterías! —replicó Caroline—. *Debes* saber algo interesante.

De momento, no contesté. Estaba abrumado e intoxicado. Había leído en algún sitio algo referente al «vencedor perfecto» que consistía en hacer Mah-Jongg de salida. Nunca supuse que algo así me llegara a ocurrir.

Sorprendido por el triunfo, puse las fichas boca arriba encima de la mesa.

—Como dicen en el club de Shanghai —quise remarcarlo, y exclamé—: ¡*Tin-ho*, el «vencedor perfecto»!

Los ojos del coronel casi le salieron de órbita.

—¡Por todos los diablos! —gritó maravillado—. ¡Nunca jamás había visto semejante cosa!

A partir de este glorioso momento, seguí jugando con una imprudencia temeraria incitado, además, por las burlas de mi hermana.

—Y ahora, algo ciertamente interesante —dije—. ¿Qué les parece una alianza de oro con una fecha y las palabras «Recuerdo de R» grabadas en el interior?

Paso por alto la escena que siguió. Se me obligó a explicar dónde había sido encontrado aquel tesoro. Tuve que revelar la fecha.

—Trece de marzo —dijo Caroline—. Hace seis meses de eso. ¡Ah!

Al cabo de un buen rato de discusiones, se desarrollaron tres teorías:

Primera: La del coronel Carter. Que Ralph estaba casado secretamente con Flora. La primera y más sencilla.

Segunda: La de miss Ganett. Que Roger Ackroyd estaba casado con mistress Ferrars.

Tercera: La de Caroline. Que Roger Ackroyd estaba casado con su ama de llaves, miss Russell.

Todavía apareció una cuarta superteoría. La formuló mi hermana al acostarnos.

—No me extrañaría que Geoffrey y Flora se hubieran casado.

—Pero entonces habrían grabado: «Recuerdo de G» y no de «R» —objeté.

—¡Quién sabe! Algunas muchachas llaman a los hombres por sus apellidos. Y ya has oído lo que miss Ganett ha dicho de Flora.

Debo decir que no había oído nada al respecto, pero viniendo de Caroline respeté su conocimiento de la insinuación.

—¿Y Héctor Blunt? —dije—. Si alguien...

—¡Desatinas! —dijo Caroline—. La admira, tal vez está enamorado de ella, pero, créeme, una muchacha no se encapricha de un hombre que podría ser su padre cuando hay en la casa un secretario joven y guapo. Puede animar al mayor para despistar. Las chicas son astutas, pero te diré una cosa, James: Flora Ackroyd no ama a Ralph Paton y nunca lo ha amado. Convéncete de eso.

Dócilmente me dejé convencer.

Capítulo XVII

PARKER

A la mañana siguiente pensé que me había mostrado algo indiscreto durante nuestras proezas en el Mah-Jongg. Era cierto que Poirot no me había pedido que silenciara el descubrimiento del anillo, pero por otra parte no había hablado del mismo en Fernly Park y yo era la única persona enterada de su existencia.

Me sentía culpable, La noticia debía correr actualmente en alas del viento por todo King's Abbot y esperaba un diluvio de reproches del detective de un momento a otro.

Los funerales de mistress Ferrars y de Roger Ackroyd se celebraron a las once. Fue una ceremonia melancólica e impresionante. Todos los moradores de Fernly Park estaban presentes.

Cuando terminó, Poirot me cogió del brazo y me invitó a acompañarle a The Larges. Su expresión era grave y temí que mi indiscreción de la noche anterior hubiese llegado a sus oídos. Sin embargo, comprendí bien pronto que algo distinto le embargaba.

—Hemos de actuar —dijo de pronto—. Con la ayuda de usted me propongo interrogar a un testigo. Le haremos preguntas, le infundiremos semejante temor, que la verdad surgirá.

—¿De qué testigo habla usted? —pregunté sorprendido.

—¡De Parker! —dijo Poirot—. Le he pedido que viniera

a mi casa esta mañana a las doce. Debe de estar esperándome.

—¿Qué espera usted? —me aventuré a decir, mirándole de reojo.

—Sólo sé una cosa... y es que no estoy satisfecho.

—¿Cree usted que es él el chantajista?

—O eso o...

—¿Qué?

—Amigo mío, voy a decirle esto: creo que fue él.

Algo en su actitud y su tono me redujo al silencio.

Al llegar a The Larges nos dijeron que Parker ya estaba esperándonos. El mayordomo se levantó respetuosamente cuando entramos en el cuarto.

—Buenos días, Parker —dijo Poirot con voz amable—. Un momento, se lo ruego.

Así diciendo, se quitaba el gabán y los guantes.

—Permítame, señor —dijo Parker, acercándose para ayudarle.

—Gracias, mi buen Parker. Siéntese. Lo que tengo que decirle puede entretenernos un buen rato.

Parker se sentó, inclinando la cabeza como excusándose.

—¿Por qué cree usted que le he pedido que viniera aquí esta mañana?

Parker tosió levemente.

—Me pareció comprender, señor, que deseaba usted hacerme algunas preguntas sobre mi difunto amo... sobre su vida privada.

—*Précisément!* —contestó Poirot, sonriendo—. ¿Tiene usted experiencia en chantajes?

—¡Señor!

El mayordomo se levantó de un salto.

—No se excite usted —dijo plácidamente Poirot—. No haga el papel del hombre honrado a quien se insulta. Usted sabe cuanto hay que saber respecto al chantaje, ¿verdad?

—Señor... no... Yo no he sido nunca...

—Injuriado... —sugirió Poirot— injuriado de este modo antes de ahora. Entonces, mi excelente Parker, ¿por qué estaba tan ansioso por oír la conversación que sostenía en el despacho mister Ackroyd, la otra noche, después de coger al vuelo la palabra chantaje?

—¡Yo, no... yo...!

—¿Quién fue su último amo? —preguntó de pronto Poirot.

—¿Mi último amo?

—Sí, el señor con quien estaba antes de servir a mister Ackroyd.

—El mayor Ellerby, señor.

Poirot le interrumpió sin miramientos.

—Eso mismo: el mayor Ellerby, aficionado a los estupefacientes, ¿verdad? Usted viajó con él. Cuando estaba en las Bermudas, hubo un incidente desagradable... un hombre muerto. El mayor Ellerby era en parte responsable del suceso, el cual se silenció. ¿Cuánto le pagó el mayor Ellerby para que usted callara?

Parker miraba al detective, boquiabierto. Estaba trastornado y sus mejillas temblaban febrilmente.

—He conseguido informes —continuó Poirot—. Es tal como lo digo. Usted cobró entonces una buena suma de dinero por hacerle chantaje, y el mayor Ellerby continuó pagándole hasta su muerte. Ahora quiero saberlo todo respecto a su último experimento.

Parker guardaba silencio.

—Es inútil negarlo. Hércules Poirot *lo sabe* todo. Lo del mayor Ellerby es cierto, ¿verdad?

Contra su voluntad, Parker asintió con la cabeza. Tenía el rostro de color ceniza.

—¡Sin embargo, no he tocado un solo cabello de mister Ackroyd! —dijo quejumbrosamente—. ¡Se lo juro ante Dios, señor! Siempre he tenido miedo a este momento, y le repito que *no lo he asesinado*.

Levantó la voz hasta pronunciar las últimas palabras en un grito.

—Me siento inclinado a creerle, amigo mío —dijo Poirot—. No tiene usted el nervio... el valor necesario, pero es preciso que yo obtenga la verdad.

—Se lo diré todo, señor, todo lo que desea saber. Es verdad que traté de escuchar aquella noche. Una o dos palabras que oí despertaron mi curiosidad, así como el deseo de mister Ackroyd de que no le molestaran y su manera de encerrarse con el doctor. Lo que he dicho a la policía es la pura verdad, oí la palabra chantaje, señor y...

Hizo una pausa.

—¿Y pensó que tal vez allí descubriría algo que pudiera interesarle?

—¡Pues sí, señor! Pensé que si mister Ackroyd era víctima de un chantaje, bien podría tratar de aprovecharme de la ocasión.

Una expresión indefinible pasó por el rostro de Poirot.

—¿Antes de aquella noche, tuvo usted alguna vez un motivo para creer que mister Ackroyd era víctima de un chantajista?

—No, señor. Lo recibí con sorpresa. Era un caballero de costumbres tan regulares...

—¿Qué fue lo que oyó?

—Poca cosa, señor. No tuve suerte. Mi trabajo me llamaba a la cocina y, cuando me acerqué una o dos veces al despacho, fue en vano. La primera vez el doctor Sheppard salía y por poco me descubre, y la segunda, mister Raymond pasó por el vestíbulo central y continuó en esa dirección, de modo que no pude seguir adelante. Y cuando volví a intentarlo llevando la bandeja, miss Flora me alejó.

Poirot miró largamente al hombre como para poner a prueba su sinceridad. Parker devolvió la mirada sin cejar.

—Espero que me crea, señor. Siempre he tenido miedo de que la policía resucitara aquel viejo asunto del mayor Ellerby y sospechara de mí en consecuencia.

—*Eh bien!* —dijo finalmente Poirot—. Estoy dispuesto a creerle, pero hay una cosa que he de pedirle... y es que me enseñe la libreta de su cuenta del banco. Supongo que usted posee una.

—Sí, señor, y la llevo encima.

Sin el menor reparo la sacó del bolsillo. Poirot cogió la libreta de tapas verdes y le echó una mirada.

—¡Ah! Veo que usted ha comprado por valor de quinientas libras en bonos del Ahorro Nacional este año.

—Sí, señor. He ahorrado más de mil libras... como resultado de mi estancia en casa de mi último amo, el mayor Ellerby. Además, he tenido suerte en las carreras de caballos. Recordará usted que un caballo desconocido ganó el «Jubileo». Yo apostaba veinte libras...

Poirot le devolvió el librito.

—Puede usted retirarse. Creo que me ha dicho la verdad. Caso contrario, tanto peor para usted, amigo mío.

Cuando Parker se retiró, Poirot recogió su abrigo.

—¿Sale otra vez? —le pregunté.

—Sí, haremos una visita al buen mister Hammond.

—¿Usted se cree la historia de Parker?

—Es posible. Parece desprenderse... a menos de que sea muy buen actor... que cree firmemente en que Ackroyd era la víctima del chantajista. Si es así, no sabe nada de lo de mistress Ferrars.

—En ese caso, ¿quién...?

—*Précisément!* ¿Quién? Nuestra visita a mister Hammond tiene un objeto determinado, o bien disculpará completamente a Parker o...

—¡Diga, diga!

—Esta mañana he contraído la mala costumbre de dejar mis frases sin acabar —explicó Poirot con tono de disculpa—. Deberá usted tener paciencia conmigo.

—A propósito —dije, algo tímidamente—. Tengo que hacerle una confesión. Temo haber dejado escapar inadvertidamente algo respecto a esa alianza.

—¿Qué alianza?

—La que usted encontró en el estanque.

—¡Ah, sí, sí! —dijo Poirot sonriente.

—Espero que a usted no le sabrá mal. Fue un descuido imperdonable.

—Nada de eso, amigo mío, nada de eso. No le recomendé el silencio. Usted podía hablar si le venía en gana. ¿Su hermana se mostró interesada?

—¡Ya lo creo! Causó sensación y formaron toda serie de teorías.

—¡Ah! Y, sin embargo, es tan sencilla. La verdadera explicación salta a la vista, ¿verdad?

—¿Lo cree usted así?

Poirot se echó a reír.

—El hombre sabio no hace confidencias —observó—. Ya llegamos a casa de mister Hammond.

El notario estaba en su despacho, al que nos hicieron pasar sin dilación. Se levantó y nos saludó con su sequedad y su precisión usuales.

Poirot fue en seguida al grano.

—Monsieur, deseo que usted me procure una información, es decir, si tiene la bondad de dármela. Creo que usted era el notario de la difunta mistress Ferrars, de King's Paddock.

Noté la sorpresa que tradujo la mirada del notario antes de que su reserva profesional pusiera de nuevo una máscara en sus facciones.

—Es cierto. Todos sus asuntos pasaban por mis manos.

—Muy bien. Ahora, antes de pedirle nada, me gustaría que escuchase la historia que mister Sheppard le relatará. Supongo que no le importa, amigo mío, repetir la conversación que sostuvo con mister Ackroyd el viernes pasado por la noche...

—Nada en absoluto —dije, empezando inmediatamente la historia de aquella extraña noche.

Hammond escuchó con gran atención.

—Nada más —dije al terminar.

—¡Chantaje! —exclamó el notario pensativo.

—¿No le sorprende a usted? —preguntó Poirot.

—No, no me sorprende. He sospechado algo por el estilo desde hace tiempo.

—Eso nos trae a la información que vengo a pedirle —dijo Poirot—. Si alguien puede darnos una idea de las sumas pagadas es usted, monsieur.

—No tengo que oponerme a darle esa información —dijo Hammond, al cabo de un momento—. Durante el último año, mistress Ferrars vendió algunas obligaciones, y el dinero producto de esa venta no volvió a invertirlo, sino que lo fue sacando poco a poco de su cuenta corriente. Le hice una vez algunas preguntas al respecto y me dijo que se veía obligada a mantener a varios parientes pobres de su marido. No insistí, como puede suponer. Hasta ahora pensé que el dinero era pagado a alguna mujer que tendría derechos sobre Ashley Ferrars. No soñé siquiera en que mistress Ferrars en persona estuviera complicada en el asunto.

—¿Y el importe? —preguntó Poirot.

—Las diversas cantidades subían por lo menos a veinte mil libras.

—¡Veinte mil libras! —exclamé—. ¡En un solo año!

—Mistress Ferrars era una mujer riquísima —dijo Poirot—. Y el castigo de un crimen no es precisamente agradable.

—¿Puedo decirles algo más? —inquirió mister Hammond.

—¡Gracias, no! —dijo Poirot, levantándose—. Dispénsenos por haberle perturbado.

—Ninguna molestia, se lo aseguro.

—La palabra «perturbado» —le dije al salir— se aplica sólo a los trastornos mentales.

—¡Ah! Mi inglés nunca será perfecto. Curiosa lengua. Habría tenido que decir «fastidiado», *n'est ce pas?*

—«Molestado» era la palabra justa.

—Pues bien —me dijo Poirot—. ¿Qué le parece? ¿Con veinte mil libras en su poder, habría continuado Parker haciendo de mayordomo? *Je ne pense pas.* Desde luego, es posible que haya ingresado el dinero en el banco bajo otro nombre, pero estoy dispuesto a creer que nos ha dicho la verdad. Si es un pillo, lo es en pequeña escala. No tiene grandes ideas. Eso nos deja como posibilidades: Raymond o... el mayor Blunt.

—No puede ser Raymond —objeté—, puesto que sabemos que se encontraba apurado por una suma de quinientas libras.

—Eso es lo que dice...

—¡Y en cuanto a Héctor Blunt!

—Voy a decirle algo sobre el buen mayor —interrumpió Poirot—. Mi trabajo consiste en enterarme. *Eh bien!* Me he enterado. He descubierto que este legado de que habla sube a unas veinte mil libras. ¿Qué le parece eso?

Estaba tan sorprendido, que apenas pude contestar.

—¡Es imposible! ¡Un hombre tan conocido como Héctor Blunt!

Poirot se encogió de hombros.

—¿Quién sabe? Él sí es hombre de grandes ideas. Confieso que no sé verlo en el papel de chantajista, pero hay otra posibilidad que usted aún no ha considerado siquiera.

—¿Cuál?

—El fuego, amigo mío. Ackroyd pudo destruir esa carta junto con el sobre azul después de salir usted.

—No lo creo probable —dije lentamente—. Sin embargo, es posible. Pudo haber cambiado de idea.

Llegábamos a casa e invité a Poirot a almorzar con nosotros.

Pensé que Caroline estaría contenta, pero es empresa difícil satisfacer a las mujeres. Resultó que almorzábamos chuletas. En la cocina tenían callos con cebollas... ¡Y dos pequeñas chuletas para tres personas es un problema de complicada solución!

Sin embargo, Caroline no se dejaba amilanar por tan poca cosa. Mintiendo con descaro, explicó a Poirot que, aunque James se reía siempre de ella, seguía un régimen estrictamente vegetariano. Habló largo y tendido sobre el asunto y comió un plato de legumbres hervidas, extendiéndose sobre los peligros que encierra el comer carne.

Momentos después, cuando estábamos fumando ante el fuego, Caroline atacó directamente a Poirot.

—¿No ha encontrado todavía a Ralph Paton? —preguntó.

—¿Dónde he de buscarlo, mademoiselle?

—Pensé que quizá lo hallaría en Cranchester —dijo Caroline con tono significativo.

Poirot pareció asombrado.

—¿En Cranchester? ¿Por que allí precisamente?

—Uno de nuestros numerosos detectives privados le vio a usted en un automóvil en la carretera de Cranchester —expliqué.

Poirot se echó a reír alegremente.

—¡Ah! Fui a ver al dentista, *c'est tout*. Me dolía una muela. Al llegar allí, ya no notaba dolor y quería irme, pero el dentista dijo que no, que era preferible sacarla. Discutimos, pero él insistía. Por fin hice lo que él quería y la muela no me volverá a doler más.

Caroline estaba cariacontecida.

Empezamos a discutir de Ralph Paton.

—Temperamento débil —dije—, pero no es vicioso.

—¡Ah! —exclamó Poirot—. Pero, ¿adónde lleva la debilidad?

—Eso es lo que digo —interrumpió Caroline—. Mire usted a James... Es débil como el agua. ¡Si no estuviese aquí para cuidar de él...!

—Mi querida Caroline —dije irritado—, ¿no puedes hablar sin personalizar?

—*Eres* débil, James —dijo Caroline, impávida—. Tengo ocho años más que tú y siempre he considerado que mi deber consistía en cuidar de ti. Con una mala educación, sólo Dios sabe lo que habrías hecho hasta la fecha.

—Tal vez me hubiese casado con una hermosa aventurera —murmuré, contemplando el techo y echando anillos de humo.

—¡Aventurera! —dijo Caroline con desdén—. Si empezamos a hablar de aventureras...

Dejó la frase sin acabar.

—¡Continúa! —dije con alguna curiosidad.

—Nada, pero puedo pensar en alguna a mucho menos de cien millas de aquí.

Se volvió de pronto hacia Poirot.

—James insiste en que usted cree que alguien de la casa cometió el crimen. Lo único que puedo decirle es que se equivoca.

—No me conviene equivocarme —contestó Poirot—. No sé... cómo diría... es *mon métier!*

—Lo tengo todo muy presente —continuó Caroline, sin hacerle caso—. Por lo que deduzco, sólo dos personas *tuvieron* la oportunidad de hacerlo: Ralph Paton y Flora Ackroyd.

—Mi querida Caroline...

—No me interrumpas, James. Sé lo que digo. Parker encontró a Flora delante de la puerta, ¿verdad? No oyó a su tío darle las buenas noches. Pudo matarlo entonces.

—¡Caroline!

—No digo que lo hiciera, James. Digo que *pudo* hacerlo. Aunque Flora, al igual que todas las muchachas modernas, no tiene el menor respeto a los que tienen más edad y experiencia que ella, no creo que sea capaz de matar un pollo. Sin embargo, ahí están mister Raymond y el mayor Blunt que tienen coartadas. Incluso mistress Ackroyd tiene una. También la Russell parece tener otra... ¡Tanto mejor para ella...! ¿Quién queda, pues? ¡Sólo Ralph y Flora! Y digan lo que digan, no creo que Ralph Paton sea un asesino. Es un muchacho que hemos conocido toda la vida.

Poirot guardó silencio un minuto, mirando el humo que subía en espiral de su cigarrillo. Cuando habló, era con una voz de ensueño que nos produjo una sensación extraña por ser totalmente distinta de su modo usual de expresarse.

—Imaginemos a un hombre... un hombre ordinario, un

hombre que no abriga en su corazón ningún pensamiento criminal. Hay debilidad en ese hombre... una debilidad bien escondida, que jamás ha salido a la superficie. Pero supongamos que algo ocurre. Que se encuentra presa de dificultades o sencillamente descubre por casualidad un secreto, un secreto de vida o muerte para otra persona. Su primer impulso es hablar... cumplir con su deber de ciudadano honrado. Entonces es cuando la debilidad de su temperamento surge. Ahí tiene la posibilidad de hacerse con dinero, con mucho dinero. Lo desea... ¡y es tan fácil! No tiene que hacer nada... sólo callar. Así empieza.

»El deseo de tener dinero crece. Quiere más, siempre más... Está embriagado por la mina de oro que se abre a sus pies. Se vuelve codicioso y en su codicia se excede. Es posible presionar a un hombre tanto como se quiera, pero con una mujer no hay que rebasar ciertos límites, pues una mujer tiene en el fondo de su corazón un gran deseo de decir la verdad. ¡Cuántos esposos han engañado a sus esposas y bajan tranquilamente a la tumba, llevando su secreto consigo! ¡Cuántas esposas que han burlado a sus esposos arruinan sus vidas confesándolo todo! Han sido empujadas demasiado lejos. En un momento de atrevimiento, que les pesa haber tenido después, *bien entendu*, desprecian toda cautela y proclaman la verdad con gran satisfacción momentánea. Creo que es lo que ha ocurrido en este caso. La tensión era demasiado grande y así sucedió como en su proverbio, la muerte de la «gallina de los huevos de oro». Pero esto no es todo. El peligro de ser desenmascarado confortaba al hombre de quien hablamos. No es el mismo hombre que era, digamos, un año antes. Su fibra moral se ha deshecho. Está desesperado. Lucha denodadamente y está dispuesto a valerse de todos los medios a su alcance, pues la denuncia significa la mina... ¡Y de este modo, la daga hiere...!

Poirot calló un momento. Parecía haber echado un sortilegio por la habitación. No puedo describir la impresión que sus palabras produjeron. Había algo en su análisis despiadado y en su poder de visión que nos llenó de sobresalto.

—Después —continuó con voz suave—, pasado el peligro, volverá a ser un ser normal, bondadoso, pero si la necesidad surge nuevamente, herirá sin vacilar...

Caroline salió de su estupor.

—Habla usted de Ralph Paton —dijo—. Tal vez tiene razón, pero no puede condenar a un hombre sin dejarle que se defienda.

La llamada del teléfono nos interrumpió. Salí al vestíbulo y cogí el auricular.

—¿Qué? —dije—. Sí, soy el doctor Sheppard.

Escuché unos minutos y respondí brevemente. Volviendo a colgar el auricular, entré en el salón.

—Poirot —dije—, han detenido a un hombre en Liverpool. Su nombre es Charles Kent, y se cree que es el forastero que visitó Fernly Park aquella noche. Quieren que yo vaya a Liverpool en seguida, con el fin de identificarlo.

Capítulo XVIII

CHARLES KENT

Media hora después, Poirot, el inspector Raglan y yo viajábamos en tren hacia Liverpool. El inspector estaba bastante excitado.

—Aunque no se logre nada más, podremos por lo menos descubrir algo de ese asunto del chantaje —declaró con satisfacción—. Ese tipo es un tío rudo, según me han dicho por teléfono. Aficionado a las drogas también. No será difícil hacerle confesar lo que deseamos saber. Si hubo una sombra de motivo, nada más probable que matara a mister Ackroyd. Pero en este caso, ¿por qué se esconde el joven Paton? ¡Es un enigma... un verdadero enigma! A propósito, mister Poirot, usted tenía razón respecto a esas huellas digitales. Eran de mister Ackroyd en persona. Tuve la misma idea, pero la rechacé por parecerme poco probable.

Sonreí para mis adentros. El inspector Raglan sabía quedar bien en todas las ocasiones.

—Referente a ese hombre, ¿no se le habrá encarcelado todavía? —preguntó Poirot.

—No. Sólo se le ha detenido por inspirar sospechas.

—¿Qué dice?

—Muy poca cosa. Es un pájaro de cuenta. Lanza insultos, cubre a la gente de improperios, pero no dice nada más.

Al llegar a Liverpool me sorprendió ver que se acogía a

Poirot con aclamaciones entusiasmadas. El superintendente Hayes, que nos esperaba, había trabajado con él en otro caso, hacía tiempo, y tenía evidentemente una opinión exagerada de su talento.

—Ahora que tenemos a mister Poirot aquí, la cosa no tardará en resolverse —dijo alegremente—. Creía que se había retirado, monsieur

—Así es, en efecto, mi buen Hayes, pero el retiro es aburrido. Usted no puede imaginarse la monotonía con que un día sigue al otro.

—Me lo figuro. ¿De modo que usted ha venido a echar una mirada a nuestro detenido? ¿Es el doctor Sheppard? ¿Cree usted que podrá identificarlo?

—No estoy muy seguro —dije, vacilando.

—¿Cómo dieron con él? —inquirió Poirot.

—Se hizo circular su descripción, como usted no dejará de saber, por mediación de la prensa y de forma confidencial. No era gran cosa, lo admito. Este tipo tiene acento norteamericano y no niega haberse encontrado cerca de King's Abbot la noche de autos. Se limita a preguntar por qué nos interesa saberlo y a decir que nos verá primero en el infierno antes que contestar a nuestras preguntas.

—¿Podré verle yo también? —preguntó Poirot.

El superintendente hizo un guiño lleno de promesas.

—Estaremos encantados, señor. Usted tiene permiso para hacer lo que quiera. El inspector Japp, de Scotland Yard, preguntó por usted el otro día. Dijo que sabía que usted intervenía en el asunto. ¿Puede decirme dónde se esconde el capitán Paton, señor?

—Dudo que sea conveniente indicárselo en este momento —dijo misteriosamente Poirot.

Me mordí los labios para no sonreír.

El hombrecillo desempeñaba muy bien su papel.

Después de algunas formalidades, nos llevaron a presencia del prisionero. Era un muchacho de unos veintidós o veintitrés años, alto, delgado, con manos ligeramente temblorosas y aspecto de poseer una gran fuerza física, agotada hasta cierto punto. Tenía el cabello oscuro y unos ojos azules, de mirada torva, que rara vez miraban de frente a su interlocutor. A pesar de la ilusión que me había forjado de poder reconocer al hombre que había visto la noche de autos, me fue imposible decidir si se trataba o no de aquel individuo. No me recordaba a nadie que conociese.

—Bien, Kent —dijo el superintendente—. Levántese. Aquí tenemos unos señores que han venido a verle. ¿Reconoce usted a alguno de ellos?

Kent miró de mala gana, pero no contestó. Vi su mirada posarse sobre cada uno de nosotros por turno y volver finalmente hacia mí.

—Bien, doctor —me dijo el superintendente—. ¿Lo reconoce?

—La estatura es la misma —contesté—. Y por su aspecto general, acaso se trate del mismo hombre. No puedo añadir nada más.

—¿Qué diablos significa todo eso? —preguntó Kent—. ¿De qué se me acusa? Vamos, hablen. ¿Qué suponen que he hecho?

Incliné la cabeza.

—Es el hombre —dije—. Reconozco su voz.

—¿Usted reconoce mi voz? ¿Dónde piensa haberla oído antes?

—El viernes por la noche, frente a la verja de Fernly Park. Usted me preguntó el camino que debía seguir.

—¿Sí, eh?

—¿Lo admite? —preguntó el inspector.

—No admito nada. Primero he de saber de qué se me acusa.

—¿No ha leído usted los periódicos durante estos últimos días? —dijo Poirot, hablando por primera vez.

El hombre entornó los ojos.

—¡Ah! ¿Se trata de eso? He leído que un viejo ha sido enviado al otro barrio en Fernly Park. Tratan de probar que yo hice la faena, ¿eh?

—Eso es —dijo Poirot—. Usted estuvo allí.

—¿Cómo lo sabe?

—Por eso —Poirot sacó algo del bolsillo y se lo enseñó. Era la pluma de oca que habíamos encontrado en el pequeño cobertizo. Al verla, el rostro del hombre cambió de expresión. Alargó la mano.

—«Nieve» —dijo pensativamente Poirot—. No, amigo mío, está vacía. La encontré donde usted la dejó caer en el cobertizo, aquella noche.

Charles Kent miraba al detective, vacilando.

—Usted parece enterado de muchas cosas, gallito extranjero. Tal vez recordará que los diarios dicen que el viejo fue despachado entre las diez menos cuarto y las diez.

—Es verdad —convino Poirot.

—Sí, pero, ¿ocurrió realmente así? Eso es lo que me interesa saber.

—Este caballero se lo dirá —contestó Poirot.

Señalaba al inspector Raglan. Éste vaciló, miró al superintendente Hayes, luego a Poirot, y finalmente, como si hubiese obtenido aprobación de éstos, dijo:

—Así fue, en efecto.

—Entonces no tienen por qué detenerme aquí —dijo Kent—. Estaba lejos de Fernly Park a las nueve y veinticinco. Pueden preguntarlo en *The Dog and Whistle*[1]. Es un bar situado a una milla de Fernly Park, en la carretera de Cranchester. Recuerdo que armé un escándalo allí. No faltaría mucho para las diez menos cuarto. ¿Qué les parece eso?

El inspector Raglan hizo una anotación en su cuaderno.

—¿Qué anota? —preguntó Kent.

—Se harán las gestiones necesarias —repuso el inspector—. Si usted ha dicho la verdad no habrá motivo alguno para inculparlo. ¿Qué hacía en Fernly Park de todos modos?

---

1. *The Dog and Whistle*. El perro y el silbato. (*N. del T.*)

—Fui a ver a alguien.

—¿A quién?

—Eso es cuenta mía

—Más vale que conteste cortésmente, buen hombre —le avisó el superintendente.

—¡Al infierno la cortesía! Fui allí por un asunto que me interesaba y no he de dar cuenta de ello a nadie. Lo único que ha de interesar a la poli es si yo estaba lejos cuando se cometió el crimen.

—¿Se llama usted Charles Kent? —dijo Poirot—. ¿Dónde nació?

El hombre se le quedó mirando y se echó a reír.

—Soy inglés —dijo finalmente.

—Sí —contestó Poirot, pensativo—. Creo que lo es. Me parece que nació en el condado de Kent.

El hombre pareció asombrado.

—¿Por qué? ¿Acaso por mi nombre? ¿Qué tiene que ver una cosa con la otra? ¿Es que un hombre que se llama Kent ha de haber nacido precisamente en ese condado?

—En determinadas circunstancias, imagino que sí —dijo Poirot deliberadamente—. ¡En determinadas circunstancias! ¿Me comprende usted...?

Hablaba con un tono tan significativo, que los dos policías se sorprendieron. Charles Kent cambió de color y, durante un momento, creí que iba a saltar sobre Poirot. Lo pensó mejor y se volvió riendo de labios afuera.

Poirot inclinó la cabeza como si estuviera satisfecho y salió de la estancia. Los dos policías no tardaron en reunírsele.

—Comprobaremos su declaración —observó Raglan—. No creo que mienta, pero tendrá que decir lo que hacía en Fernly Park. Me parece que hemos cogido a nuestro chantajista. Por otra parte, si su historia es verídica, no pudo cometer el crimen. Llevaba diez libras encima cuando se le detuvo... suma más bien importante. Creo que las cuarenta libras que han desaparecido han ido a parar a sus manos. Los números de los billetes no corresponden, pero lo primero que haría sería cambiarlos. Mister Ackroyd debió dárselo y él se alejó con el dinero sin perder tiempo. ¿Qué es eso de que ha nacido en Kent? ¿Qué tiene que ver con el asunto?

—Nada absolutamente —dijo Poirot con voz suave—. Es una idea mía, nada más. Yo siempre tengo ideas especiales.

—¿De veras? —replicó Raglan, mirándole con asombro.

El superintendente se echó a reír ruidosamente.

—Más de una vez he oído al inspector Japp hablar de las ideas de mister Poirot. Están demasiado llenas de fantasía para mi gusto, dice, pero siempre hay algo en ellas.

—Usted se burla de mí —contestó Poirot, sonriendo—. Tanto da. Los viejos reímos a veces cuando los jóvenes no tienen ganas de hacerlo.

Meneando la cabeza salió a la calle.

Almorzamos juntos en un restaurante. Sé ahora que lo sabía todo y que poseía el último indicio que necesitaba para alcanzar la verdad.

Pero entonces yo no sospechaba esta particularidad. Desconfiaba de su perspicacia y creía que las cosas que me desconcertaban producían el mismo efecto sobre él.

Lo que no comprendía era lo que Charles Kent había ido a hacer a Fernly Park. Una y cien veces me hacía esa pregunta sin encontrar contestación satisfactoria. Por último, me arriesgué a participar mis dudas a Poirot. Su respuesta no se hizo esperar.

—*Mon ami*, yo no pienso. Sé.

—¿De veras? —dije con incredulidad.

—Sí, de veras. Supongo que no me comprenderá si le digo que él fue aquella noche a Fernly Park porque nació en Kent.

Me quedé mirándole.

—No comprendo nada —repliqué secamente.

—¡Ah! —dijo Poirot, compadecido—. Tanto da. Yo tengo mi propia idea.

Capítulo XIX

FLORA ACKROYD

Al día siguiente el inspector Raglan me detuvo delante de mi casa cuando regresaba de mis visitas.

—Buenos días, doctor Sheppard. Oiga, la coartada de aquel hombre resultó cierta.

—¿La de Charles Kent?

—Sí. La camarera del bar *The Dog and Whistle*, Sally Jones, lo recuerda perfectamente. Escogió su fotografía de entre cinco. Eran las diez menos cuarto cuando entró en el bar, y éste se encuentra a más de una milla de Fernly Park. La muchacha dice que llevaba bastante dinero... Le vio sacar un fajo de billetes del bolsillo. Eso la sorprendió, por tratarse de un individuo que llevaba botas destrozadas. Al fin sabemos a dónde fueron a parar las cuarenta libras.

—¿Rehúsa decir por qué había ido a Fernly Park?

—Es más obstinado que una mula. Ha hablado con Hayes por teléfono esta mañana.

—Hércules Poirot dice que sabe por qué motivo ese hombre estaba allí aquella noche —observé.

—¿De veras? —exclamó el inspector con interés.

—Sí —repliqué maliciosamente—. Dice que fue porque nació en Kent.

Raglan me miró un momento como si no comprendiera. Me produjo un inconfundible placer transferirle algo de mi propia confusión.

De pronto, una sonrisa iluminó el rostro del inspector Raglan y se dio una palmada en la frente.

—A veces desvaría algo —dijo—. Hace tiempo que lo pienso. ¡Pobre hombre! Por eso tuvo que abandonarlo todo y venir a vivir aquí, Es hereditario, seguramente. Tiene un sobrino completamente chiflado.

—¿Poirot? —dije con sorpresa.

—Sí. ¿No se lo ha dicho nunca? Creo que es inofensivo, pero está loco de remate. Su hermana, miss Sheppard, me lo contó, doctor.

Caroline es verdaderamente asombrosa. No se da reposo hasta conocer los últimos detalles de los secretos familiares de uno. Por desgracia no he logrado nunca inculcarle la decencia de guardarlos para ella.

—Suba usted, inspector —dije, abriendo la portezuela de mi automóvil—. Iremos a The Larges con el fin de transmitir a nuestro buen amigo las últimas noticias.

—Conforme. Después de todo, aunque está un poco trastornado, se mostró útil en el asunto de las huellas digitales.

Poirot nos recibió con su cortesía habitual. Escuchó la información que le traíamos, asintiendo de vez en cuando con la cabeza.

—Parece verosímil, ¿verdad? —dijo el inspector—. ¡Un individuo no puede asesinar a alguien en un sitio mientras bebe en el bar de un establecimiento emplazado a una milla de distancia!

—¿Van ustedes a ponerle en libertad?

—No sé qué más hemos de hacer. No podemos detenerlo bajo la acusación de extorsión. No se puede probar nada.

—En su lugar no soltaría todavía a Charles Kent.

—¿Qué quiere usted decir?

—Como lo oye. No le soltaría todavía.

—Usted no creerá que tiene nada que ver con el crimen, ¿verdad?

—Es probable que no, pero no se puede estar seguro todavía.

—¿No acabo de decirle que...?

Poirot levantó una mano en señal de protesta.

—*Mais oui, mais oui!* Le he oído. No soy sordo ni tonto, gracias a Dios, pero usted parte de una base equivocada...

El inspector le miró sin indulgencia.

—No sé por que lo dice. Mire usted, sabemos que mister Ackroyd vivía a las diez menos cuarto. Usted mismo lo admite, ¿verdad?

—No admito nada que no esté... *comprobado*.

—Tenemos pruebas de sobra. Tenemos la declaración de miss Flora Ackroyd.

—¿De que dio las buenas noches a su tío? Yo no creo siempre lo que una señorita me dice, aunque sea encantadora y hermosa.

—Pero... por el amor de Dios, Parker la vio salir de la estancia.

—No —la voz de Poirot sonó con decisión—. Eso es precisamente lo que no vio: Hice un pequeño experimento el otro día... ¿lo recuerda usted, doctor? Parker la vio *frente* a la puerta, con la mano en el picaporte. No la vio *salir* de la habitación.

—Pues, ¿dónde estaría entonces?

—Tal vez en la escalera.

—¿En la escalera...?

—Sí, es una de mis pequeñas ideas.

—Pero esa escalera sólo lleva al dormitorio de mister Ackroyd.

—Precisamente.

El inspector estaba visiblemente asombrado y desconcertado.

—¿Usted cree que había estado en el dormitorio de su tío? Pues si era así, ¿por qué decir una mentira en vez de la verdad?

—Ésta es la cuestión. Todo depende de lo que hacía allí.

—¿Se refiere usted al dinero? Vamos hombre, no me dirá usted que miss Ackroyd fue la que tomó esas cuarenta libras.

—No digo nada —replicó Poirot—, pero le recordaré lo siguiente: la vida no era muy fácil para madre e hija. Había facturas pendientes... dificultades constantes. Roger Ackroyd era un hombre peculiar cuando se trataba de dinero. Es posible que la muchacha se viera apurada por una cantidad relativamente pequeña. Imagínese entonces lo que ocurre. Toma el dinero, baja por la escalera. Cuando está a medio camino, oye el ruido del tintineo de unos vasos en el vestíbulo. Sabe quién es... Parker que se dirige al despacho con la bandeja. Es preciso que éste no la vea... Parker lo recordaría. Si se descubre la falta del dinero, el mayordomo no dejaría de mencionar que la había visto bajar del piso superior. Tiene el tiempo preciso de correr hasta la puerta del despacho... de poner la mano en el picaporte, para demostrar que sale, cuando Parker aparece en el umbral de la puerta. Dice lo primero que le viene a la mente, repitiendo la orden que su tío había dado a primeras horas de aquella misma noche, y sube a su dormitorio.

—Sí, pero después —insistió el inspector— debió comprender la importancia de decir la verdad. ¡Caramba! Todo da vueltas en torno a ese punto.

—Después de eso —dijo secamente Poirot—, miss Flora se encuentra en una situación algo delicada. Le dicen que la policía está en la casa y que ha habido un robo. Naturalmente, llega a la conclusión de que se ha descubierto el robo del dinero. No tiene otra idea que repetir la historia. Cuando se entera de que su tío está muerto, le sobrecoge el pánico. Las muchachas no se desmayan hoy día, monsieur, sin un motivo sobrado. *Eh bien!* Ahí lo tiene. Se ve obligada a repetir la historia o confesarlo todo, y a una muchacha joven y bonita no le gusta admitir que es una ladrona... sobre todo delante de las personas cuya estimación desea conservar.

Raglan demostró su disconformidad dando un tremendo puñetazo en la mesa.

—No lo creo —dijo—. No es... creíble. ¿Y usted... ha sabido todo esto desde el principio?

—La posibilidad ha estado en mi pensamiento desde el primer día —admitió Poirot—. Siempre he estado convencido de que mademoiselle Flora nos callaba algo. Para mi satisfacción hice el pequeño experimento que acabo de explicarle. El doctor Sheppard me acompañó.

—Me dijo usted que se trataba de Parker —observé amargamente.

—*Mon ami*, yo le contesté entonces que era preciso decir algo.

El inspector se levantó.

—Sólo nos queda una cosa que hacer —declaró—. Hemos de hablar con la muchacha. ¿Me acompaña usted a Fernly Park, mister Poirot?

—Por supuesto. El doctor Sheppard nos llevará en su coche.

Acepté sin hacerme rogar.

Preguntamos por miss Ackroyd y nos introdujeron en la sala del billar. Flora y el mayor Héctor Blunt estaban sentados en la banqueta al lado de la ventana.

—Buenos días, miss Ackroyd —dijo el inspector—. ¿Podemos hablar un momento con usted a solas?

Blunt se levantó en el acto y se alejó en dirección a la puerta.

—¿De qué se trata? —dijo Flora, nerviosamente—. No se vaya, mayor Blunt. Puede quedarse, ¿verdad? —preguntó volviéndose hacia el inspector.

—Como usted quiera —dijo éste secamente—. Hay una pregunta o dos que es mi deber hacerle, señorita, pero preferiría que fuese en privado, y me parece que usted también lo preferiría.

Flora le miró fijamente, palideciendo. Se volvió hacia Blunt:

—Quédese, se lo ruego. Sea lo que fuere lo que el inspector tiene que decirme, deseo que lo oiga.

Raglan se encogió de hombros.

—¡Puesto que usted se empeña...! Bien, miss Ackroyd, mister Poirot, aquí presente, acaba de sugerirme algo.

Dice que usted no estuvo en el despacho el viernes por la noche, que no dio las buenas noches a mister Ackroyd y que bajaba la escalera que lleva al dormitorio de su tío cuando oyó a Parker atravesar el vestíbulo.

La mirada de Flora se posó en Poirot. Éste le hizo una señal afirmativa.

—Mademoiselle, el otro día, cuando estábamos sentados en torno a la mesa, le imploré que se mostrara franca conmigo. Lo que uno no dice a papá Poirot, él lo descubre. Era eso, ¿verdad? Mire, le facilito la contestación. ¿Tomó usted el dinero? ¿Sí o no?

—¿El dinero? —dijo Blunt, sobrecogiéndose.

Hubo un silencio que duró un minuto.

Flora se levantó.

—Monsieur Poirot tiene razón —confesó finalmente—. Tomé el dinero. Robé. Soy una ladrona. Sí, una vulgar ladrona. ¡Ahora ya lo saben! Me alegro de que se sepa. Estos últimos días han sido una pesadilla. —Se sentó bruscamente y escondió el rostro entre las manos. Habló con voz velada a través de los dedos—. No saben lo que mi vida ha sido desde que vine aquí. Deseaba cosas, hacía planes, mentía, hacía trampas, amontonaba las facturas, prometiendo pagar... ¡Oh! Me odio cuando pienso en ello. Eso es lo que nos reunió a Ralph y a mí. ¡Ambos éramos débiles! Le comprendía y le tenía lástima... porque en el fondo soy igual que él. No éramos bastante fuertes para luchar... Somos débiles, unos seres despreciables...

Lanzó una ojeada a Blunt y de pronto dio una patada en el suelo.

—¿Por qué me mira de ese modo... como si no pudiese creerlo? Puedo ser una ladrona, pero, cuando menos, ahora digo la verdad. ¡Ya no miento! No pretendo ser la clase de muchacha que a usted le gusta: joven, inocente y sencilla. Tanto me da si usted no quiere volverme a ver nunca más. Me odio, me desprecio... pero usted ha de creer una cosa. Si al decir la verdad hubiese podido ayudar a Ralph, hubiera hablado. Sin embargo, he visto desde el principio que no le ayudaría... que haría sospechar todavía más de él. No le hice el menor daño manteniendo mi mentira.

—Ralph —dijo Blunt—. Comprendo... siempre Ralph.

—Usted no comprende —dijo Flora con desesperación—. Nunca podrá comprender.

Se volvió hacia el inspector.

—Lo admito todo. Necesitaba dinero, fuese como fuese. No volví a ver a mi tío aquella noche después de la cena. En cuanto al dinero, puede usted hacer lo que quiera conmigo. ¡Nada puede ser peor que lo que sucede!

Volvió a cubrirse el rostro con las manos y de golpe huyó del cuarto.

El inspector parecía desorientado.

—Vaya. Así están las cosas.

Blunt se le acercó.

—Inspector Raglan —dijo con gran serenidad—, ese dinero me lo entregó mister Ackroyd para un fin especial. Miss Ackroyd no lo tocó para nada. Miente para salvar al capitán Paton. Le digo la verdad y estoy dispuesto a jurarlo ante el tribunal.

Se inclinó y, dando media vuelta, salió de la estancia.

Poirot le siguió a buen paso y le alcanzó en el vestíbulo.

—Monsieur, un momento, se lo ruego, hágame el favor.

—¿Qué desea, caballero?

Blunt se mostraba impaciente y miraba a Poirot frunciendo las cejas.

—Oiga —dijo Poirot—: su pequeña fantasía no me engaña. Miss Flora fue quien tomó el dinero. De todos modos, lo que acaba de decir me gusta. Es usted un hombre de pensamiento rápido y capaz de actuar de igual forma.

—Gracias, no necesito su opinión —dijo Blunt, con frialdad.

Hizo nuevamente señal de querer alejarse, pero, sin ofenderse, Poirot le detuvo por el brazo.

—Escúcheme. Tengo algo más que decirle. El otro día

hablé de esconder y callar cosas. Pues bien, hace tiempo que me he dado cuenta de lo que usted calla. Usted ama a mademoiselle Flora con todo el corazón desde el primer instante en que la vio, ¿verdad? No le sepa mal que hablemos de eso. ¿Por qué? ¿Han de creer en Inglaterra que al mencionar el amor se descubre un secreto vergonzoso? Usted quiere a miss Flora y desea esconder el hecho ante la gente. Muy bien, pero oiga el consejo de Hércules Poirot: no se lo esconda usted *a ella*.

Blunt mostraba su agitación mientras Poirot hablaba, pero las últimas palabras de éste le clavaron en el sitio.

—¿Qué quiere decir? —murmuró con hosquedad.

—Usted cree que ella ama al capitán Paton, pero yo, Hércules Poirot, le digo que no es así. Mademoiselle Flora aceptó al capitán Paton con el fin de complacer a su tío y porque veía en el matrimonio una puerta de escape de su vida aquí, que se iba haciendo insoportable. Le tenía mucha amistad. Había simpatía y comprensión entre ellos, pero amor... ¡no! ¡No es el capitán Paton a quien mademoiselle Flora ama!

—¿Qué demonios quiere usted decir? —preguntó Blunt, cambiando de color.

—Ha estado usted ciego, monsieur. ¡Ciego! La pequeña es leal. Ralph Paton es sospechoso y su honor le dicta permanecer fiel.

Yo pensé que era hora de pronunciar unas palabras con el fin de cooperar a la buena obra y dije con entusiasmo:

—Mi hermana me aseguró la otra noche que Flora no había pensado nunca en Ralph como marido. Y Caroline no se equivoca jamás en esos pronunciamientos.

Blunt no me miró siquiera. Habló a Poirot:

—¿Cree usted de veras...? —empezó.

Se interrumpió. Es uno de esos hombres callados que encuentran dificultades para traducir sus sentimientos en palabras.

—Si usted duda de mí, pregúnteselo a ella, monsieur. Pero tal vez con el asunto del dinero, usted...

Blunt soltó una risita colérica.

—¿Cree que le guardo rencor? Roger fue siempre muy extraño en cuestiones de dinero. La pobrecilla se vio metida en un gran lío y no se atrevió a confesárselo. ¡Pobre niña solitaria!

Poirot miró pensativamente una puerta lateral.

—Mademoiselle Flora ha salido al jardín, me parece —murmuró.

—He sido un loco —dijo bruscamente Blunt—. ¡Bonita conversación la nuestra! Se parece a una de esas obras teatrales de los daneses... Pero usted es buen hombre, mister Poirot. ¡Gracias!

Tomó la mano del detective y la apretó de un modo que provocó una mueca en el belga. Se encaminó a la puerta lateral y salió al jardín.

—¡No es ningún tonto! —murmuró Poirot, frotándose el miembro dolorido—. ¡Sólo lo es en amor!

CAPÍTULO XX

MISS RUSSELL

El inspector Raglan había recibido un golpe muy rudo. La generosa mentira de Blunt no le engañó más que a nosotros. Nuestro viaje de regreso al pueblo fue amenizado por sus quejas.

—Esto lo cambia todo. No sé si usted lo comprende, mister Poirot.

—Creo que sí, creo que sí —replicaba Poirot—. Verá usted, yo me había familiarizado con la idea hacía algún tiempo.

El inspector Raglan, que estaba al corriente desde hacía sólo media hora escasa, miró tristemente a Poirot y continuó la enumeración de sus descubrimientos.

—¡Todas esas coartadas no tienen valor alguno! ¡Absolutamente ninguno! Hemos de volver a empezar. Descubrir lo que cada cual hacía a partir de las nueve y media... Las nueve y media, ésa es la hora punta. Usted tenía razón respecto a Kent. No le soltaremos de momento. Déjeme pensar... A las nueve y cuarenta y cinco, en el bar *The Dog and Whistle*. Pudo llegar allí en un cuarto de hora, si anduvo de prisa. Es posible que fuese *su* voz la que mister Raymond oyó hablando con mister Ackroyd... pidiendo dinero que mister Ackroyd le negó. Pero una cosa es clara... No fue él quien telefoneó. La estación se encuentra a media milla en la otra dirección... a más de una milla y media del bar, y él estuvo en éste hasta las diez y cuarto aproximadamente. ¡Que Dios confunda esa llamada telefónica! ¡Siempre nos estrellamos contra ella!

—Efectivamente —asintió Poirot—. ¡Es curioso!

—Acaso el capitán Paton subiera al despacho de su tío y, al encontrarlo asesinado, *él* telefoneara. Luego, temiendo verse acusado, huyó. Es posible, ¿verdad?

—¿Y por qué había de telefonear?

—Pudo dudar de que mister Ackroyd estuviera verdaderamente muerto, y pensó en mandarle el doctor tan pronto como fuera posible, aunque sin dar la cara. ¿Qué le parece mi teoría? Creo que es muy buena.

El inspector quedó tan satisfecho con su perorata que cualquier cosa en aquel momento que le dijéramos en contra sería superflua.

Llegamos a mi casa en aquel instante y me apresuré a recibir a mis enfermos, que me habían estado esperando bastante rato, dejando que Poirot se trasladase a la delegación de policía con el inspector.

Después de despedir al último paciente, entré en el cuartito situado detrás de la casa, al que llamo mi taller. Estoy bastante orgulloso del aparato de radio que he construido allí. Caroline odia mi taller, en el que guardo mis herramientas y no permito a Annie que me lo revuelva todo con su escoba y sus trapos. Estaba ajustando las piezas de un despertador que me habían denunciado como indigno de toda confianza, cuando la puerta se abrió. Caroline asomó la cabeza.

—¿Estás aquí, James? —dijo con tono de reproche—. Mister Poirot quiere verte.

—¡Qué bien! —exclamé irritado, pues su entrada inesperada me había sobresaltado y se me había caído una pieza del delicado mecanismo—, si quiere verme, puede entrar aquí.

—¿Aquí? —dijo Caroline.

—Eso es lo que he dicho, aquí.

Caroline hizo una mueca significativa y se retiró, volviendo al cabo de unos instantes con Poirot. Se retiró nuevamente, cerrando la puerta de golpe.

—¡Ah, amigo mío! —dijo Poirot, acercándose y frotándose las manos—. Usted no se desembaraza de mí tan fácilmente, ya lo ve.

—¿Ha terminado usted con el inspector? —pregunté.

—De momento, sí. Y usted, ¿ha visitado a todos sus enfermos?

—Sí.

Poirot se sentó y me miró con la cabeza ladeada y el aspecto de quien saborea una broma exquisita.

—Usted se equivoca —dijo finalmente—. Todavía le queda un enfermo que examinar.

—¿No se trata de usted? —exclamé con sorpresa.

—*No, bien entendu*. Yo tengo una salud espléndida. Para decirle la verdad, se trata de un pequeño complot. Deseo ver a alguien y al mismo tiempo no es preciso que el pueblo en masa se entere del asunto, lo cual no dejaría de ocurrir si esa señora viniera a mi casa... puesto que se trata de una señora. Ya ha venido a verle en calidad de enferma antes que ahora.

—¡Miss Russell! —exclamé.

—*Précisément*. Tengo gran deseo de hablar con ella, de modo que le he enviado una nota citándola en su consultorio. ¿No me guardará usted rencor?

—Al contrario —dije—. Presumo que se me permitirá presenciar la entrevista.

—¡No faltaba más! ¡Se trata de su consultorio!

—Verá usted —continué, dejando caer las tenazas que tenía en la mano—. Ese asunto es extraordinariamente misterioso. Cada nuevo acontecimiento es como el golpecito que se da a un calidoscopio... la cosa cambia por completo de aspecto. ¿Por qué siente usted tanto interés por ver a miss Russell?

Poirot enarcó las cejas.

—¡Me parece que es obvio! —murmuró.

—Vuelve usted a las andadas —rezongué—. Según

usted, todo es obvio, pero me deja en la mayor oscuridad.

Poirot meneó la cabeza jovialmente.

—Se burla usted de mí. Tome el caso, por ejemplo, de mademoiselle Flora. El inspector se sorprendió, pero usted... no.

—Nunca soñé en que pudiese ser ella la ladrona —exclamé.

—Tal vez no, pero yo le estaba mirando a usted y su rostro no demostró, como el del inspector Raglan, sorpresa o incredulidad.

Callé un momento.

—Creo que tiene usted razón —dije finalmente—. Hace tiempo que tenía la impresión de que Flora callaba algo... de forma que, cuando reveló la verdad, estaba preparado para oírla. ¡En cuanto al inspector Raglan, le trastornó completamente, pobre hombre!

—*Ah! Pour ça, oui!* El desgraciado tiene que poner nuevamente en orden sus ideas. Aproveché su estado de caos mental para obtener de él un pequeño favor.

—¿Cuál?

Poirot sacó una hoja de papel del bolsillo y leyó en voz alta lo que había escrito en la misma:

—«La policía anda buscando hace días al capitán Ralph Paton, sobrino de mister Ackroyd, de Fernly Park, cuya muerte ocurrió en circunstancias trágicas el viernes pasado. El capitán Paton fue encontrado en Liverpool cuando iba a embarcar para América»

Poirot volvió a doblar la hoja de papel.

—Esto, amigo mío, saldrá en los diarios de mañana.

Le miré en el colmo del asombro.

—Pero no es cierto... ¡No está en Liverpool!

Poirot me miró sonriente.

—¡Usted tiene la inteligencia tan despierta! Es cierto, no se le ha encontrado en Liverpool. El inspector Raglan no quería dejarme enviar este párrafo a la prensa, sobre todo porque no podía entrar en confidencias con él, pero le aseguré que unos resultados interesantísimos se derivarían de su publicación y cedió, con la condición de que él declinaba toda responsabilidad.

—Para serle franco —declaré finalmente—, no sé lo que usted espera con esto.

—Debería usted emplear más sus células grises —dijo gravemente el detective.

Levantándose, se acercó a mi mesa de trabajo.

—Es usted aficionado a la mecánica —dijo, inspeccionando mis trabajos.

Todo hombre tiene una afición u otra. Yo llamé inmediatamente la atención de Poirot sobre mi aparato de radio. Encontrando en él un auditorio simpático, le enseñé una o dos invenciones mías, cosas sin importancia, pero que son útiles en la casa.

—Decididamente —dijo Poirot—, debiera ser inventor y no médico. Pero oigo el timbre... Aquí tiene a su paciente. Vamos al consultorio.

En otra ocasión, el físico del ama de llaves me había llamado la atención. Hoy volvió a impresionarme. Iba sencillamente vestida de negro, alta, erguida y de aspecto independiente como siempre. Comprendí que, con sus grandes ojos negros y un poco de color en sus mejillas, casi pálidas, debió ser hermosa de veras cuando era joven.

—Buenos días, mademoiselle —saludó Poirot—. ¿Quiere usted sentarse? El doctor Sheppard ha tenido la bondad de prestarme su consultorio para una conversación que deseo sostener con usted.

Miss Russell se sentó con su sangre fría usual.

Si estaba interiormente agitada, no lo manifestaba en lo más mínimo exteriormente.

—Miss Russell... tengo noticias para usted.

—¿De veras?

—Charles Kent ha sido detenido en Liverpool.

Ni un músculo de su rostro se movió, se limitó a abrir un poco más los ojos y a continuación preguntó con tono de reto:

—¿Debería importarme?

En aquel momento vi el parecido que me había llamado la atención desde el principio... algo familiar con la forma de ser de Charles Kent. Las dos voces: una ruda y vulgar, la otra refinada... tenían el mismo timbre. Era en miss Russell en quien pensaba subconscientemente aquella noche, frente a la verja de Fernly Park.

Miré a Poirot, trastornado por mi descubrimiento, y éste me hizo una señal imperceptible.

Contestando a la pregunta de miss Russell, movió las manos con un gesto típicamente francés.

—Creí que eso le interesaría. Nada más —dijo suavemente.

—Pues no me interesa de un modo especial. ¿Quién es ese Charles Kent?

—Es un hombre, mademoiselle, que se encontraba en Fernly Park la noche del crimen.

—¿De veras?

—Afortunadamente, tiene una coartada. A las diez menos cuarto se encontraba en un café situado a una milla de aquí.

—Tanto mejor para él —contestó miss Russell.

—Pero ignoramos todavía lo que estaba haciendo en Fernly Park... ¡A quién fue a ver, por ejemplo!

—Siento no poder ayudarle —dijo cortésmente el ama de llaves—. No he oído decir nada... ¡Si no desea nada más...!

Hizo un movimiento como para levantarse, pero Poirot la detuvo.

—Hay algo más —dijo amablemente—. Esta mañana hemos tenido noticias frescas. Resulta ahora que mister Ackroyd fue asesinado, no a las diez menos cuarto, sino antes... entre las nueve menos diez, que fue precisamente cuando el doctor Sheppard se marchó, y las diez menos diez.

Vi huir el color del rostro del ama de llaves, dejándolo blanco como el papel. Se inclinó hacia adelante, tambaleándose ligeramente.

—Pero miss Ackroyd dijo... dijo...

—Miss Ackroyd ha confesado que mintió. No estuvo en el despacho en toda la noche.

—¿Entonces...?

—Entonces parece deducirse que Charles Kent es el hombre que andamos buscando. Fue a Fernly Park y no le es posible dar cuenta de lo que hacia allí...

—¡Puedo decirle lo que hacía! No tocó un solo cabello de mister Ackroyd... no se acercó al despacho... ¡No lo hizo, le digo!

Estaba doblada bajo el peso de la ansiedad. Su voluntad férrea se desplomó finalmente. La desesperación y el temor estaban pintados en su rostro.

—¡Mister Poirot, mister Poirot... créame, créame, por Dios!

Poirot se levantó y se le acercó, dándole unos golpecitos tranquilizadores en el hombro.

—¡Sí, sí, la creeré! Tenía que hacerla hablar, ¿comprende usted?

Durante un instante una sospecha hizo que se irguiera rápidamente.

—¿Es cierto lo que me ha dicho?

—¿Que se sospecha de Charles Kent? Sí, es cierto. Sólo usted puede salvarle, explicando el motivo de su presencia en Fernly Park.

—Vino a verme... Yo salí a su encuentro.

—Se reunió con él en el cobertizo, ¿verdad?

—¿Cómo lo sabe?

—Mademoiselle, Hércules Poirot tiene que saber esas cosas. Sé que usted fue allí horas antes, que dejó un mensaje, diciéndole a qué hora le vería.

—Sí, es verdad. Había tenido noticias suyas... diciendo que llegaba. No me atreví a dejarle entrar en la casa. Le escribí a las señas que me daba y le dije que le vería en el cobertizo, describiéndoselo de modo que pudiera encontrarlo. Entonces temí que no esperara allí pacientemente y salí corriendo, dejando un papel escrito que decía que estaría a su lado a las nueve y diez aproximadamente. No quería que los criados me vieran y me escapé por la ventana del salón. Al volver encontré al doctor Sheppard y me figuré que le extrañaría. Estaba sin aliento, porque había corrido... Ignoraba, desde luego, que le hubiesen invitado a cenar aquella noche.

Se detuvo.

—Continúe —dijo Poirot—. Usted salió para encontrarse con él a las nueve y diez. ¿De qué hablaron ustedes?

—Es difícil... Verá usted...

—Mademoiselle —dijo Poirot, interrumpiéndola—, en este asunto debo saber la verdad, la pura verdad. Lo que usted va a decirme no saldrá de estas paredes. ¡Verá usted, voy a ayudarla! Charles Kent es su hijo, ¿verdad?

Asintió con la cabeza, ruborizándose.

—Nadie lo ha sabido nunca. Fue hace muchos años... en el condado de Kent... No estaba casada...

—¡Por eso escogió el nombre del condado para darle un apellido...! Comprendo.

—Encontré trabajo. Logré pagar su manutención. Nunca le dije que era su madre, pero se maleó, empezó a beber, a tomar drogas. Me las compuse para pagar su pasaje al Canadá. No oí hablar de él durante un año o dos. Luego, de un modo u otro, descubrió que yo era su madre. Me escribió pidiéndome dinero. Finalmente me escribió que había vuelto a Inglaterra. Decía que vendría a Fernly Park. Yo no me atrevía a dejarle entrar en la casa. ¡Siempre me han considerado... respetado! Si alguien lo hubiese sabido... hubiera perdido mi empleo de ama de llaves. De modo que le escribí tal como acabo de decirle a usted.

—¿Por la mañana usted fue a ver al doctor Sheppard?

—Sí. Quería saber si podía intentar algo para cambiar sus costumbres. No era mal chico antes de aficionarse a los estupefacientes.

—Comprendo —dijo Poirot—. Ahora continuaremos la historia. ¿Fue aquella noche al cobertizo?

—Si, él me estaba esperando cuando llegué. Se mostró

brutal y grosero. Le había llevado todo el dinero que tenía y se lo entregué. Hablamos un rato y se marchó.

—¿Qué hora era?

—Debía ser entre las nueve y veinte y las nueve y veinticinco. No había sonado todavía la media cuando regresaba a la casa.

—¿Por dónde se fue?

—Por el mismo camino que siguió al venir, por el sendero que se une a la avenida frente al pabellón de la entrada.

Poirot asintió con la cabeza.

—Y usted, ¿qué hizo?

—Regresé a casa. El mayor Blunt estaba paseando por la terraza, fumando. Di una vuelta para entrar por la puerta lateral. Eran entonces las nueve y media.

Poirot asintió nuevamente. Hizo unas anotaciones en un cuaderno de notas microscópico.

—Creo que con esto basta —dijo pensativamente.

—¿Acaso...? ¿Acaso debo decir todo esto al inspector Raglan?

—Tal vez sí. Pero no nos precipitemos. Vayamos poco a poco, con orden y método. A Charles Kent no se le acusa todavía formalmente del crimen. Pueden surgir circunstancias que hagan innecesaria su historia.

—Gracias, mister Poirot —dijo—. Usted ha sido muy bueno, muy bueno. Usted... me cree, ¿verdad? ¿Cree que Charles no es culpable de este horroroso crimen?

—Me parece que no hay duda de que el hombre que estaba hablando con mister Ackroyd en el despacho, a las nueve y media, no pudo ser su hijo. Tenga valor, mademoiselle. Todo acabará bien.

Miss Russell salió. Poirot y yo permanecimos solos.

—¿Con que era eso? Vaya, vaya —dije—. Siempre volvemos a Ralph Paton. ¿Cómo adivinó usted que miss Russell era la persona que Charles Kent vino a ver? ¿Se fijó en el parecido?

—La había relacionado con el desconocido mucho antes de ver a éste... tan pronto como descubrí esa pluma. La pluma hablaba de cocaína y recordé su relato de la visita de miss Russell a su consultorio. Luego descubrí el artículo sobre la cocaína en el diario. Todo parecía claro. Ella había leído el artículo del periódico y fue a verle a usted, para hacerle unas cuantas preguntas. Mencionó la cocaína, puesto que el artículo en cuestión trataba de ésta. Luego, cuando usted pareció extrañarse, empezó a hablar de historias de detectives y de venenos que no dejan rastro. Sospeché que fuera un hijo o un hermano... en fin, un pariente varón más bien indeseable. ¡Ah, tengo que irme! Es hora de almorzar.

—Quédese a almorzar con nosotros.

Poirot meneó la cabeza. Sus ojos brillaron alegremente.

—Hoy no. No me gustaría obligar a mademoiselle Caroline a seguir el régimen vegetariano dos días consecutivos.

Se me ocurrió pensar que a Hércules Poirot se le escapaban muy pocas cosas.

Capítulo XXI

EL SUELTO DE LOS DIARIOS

Desde luego, Caroline no había dejado de fijarse en la llegada de miss Russell al consultorio. Yo lo había previsto y preparado una historia completa sobre el estado de la rodilla de la mencionada dama. Sin embargo, Caroline no estaba de humor para hacerle sufrir un examen. Su punto de vista era que sabía el porqué de la visita del ama de llaves y que yo lo ignoraba.

—Ha venido a sonsacarte, James. A sonsacarte del modo más descarado. ¡No me interrumpas! Estoy convencida de que ni siquiera te das cuenta de ello. Los hombres sois tan simples... Sabe que disfrutas de la confianza de mister Poirot y quiere enterarse de las cosas. ¿Sabes lo que yo pienso, James?

—No me lo figuro. Tú piensas muchas cosas extraordinarias.

—No te vale mostrarte sarcástico. Creo que miss Russell sabe más respecto a la muerte de mister Ackroyd de lo que quiera admitir.

—¿Así lo crees? —dije distraídamente.

—Estás medio dormido hoy, James. No tienes la menor inspiración. Debe de ser tu hígado...

Nuestra conversación derivó entonces hacia tópicos puramente personales.

El suelto inspirado por Poirot se publicó en nuestro diario local al día siguiente. No atinaba a comprender su significado, pero su efecto sobre Caroline fue tremendo.

Empezó por declarar, faltando notoriamente a la verdad, que ya lo había dicho hacía tiempo. Enarqué las cejas, pero sin discutir. Sin embargo, Caroline debió sentir remordimientos puesto que añadió:

—Tal vez no haya mencionado Liverpool, pero sabía que trataría de ir a América. Eso es lo que Crippen hizo.

—Sin gran éxito —le recordé.

—¡Pobre chico...! Así, pues, lo han cogido. Creo que es tu deber, James, cuidar de que no lo ahorquen.

—¿Qué quieres que haga?

—Pues eres médico... lo has conocido desde la niñez. Puedes decir que no es responsable mentalmente. Ésta es la línea de conducta a seguir. Leí el otro día que son muy felices en Broadmoor[1], más parecido a un club de alta categoría que a un manicomio.

Las palabras de Caroline me habían recordado algo.

—Yo ignoraba que Poirot tuviese un sobrino loco —dije con curiosidad.

—¿De veras? A mí me lo contó. ¡Pobre muchacho! Es una gran pena para toda la familia. Lo han tenido en su casa hasta ahora, pero se vuelve tan difícil de manejar, que temen que haya de ingresar en algún manicomio.

—Supongo que no ignoras nada de la familia de Poirot a estas horas —dije exasperado.

—Casi nada —afirmó Caroline con complacencia—. Es un gran alivio para la gente poder hablar de sus penas a alguien.

—Puede ser —dije—, si se les deja hacerlo espontáneamente, pero de eso a saber si les gusta que les arranquen confidencias a la fuerza es distinto.

Caroline se limitó a contemplarme con el aspecto de un mártir cristiano que acepta gozoso su martirio.

1. Manicomio especial para dementes criminales situado en el condado de Berkshire. (*N. del T.*)

—¡Eres tan reservado, James! —dijo—. ¡Te es odioso hablar o dar informaciones, y crees que todo el mundo es igual a ti! No creo haber arrancado nunca confidencias a nadie. Por ejemplo, si mister Poirot viene aquí esta tarde, tal como dijo que haría probablemente, no se me ocurrirá preguntarle siquiera quién ha llegado a su casa esta mañana temprano.

—¿Esta mañana? —repetí.

—Muy temprano, antes de que hayan traído la leche. Yo miraba precisamente por la ventana, porque la persiana golpeaba la pared. Era un hombre. Ha llegado en coche cerrado y tenía el rostro tapado. No he podido verle las facciones. Sin embargo, te diré mi idea y verás que no me equivoco.

—¿Cuál es tu idea?

Caroline bajó la voz misteriosamente.

—Un experto del Ministerio del Interior.

—¿Un experto del Ministerio del Interior, dices? ¡Mi querida Caroline, por favor!

—Fíjate en lo que te digo, James, y verás que no me equivoco. Esa mujer, la Russell, quería saber cosas sobre los venenos el día que fue a verte. Quién sabe si Roger Ackroyd murió envenenado aquella noche.

Me eché a reír.

—Desatinas —exclamé—. Fue apuñalado por la espalda. Lo sabes tan bien como yo.

—Después de muerto, James —insistió Caroline—. Para despistar.

—Hija —dije—, yo examiné el cuerpo y sé lo que digo. Esa herida no fue hecha después de muerto, sino la que causó la muerte. No hay error posible.

Caroline no pareció convencida, lo que me contrarió y me impulsó a decirle:

—¿Me dirás si tengo o no el título de doctor en Medicina?

—Tienes el diploma, James... pero careces de imaginación.

—Como a ti te dotaron con una triple ración, no quedó nada para mí —dije secamente.

Por la tarde, cuando Poirot llegó, me divirtieron las maniobras de mi hermana. Sin preguntar nada directamente, ésta abordó el tópico del misterioso huésped de todos los modos imaginables. La mirada divertida de Poirot me hizo comprender que se daba cuenta de sus esfuerzos, pero se resistió suavemente y la dejó, como se dice vulgarmente, con un palmo de narices.

Habiéndose divertido de lo lindo, o así lo sospecho, se levantó y propuso dar un paseo.

—Necesito andar para guardar la línea —explicó—. ¿Me acompaña usted, doctor? Tal vez al regreso, miss Caroline nos obsequiará con una taza de té.

—Con mucho gusto —dijo Caroline—. ¿No vendrá también su... huésped?

—Es muy amable, mademoiselle —dijo Poirot—. Mi amigo está descansando. Pronto se lo presentaré a usted.

—Es un antiguo amigo suyo, así me lo ha dicho alguien —continuó Caroline, haciendo un último y valeroso esfuerzo.

—¿De veras? —murmuró Poirot—. Bien. Vámonos, amigo mío.

Nuestro paseo nos llevó hacia Fernly Park. Ya presumía que así sería. Empezaba a comprender los métodos de Poirot. Todos los detalles, hasta los más insignificantes, tenían algo que ver con el fin que se proponía.

—Tengo un encargo para usted, amigo mío —dijo finalmente—. Deseo celebrar una pequeña conferencia esta noche en mi casa. Vendrá usted, ¿verdad?

—Por supuesto.

—Bien. Necesito también a todos los de la casa, es decir: mistress Ackroyd, miss Flora, el mayor Blunt, mister Raymond, y deseo que usted sea mi embajador. Esta pequeña reunión está fijada para las nueve. ¿Usted se lo transmitirá?

—Con mucho gusto, pero, ¿por qué no se lo dice usted mismo?

—Porque me harían preguntas. ¿Por qué? ¿Para qué...? Ya sabe. Querrían saber cuál es mi idea, y usted ya conoce, amigo mío, que no me gusta tener que explicar mis ideas hasta que llega el momento oportuno.

Me sonreí levemente.

—Mi amigo Hastings, de quien tanto le he hablado, acostumbraba a decir de mí que era una ostra humana, pero era injusto. De los hechos no callo nada. A cada cual le toca interpretarlos a su manera.

—¿Cuándo quiere que les hable?

—Ahora, si no tiene inconveniente. Estamos cerca de la casa.

—¿No entra usted?

—No. Me pasearé por el parque. Lo veré nuevamente ante el pabellón dentro de un cuarto de hora aproximadamente.

Asentí con la cabeza y me dispuse a cumplir el encargo.

El único miembro de la familia que estaba en casa resultó ser mistress Ackroyd, que estaba bebiendo una taza de té. Me recibió con gran amabilidad.

—Gracias, doctor... —murmuró—, por arreglar aquel asunto con mister Poirot, pero la vida está sembrada de dificultades y disgustos. ¿Usted sabrá lo de Flora, desde luego?

—¿De qué se trata, exactamente? —pregunté con cautela.

—De su noviazgo... Flora y Héctor Blunt. Desde luego, no será una boda tan brillante como con Ralph, pero, después de todo, la felicidad viene antes que lo demás. Lo que la querida niña necesita es un hombre de más edad que ella... alguien serio y en quien pueda apoyarse. Héctor es verdaderamente un hombre distinguido a su manera. ¿Ha leído la noticia de la detención de Ralph en el diario de esta mañana?

—Sí —dije—. La he leído.

—¡Es horrible! —Mistress Ackroyd cerró los ojos y se estremeció—. Geoffrey Raymond se transformó completamente. Telefoneó a Liverpool, pero no quisieron darle explicaciones en la delegación de policía. A decir verdad, dijeron que no habían detenido a Ralph. Mister Raymond insiste en que se trata de un error... un... ¿cómo decía...? Un *canard*[2] del diario. He prohibido que se hable de ello delante de los criados. ¡Es una vergüenza! Figúrese que Flora pudo haberse casado con él.

Mistress Ackroyd cerró los ojos, angustiada. Empecé a preguntarme cuándo me dejaría transmitirle la invitación de Poirot. Antes de que pudiera hablar, prosiguió:

—Usted estuvo aquí ayer, ¿verdad?, con ese temible inspector Raglan. El muy bruto aterrorizó a Flora hasta hacerle confesar que tomó el dinero del dormitorio del pobre Roger... La cosa es tan sencilla en realidad... La querida niña quería pedir prestadas unas cuantas libras, pero no le gustó la idea de molestar a su tío, puesto que había dado órdenes estrictas de que le dejaran en paz. Sabiendo dónde guardaba el dinero, fue arriba y tomó lo que necesitaba.

—¿Eso es lo que Flora dice? —pregunté.

—Mi querido doctor, ya sabe usted cómo son las muchachas modernas. Obran fácilmente bajo el impulso de la sugestión. Usted no ignora nada, desde luego, de la hipnosis y de esa clase de cosas. El inspector la regañó, le repitió varias veces la palabra «robar», hasta que la pobre criatura quedó convencida de que había robado, en efecto, el dinero. Yo vi en seguida de qué se trataba, pero no siento demasiado el equívoco, porque hasta cierto punto, parece que acercó a los dos: a Héctor y a Flora. Y le aseguro que hubo un momento en que temí lo peor... que hubiera algo entre ella y el joven Raymond. ¡Imagínese! —La voz de mistress Ackroyd subió de tono horro-

2. Bulo que se publica en los periódicos para confundir al lector. (*N. del T.*)

rizada—. ¡Un secretario particular, sin medios, prácticamente!

—Hubiera sido un golpe muy duro para usted —le dije. A continuación le comuniqué el encargo que me llevó allí—. Mistress Ackroyd, tengo un mensaje para usted de parte de mister Poirot.

—¿Para mí?

Ella pareció alarmarse.

Me apresuré a tranquilizarla y expliqué lo que Poirot deseaba.

—Bien, supongo que hemos de ir si mister Poirot nos llama. ¿De qué se trata? Me gustaría saberlo de antemano.

Le aseguré, sin faltar a la verdad, que yo no sabía más que ella.

—Muy bien —dijo por último mistress Ackroyd, aunque a regañadientes—. Avisaré a los demás y estaremos allí a las nueve.

Me despedí entonces y me reuní con Poirot en el lugar convenido.

—Temo haberme entretenido más de un cuarto de hora —hice observar—, pero una vez que esa buena señora empieza a hablar, no es empresa fácil hacerla callar.

—No importa —dijo Poirot—. Me he divertido. Este parque es magnífico.

Regresamos a casa. Al llegar, y con gran sorpresa nuestra, Caroline, que a todas luces nos había estado esperando, nos abrió la puerta en persona.

Se puso un dedo en los labios. Rebosaba importancia y excitación.

—¡Ursula Bourne! —dijo—. ¡La camarera de Fernly Park! ¡Está aquí! La he hecho pasar al comedor. La pobre está en un estado terrible y dice que quiere ver a mister Poirot en seguida. Le he dado una taza de té caliente. Verdaderamente, es conmovedor verla de esta manera.

Ursula Bourne estaba sentada delante de la mesa del comedor. Tenía los brazos extendidos frente a ella y acababa de erguir la cabeza, que había escondido entre ellos. Sus ojos estaban enrojecidos por el llanto.

—¡Ursula Bourne! —murmuré.

Poirot se le acercó con las manos extendidas.

—No —dijo—. Creo que se equivoca. No es Ursula Bourne, sino Ursula Paton, mistress Ralph Paton, ¿verdad, hija mía?

Capítulo XXII

LA HISTORIA DE ÚRSULA

La muchacha se quedó mirando un momento a Poirot sin decir palabra. Luego, vencida toda reserva, inclinó nuevamente la cabeza y estalló en sollozos.

Caroline se apartó y, colocando un brazo en torno a la muchacha, le dio unos golpecitos cariñosos en el hombro.

—Vamos, vamos, hija mía —dijo, para sosegarla—. Todo se arreglará. Ya lo verá, todo se arreglará.

Bajo su curiosidad y su amor a las habladurías, Caroline esconde un corazón bondadoso. Por un momento olvidé hasta la revelación interesantísima de Poirot al ver la desesperación de la chica.

Ursula se enderezó finalmente, enjugándose los ojos.

—Soy muy débil y tonta —dijo.

—No, no, hija mía —replicó Poirot, bondadoso—. Todos comprendemos la tensión de esta última semana.

—Debió ser una prueba terrible —dije.

—¿Cómo lo sabe usted? —exclamó Ursula—. ¿Fue Ralph quien se lo dijo?

Poirot meneó la cabeza.

—¿Usted sabe lo que me ha traído aquí esta noche? —continuó la muchacha—. ¡Esto...! —alargaba un pedazo de papel de diario, arrugado, y reconocí el párrafo que Poirot había hecho publicar—. Dice que Ralph ha sido detenido... Todo es inútil. Ya no debo callar más.

—Las noticias de los diarios no son siempre ciertas,

mademoiselle —murmuró Poirot que parecía algo avergonzado de sí mismo—. De todos modos, creo que obrará cuerdamente explicándolo todo. Lo que necesitamos ahora es la verdad.

La muchacha vaciló, mirándole dudosa.

—Usted no confía en mí —dijo suavemente Poirot—. Sin embargo, ha venido a verme, ¿verdad? ¿Por qué?

—Porque no creo que Ralph sea culpable —dijo la muchacha en voz baja—. Creo que usted es hábil y descubrirá la verdad, y también...

—¿Qué?

—¡Creo que usted es bueno!

Poirot asintió con la cabeza varias veces.

—¡Bien, bien! Todo esto está muy bien. Pero óigame, creo de veras que su esposo es inocente. Sin embargo, el asunto no se presenta bien. Si he de salvarlo, es preciso que conozca todos los detalles... aunque aparentemente le sean desfavorables.

—¡Qué bien lo comprende usted! —dijo Ursula.

—¿De modo que usted me explicará toda la historia, desde el principio?

—Supongo que no va a hacerme salir de aquí —dijo Caroline, instalándose cómodamente en su sillón—. Lo que quiero saber... —continuó— es por qué esta niña se había disfrazado de camarera.

—¿Disfrazado? —repetí.

—Eso es lo que digo. ¿Por qué lo hizo, criatura? ¿Fue una apuesta?

—Fue para vivir —contestó Ursula sombría.

Animada por nosotros, empezó la historia que reproduzco a continuación.

Ursula Bourne descendía, a lo que parece, de una familia irlandesa de noble estirpe, pero venida a menos. Eran siete hijas en su casa y, a la muerte de su padre, casi todas las muchachas se vieron obligadas a ganarse la vida. La hermana mayor de Ursula se casó con el capitán Folliot. Ella era la que vi aquel domingo, y la causa de su actitud no era difícil de adivinar. Decidida a ganarse la vida y no atrayéndole la idea de cuidar niños —única profesión abierta a una muchacha sin preparación previa—, Ursula prefirió colocarse de camarera. Su hermana le daría referencias. En Fernly Park, a pesar de su reserva que, como ya hemos visto, suscitó comentarios, se mostró a la altura de su tarea... activa y competente.

—Me gustaba mi trabajo —explicó—, y me quedaban muchos ratos libres.

Entonces fue cuando conoció a Ralph Paton. Se amaron y se casaron secretamente, Ralph la convenció de ello, aunque ella rehusó mucho tiempo a acceder a sus deseos. Declaró que su padrastro no daría su consentimiento a su boda con una muchacha pobre. Era preferible casarse secretamente y darle la noticia más adelante, en un momento favorable.

Así fue cómo Ursula Bourne se transformó en Ursula Paton. Ralph declaró que pensaba pagar sus deudas, encontrar un empleo y, cuando tuviese una posición que le permitiera mantener a su mujer y vivir independientemente de su padre adoptivo, le diría la verdad.

Pero los hombres como Ralph Paton vuelven una hoja con mayor facilidad en teoría que en la práctica. El joven esperaba que su padrastro, mientras ignorase su matrimonio, consentiría en pagar sus deudas y ayudarle a empezar una nueva vida. Pero la revelación del importe de las deudas de Ralph enfureció a Roger Ackroyd, y éste rehusó hacer lo más mínimo por el muchacho. Transcurrieron unos meses, y Ralph fue llamado nuevamente a Fernly Park. Roger Ackroyd le habló sin rodeos. Su mayor deseo era que Ralph se casara con Flora, y así se lo impuso al joven. Aquí fue donde la debilidad innata de Ralph Paton se reveló.

Como siempre, se acogió a la solución más fácil e inmediata. Por lo que deduzco, ni Flora ni Ralph fingieron amarse. Por ambos lados fue una transacción comercial. Roger Ackroyd dictó sus deseos... y ellos asintieron. Flora aceptó una oportunidad. Ralph jugaba, desde luego, un juego distinto. Se encontraba en un grave apuro económico. Aprovechó la ocasión. Pagaría sus deudas y volvería a empezar como una hoja en blanco. No estaba en su naturaleza considerar el futuro, pero supongo que pensó vagamente en romper su compromiso con Flora después de un intervalo decente. Tanto Flora como él convinieron en guardar de momento el secreto sobre sus relaciones. Ralph sentía ansiedad por escondérselas a Ursula. Comprendía instintivamente que su naturaleza, fuerte y resuelta, a la que la duplicidad desagradaba sobremanera, no acogería de modo favorable semejante determinación. Vino el momento en que Roger Ackroyd, siempre autoritario, decidió anunciar los esponsales. No dijo una palabra de su intención a Ralph, sino a Flora, y ésta, apática, no objetó nada. La noticia cayó sobre Ursula como una bomba.

Llamado por ella, Ralph llegó rápidamente a la ciudad. Se encontraron en el bosque, donde parte de su conversación fue sorprendida por mi hermana. Ralph le suplicó que callara algún tiempo más. Ursula estaba decidida a acabar con tanto tapujo. Iría a decir la verdad a mister Ackroyd sin más dilación. Marido y mujer se separaron enojados.

Con gran determinación, Ursula pidió una entrevista a Roger Ackroyd aquella misma tarde y le reveló la verdad. Esa entrevista fue borrascosa y tal vez lo hubiese sido más de no estar preocupado Roger Ackroyd por otros asuntos. Tal como fue, no tuvo nada de agradable. Ackroyd no era de los que olvidan fácilmente el engaño de que se les ha hecho víctimas. Su rencor iba principalmente dirigido contra Ralph, pero Ursula no escapó incólume, puesto que la consideró como una muchacha que había tratado deliberadamente de «pescar en sus redes» al hijo adoptivo de un hombre rico.

Ambos se dijeron cosas de ésas que no se olvidan nunca.

Aquella misma noche, Ursula vio a Ralph en el pequeño cobertizo saliendo de la casa por la puerta lateral. Su entrevista consistió en hacerse reproches mutuos. Ralph culpó a Ursula de haber echado irremediablemente a perder sus esperanzas con su revelación anticipada. Ursula reprochó a Ralph su duplicidad.

Se separaron finalmente. Media hora después, poco más o menos, se descubría el cuerpo de Roger Ackroyd. Desde aquella noche, Ursula no había vuelto a ver ni a saber de Ralph.

Mientras iba explicando su historia, me daba una vez más cuenta de que las circunstancias no eran muy favorables para el capitán. Vivo, Ackroyd no hubiera dejado de cambiar sus disposiciones testamentarias... Le conocía lo suficiente para comprender que éste hubiera sido su primer pensamiento. Su muerte ocurrió a tiempo para Ralph y Ursula Paton. No era de extrañar que la muchacha hubiese callado y representado su papel con tanta fuerza de voluntad.

Mis meditaciones fueron interrumpidas por la voz de Poirot, y comprendí, por la gravedad de su tono, que él también se daba cuenta de la situación.

—Mademoiselle, debo hacerle una pregunta y usted ha de contestarla francamente, pues de ella puede depender todo. ¿Qué hora era cuando usted se separó del capitán Ralph Paton en el cobertizo? Reflexione un momento para contestar con exactitud.

La muchacha, tras reflexionar unos instantes, soltó una risa amarga.

—¿Cree usted que no lo he pensado y vuelto a pensar muchas veces? Eran las nueve y media cuando salí para ir a su encuentro. El mayor Blunt se paseaba por la terraza y tuve que dar la vuelta a los matorrales para evitarlo. Debían de ser las diez menos veintisiete minutos cuando llegué al cobertizo. Ralph me estaba esperando. Estuve con él diez minutos... no pudieron ser más, puesto que eran las diez menos cuarto cuando regresaba a casa.

Comprendí de pronto la insistencia de su pregunta el otro día. Si se hubiese probado que Ackroyd había sido asesinado antes de las diez menos cuarto y no después, la cosa hubiese resultado distinta.

—¿Quién salió primero del cobertizo? —preguntó Poirot.

—Yo.

—¿Dejó a Ralph en el interior?

—Sí... ¿Pero no creerá...?

—Mademoiselle, tanto da lo que yo piense. ¿Qué hizo usted al regresar a la casa?

—Subí a mi cuarto.

—¿Hasta qué hora estuvo en él?

—Hasta las diez, aproximadamente.

—¿Alguien puede probarlo?

—¿Probarlo? ¿Que estaba en mi cuarto? ¡Oh, no! Pero de fijo que... ¡Oh! Comprendo. Pueden creer... pueden pensar...

Vi la mirada de horror en sus ojos, y Poirot acabó la frase en su lugar:

—... que usted fue la que saltó por la ventana y apuñaló a mister Ackroyd cuando estaba sentado en su sillón... Sí, pueden pensar eso.

—Sólo a un loco se le ocurriría semejante cosa —dijo Caroline con indignación.

Dio una palmadita en el hombro de Ursula, que se había escondido el rostro entre las manos.

—¡Es horrible...! —murmuraba—. ¡Horrible!

Caroline la sacudió amistosamente.

—No se preocupe, querida. Mister Poirot no lo cree. En cuanto a su marido, he de decirle que no pienso gran cosa de él. ¡Habráse visto, huir y dejarla que se las componga sola!

Ursula meneó la cabeza con energía.

—¡No! —exclamó—. ¡No es así! Ralph no habrá huido pensando en él. Si está enterado del asesinato de su padrastro, puede creer que yo soy la culpable.

—No creo que piense semejante desatino —replicó Caroline.

—Fui tan cruel con él aquella noche... tan amarga y dura. No quise oír lo que trataba de decir... no quise creer siquiera que me quería con sinceridad. Sólo le dije lo que pensaba de él... las cosas más frías y crueles que se me ocurrieron... tratando de herirle.

—No creo que le hiciera ningún mal —dijo Caroline—. No se preocupe por lo que dice a un hombre. Son todos tan fatuos, que no creen que una lo piense de veras si se trata de cosas desagradables.

Ursula continuó diciendo, apretando nerviosamente las manos:

—Cuando se descubrió el crimen y no se presentó, me sobresalté terriblemente. Me pregunté de pronto si... pero comprendí que no pudo... no pudo. Deseaba que se presentara y dijera abiertamente que no tenía nada que ver con la tragedia. Sabía que tenía un gran aprecio al doctor Sheppard y me figuré que tal vez el doctor sabría dónde se escondía.

Se volvió hacía mí.

—Por eso le hablé como lo hice aquel día. Pensé que si usted sabía dónde estaba, podría transmitirle el mensaje.

—¿Yo? —exclamé.

—¿Por qué había de saber James dónde se encontraba? —preguntó Caroline, secamente.

—Comprendo que no era probable —admitió Ursula—. Pero Ralph hablaba a menudo del doctor y sabía que le consideraba como su mejor amigo en King's Abbot.

—Mi querida niña —dije—, no tengo la menor idea de dónde se encuentra Ralph Paton actualmente.

—Eso es la pura verdad —dijo Poirot.

—Pero... —Ursula nos mostró el periódico, como si no comprendiera.

—¡Ah! Eso —dijo Poirot ligeramente confuso—. Una *bagatelle*, mademoiselle. *Rien du tout!* No he creído por un solo momento que hubieran detenido a Ralph Paton.

—Pero entonces... —empezó lentamente la chica.

Poirot continuó:

—Hay algo que quisiera saber. ¿El capitán Paton llevaba zapatos o botas aquella noche?

Ursula meneó la cabeza.

—No recuerdo.

—¡Lástima! Pero, ¿cómo lo había de saber? Ahora, madame —le sonrió, con la cabeza inclinada a un lado y meneando un dedo elocuentemente—, basta de preguntas. No se atormente usted. Tenga mucho valor y fe en Hércules Poirot.

Capítulo XXIII

LA PEQUEÑA REUNIÓN DE POIROT

Ahora —dijo Caroline, levantándose—, esta muchacha vendrá conmigo arriba para descansar un rato. No se preocupe, querida, mister Poirot hará cuanto pueda por usted...

—Debería regresar a Fernly Park —dijo Ursula, vacilando.

Caroline le impuso silencio con una mano firme.

—¡Tonterías! Está en mis manos de momento y se queda aquí, ¿verdad, mister Poirot?

—Será lo mejor —asintió el belga—. Esta noche necesitaré a mademoiselle, perdone, madame, para que asista a mi pequeña reunión... A las nueve, en mi casa. Es necesario que se encuentre presente.

Caroline asintió y salió del cuarto con Ursula. La puerta se cerró detrás de ellas. Poirot se dejó caer nuevamente en una silla.

—Bien, bien —dijo—. Las cosas van arreglándose.

—Se ponen más negras por momentos para Ralph Paton —observé sombríamente.

Poirot asintió.

—Sí, pero era de esperar, ¿verdad?

Lo miré, ligeramente asombrado por la observación.

Estaba recostado en la silla, con los ojos entornados, juntas las manos de modo que las puntas de sus dedos se tocaban. De pronto suspiró y meneó la cabeza.

—¿Qué le sucede? —pregunté.

—Hay momentos en que echo de menos a mi amigo Hastings... de quien le hablé, y que vive ahora en Argentina. Siempre que me he ocupado de un caso importante, ha estado a mi lado y me ha ayudado... Sí, a menudo me ha ayudado porque tiene el talento especial de descubrir la verdad sin darse cuenta, sin comprenderlo él mismo, *bien entendu*. A veces decía algo particularmente descabellado y sus palabras me revelaban la verdad. Además, acostumbraba a escribir el relato de los casos de forma realmente interesante.

Tosí algo confundido.

—En cuanto a eso... —empecé, callando de pronto.

Poirot se irguió en su silla. Sus ojos brillaban.

—¿Qué iba a decir?

—Pues verá, he leído algunas de las narraciones del capitán Hastings y he pensado en tratar de hacer algo por el estilo. Era una lástima no aprovechar esa... ocasión única, acaso la única en que me veré metido en un misterio de este género.

Me sentía más confuso y más incoherente a medida que iba hablando.

Poirot se levantó de un salto. Sentí un momento el temor de que me abrazara al estilo francés, pero afortunadamente se contuvo.

—Esto es magnífico... ¿Usted ha escrito sus impresiones sobre el caso a medida que se producían los hechos?

Asentí con la cabeza.

—*Épatant!* —exclamó Poirot—. Veámoslas ahora mismo.

No estaba preparado para una demanda tan repentina y traté de recordar ciertos detalles.

—Espero que usted no se ofenderá —tartamudeé—. Tal vez he sido algo —¡ejem!— personal de vez en cuando.

—Comprendo muy bien. Usted se refiere a mí como a una persona cómica... tal vez ridícula en ocasiones. No importa, Hastings no era siempre muy cortés. Estoy por encima de esas trivialidades.

Todavía asaeteado de dudas, busqué en los cajones de mi mesa y saqué un montón de cuartillas, que le entregué.

Con miras a una posible publicación en el futuro, había dividido el relato en capítulos, y la noche anterior concluía con la visita de miss Russell. Poirot tenía, pues, veinte capítulos ante los ojos.

Lo dejé con ellos. Me vi obligado a asistir a un enfermo a alguna distancia del pueblo, y eran más de las ocho cuando regresé. Una cena caliente me esperaba en una bandeja, así como el anuncio de que Poirot y mi hermana habían cenado juntos a las siete y media, y que el detective había ido a mi taller con el fin de acabar la lectura del manuscrito.

—Espero, James... —dijo Caroline—, que has sido cuidadoso en lo que dices de mí.

Me quedé pensativo. No había tenido el menor cuidado en ello.

—No es que me importe mucho —añadió Caroline, traduciendo mi expresión de modo acertado—. Mister Poirot sabrá disculparme. Me comprende él mucho mejor que tú.

Fui al taller y encontré a Poirot sentado ante la ventana. El manuscrito estaba colocado con orden en una silla a su lado. Puso la mano en las hojas, diciéndome:

—*Eh bien!* Le felicito... por su modestia.

—¡Oh! —dije confuso.

—Y por su reticencia. No es así como Hastings escribe —continuó mi amigo—. En cada página se encuentra muchas veces la palabra «yo». Lo que él pensaba... lo que él hacía. Pero usted mantiene su personalidad en último plano. Una o dos veces tan sólo se coloca en el primero... en escenas familiares...

Me ruboricé levemente ante su mirada divertida.

—¿Qué opina usted de todo ello? —pregunté nerviosamente.

—¿Desea usted mi opinión franca y sincera?

—Sí.

Poirot dejó su tono bromista para contestar:

—Es un relato minucioso y exacto —dijo bondadosamente—. Ha apuntado usted todos los hechos con fidelidad, aunque se muestra reticente respecto a su propio papel en los mismos.

—¿Le ha ayudado a usted?

—Sí. Puedo decir que me ha ayudado considerablemente. Vamos ahora a mi casa para preparar el escenario de mi pequeña representación.

Caroline estaba en el vestíbulo. Creo que esperaba que la invitara a acompañarme. Poirot obró con mucho tacto, diciéndole:

—Me gustaría muchísimo tenerla a usted también, mademoiselle, pero de momento no es coveniente. Verá usted, todas las personas que se reunirán esta noche son sospechosas. Entre ellas se encontrará la que asesinó a mister Ackroyd.

—¿Usted lo cree así? —dije incrédulo.

—Veo que usted no me cree —dijo secamente Poirot—. No aprecia usted todavía a Hércules Poirot en su justo valor.

En aquel instante Ursula bajaba la escalera.

—¿Está usted dispuesta, hija mía? —preguntó Poirot—. Bien. Iremos junto a mi casa. Mademoiselle Caroline, créame, lo hago todo para prestarle un servicio. Buenas noches.

Salimos, dejando a Caroline mirándonos desde la puerta de la casa, como un perro fiel al que han rehusado un paseo.

El comedor de The Larges estaba preparado para la recepción. En la mesa había varios *sirops* y vasos, así como un plato con bizcochos. Habían entrado algunas sillas del cuarto contiguo.

Poirot estaba atareado disponiéndolo todo. Colocaba sillas, cambiaba la posición de una lámpara, se inclinaba para estirar las alfombras que cubrían el suelo. La luz le preocupaba mucho. Las lámparas estaban dispuestas de modo que su claridad cayera sobre el grupo de sillas, dejando el otro extremo de la entrada, donde presumí que Poirot se sentaría, casi en la penumbra.

Ursula y yo le veíamos hacer. De pronto oímos un campanillazo.

—Ya están aquí —dijo Poirot—. Bien, todo está dispuesto.

La puerta se abrió y los habitantes de Fernly Park entraron.

Poirot se adelantó y saludó a mistress Ackroyd y a Flora.

—Gracias por haber venido... —dijo—. También al mayor y mister Raymond.

El secretario estaba de tan excelente humor como siempre.

—¡Qué idea ha tenido usted! —dijo, riendo—. ¿Ha inventado alguna máquina científica? ¿Nos atarán aparatos en las muñecas para sorprender los latidos del corazón del culpable? Hay alguna invención de este género, ¿verdad?

—En efecto, lo he leído —admitió Poirot—, pero yo estoy chapado a la antigua. Empleo los viejos métodos y sólo trabajo con mis células grises. Empecemos... Ante todo he de darles una noticia.

Cogió una mano de Ursula y la hizo adelantarse.

—Esa dama es mistress Ralph Paton. Se casó con el capitán en marzo último.

Mistress Ackroyd lanzó un leve grito.

—¡Ralph...! ¡Casado! ¡En marzo! ¡Es absurdo! ¿Cómo es posible?

Se quedó mirando a Ursula como si no la hubiese visto nunca hasta entonces.

—¡Ralph casado con la Bourne! —repitió—. No puedo creerlo, mister Poirot.

Ursula se ruborizó y abrió la boca para hablar, pero Flora se adelantó. Acercándose a la otra chica, la cogió del brazo.

—Usted debe perdonar nuestra sorpresa —dijo—. No teníamos la menor idea de eso. Su secreto ha sido bien guardado. Yo... me alegro mucho.

—Es usted muy buena, miss Ackroyd —dijo Ursula en voz baja—. Sin embargo, tiene derecho a estar extremadamente enfadada. Ralph se ha portado muy mal... sobre todo con usted.

—No se preocupe por ello —dijo Flora, con un golpecito amistoso en el brazo de su compañera—. Ralph estaba en un lío y salió de él como pudo. En su lugar yo habría hecho lo mismo, pero creo que hubiera debido confiarme su secreto. No le hubiera traicionado.

Poirot dio unas cuantas palmadas en la mesa y se aclaró la voz.

—Se abre la sesión —dijo Flora—. Monsieur Poirot nos da a comprender que no debemos hablar. Pero dígame tan sólo una cosa: ¿dónde está Ralph? Si alguien lo sabe es usted.

—Lo ignoro —exclamó Ursula con voz desgarradora—. Le juro que lo ignoro.

—¿No lo han detenido en Liverpool? —preguntó Raymond—. Lo he leído en el periódico.

—No, no está en Liverpool —repuso Poirot.

—En efecto —añadí—, se desconoce su paradero.

—¿Exceptuando a mister Poirot, no? —dijo Raymond.

Poirot aprovechó la ocasión para hacer una pequeña burla.

—Poirot lo sabe todo. No lo olviden.

Geoffrey Raymond abrió unos ojos como naranjas.

—¿Todo? —Lanzó un silbido—. Es mucho decir, ¿no?

—¿Quiere insinuar, amigo mío —le dije incrédulo a Poirot—, que sabe dónde se esconde Ralph?

—Usted, doctor, lo llama «insinuar», yo lo llamo «saber».

—En Cranchester —me atreví a decir.

—No, no está en Cranchester.

No volvió a decir nada más al respecto y, a una señal suya, todos nos sentamos.

En aquel instante la puerta volvió a abrirse y dos personas entraron, sentándose cerca de la puerta. Eran Parker y el ama de llaves.

—Ya estamos todos —dijo Poirot.

Su voz sonaba satisfecha y vi la inquietud pasar por la expresión de los rostros agrupados al otro extremo de la estancia. Había algo en aquella escena que sugería la idea de una trampa que se iba cerrando.

Poirot pasó lista, leyendo con cierto énfasis un papel que sacó del bolsillo.

—Mistress Ackroyd, miss Flora Ackroyd, el mayor Blunt, mister Geoffrey Raymond, mistress Ralph Paton, John Parker y Elizabeth Russell.

Dejó el papel en la mesa.

—¿Qué significa todo esto? —empezó Raymond.

—La lista que acabo de leer —dijo Poirot— incluye a todas las personas sospechosas. Cada uno de los que están presentes tuvo la oportunidad de matar a mister Ackroyd.

Dando un grito, mistress Ackroyd se levantó, temblorosa.

—Esto no me gusta —gimió—. No me gusta. Me vuelvo a casa.

—No puede usted irse, madame —atajó severamente Poirot—, hasta haber oído lo que tengo que decir.

Hizo una pausa y se aclaró la garganta.

—Empezaré por el principio. Cuando miss Ackroyd me pidió que investigara el caso, fui a Fernly Park con el doctor Sheppard. Recorrí con él la terraza, donde se me enseñaron las huellas de la ventana. Desde allí, el inspector Raglan me llevó al sendero que se junta con la avenida. Mis ojos se fijaron en un pequeño cobertizo que examiné con gran atención. Encontré dos cosas... un pedazo de batista almidonado y una pluma de oca. El pedazo de batista me sugirió inmediatamente la idea de un delantal de camarera. Cuando el inspector Raglan me enseñó su lista de la gente que se encontraba en la casa, noté que una de las doncellas, Ursula Bourne, no tenía una verdadera coartada. Según su declaración, se encontraba en su cuarto entre las nueve y media y las diez. Pero, ¿y suponiendo que en vez de eso estuviera en el cobertizo? En tal caso, debió de haber ido a reunirse con alguien. Por el doctor Sheppard sabemos también que un forastero llegó a la casa aquella noche... el forastero que encontró frente a la verja.

»A primera vista parece que nuestro problema está esclarecido y que el forastero fue al cobertizo para ver a Ursula Bourne. Tenía la certidumbre de que había ido al cobertizo a causa de la pluma de oca. Ésta me sugirió instantáneamente la idea de un adicto a las drogas que había adquirido la costumbre al otro lado del Atlántico, donde el esnifar «nieve» es un sistema más usual que en este país. El hombre a quien el doctor Sheppard vio tenía acento americano, lo cual concordaba con esta suposición.

»Pero una cosa me detenía. *Las horas no concordaban.* No era posible que Ursula Bourne hubiera ido al cobertizo antes de las nueve y media, mientras que el hombre debió estar allí pocos minutos después de las nueve. Podía suponer que esperó media hora. Otra alternativa era que hubiese habido dos entrevistas en aquel pequeño cobertizo aquella misma noche. *Eh bien!* Tan pronto como estudié esta alternativa descubrí varios hechos interesantes. Supe que el ama de llaves había visitado al doctor Sheppard por la mañana, demostrando gran interés por la cura de las víctimas de los estupefacientes. Añadiendo este hecho al descubrimiento de la pluma de oca, presumí que el hombre en cuestión vino a Fernly Park para encontrarse con el ama de llaves y no con Ursula Bourne. ¿A quién, pues, fue a ver Ursula en el cobertizo? No dudé mucho tiempo. Primeramente encontré una sortija, una alianza, con la inscripción «Recuerdo de R» y una fecha. Supe luego que se había visto con Ralph Paton en el sendero que lleva al pequeño cobertizo a las nueve y veinticinco, y me enteré también de una conversación sostenida en el bosque con Ralph Paton y una muchacha. Tenía, pues, mis hechos presentados claramente y en orden: un matrimonio en secreto, un noviazgo anunciado el día de la tragedia, la entrevista borrascosa en el bosque y la cita dada en el cobertizo aquella noche.

»Incidentalmente, eso me probó algo, y es que tanto Ralph Paton como Ursula Bourne —o mistress Ursula Paton— tenían fuertes motivos para desear la muerte de mister Ackroyd. Además, ponía en claro que no pudo ser Ralph quien estaba con mister Ackroyd en el despacho a las nueve y media.

»Llegamos ahora a otro aspecto todavía más interesante del crimen. ¿Quién estaba en el despacho con mister Ackroyd a las nueve y media? No era Ralph Paton, que se encontraba en el cobertizo con su mujer. No era Charles Kent, que se había ido ya. ¿Quién, entonces? Me hice mi pregunta, pregunta más sutil y más audaz: *¿Acaso había alguien con él?*

Poirot se inclinó adelante y pronunció estas palabras en tono triunfal e irguiéndose a continuación con la actitud de quien ha asestado un golpe decisivo.

Raymond me pareció impresionado y levantó una débil protesta.

—No sé si usted trata de demostrar que soy un embustero, mister Poirot, pero no soy el único en haber declarado eso. Recuerde que el mayor Blunt oyó también a mister Ackroyd hablar con alguien. Estaba en la terraza y no pudo distinguir las palabras, pero oyó las voces.

Poirot asintió con la cabeza.

—No lo he olvidado —dijo tranquilamente—, pero el mayor tenía la impresión de que era con usted con quien hablaba mister Ackroyd.

Durante un momento, Raymond pareció desconcertado. Se rehízo y dijo:

—Blunt sabe ahora que se equivocaba.

—Es cierto —aprobó el mayor.

—Sin embargo, debió tener un motivo para pensarlo —insistió Poirot—. ¿Qué oyó decir...?: «Las demandas de dinero han sido tan frecuentes últimamente, que temo que me será imposible acceder a su petición». ¿Nada de particular le llama la atención en esto?

—Me parece que no —contestó Raymond—. Me dictaba

frecuentemente cartas empleando casi las mismas palabras.

—Eso mismo —exclamó Poirot—. A eso quería llegar. ¿Emplearía alguien semejante frase para *hablar* a otra persona? Es imposible que eso forme parte de una verdadera conversación. Ahora bien, si había estado dictando una carta...

—Usted piensa que estaba leyendo una carta en alta voz... —dijo lentamente Raymond—. Pero, aunque así fuera, debía estar leyéndosela a alguien.

—¿Por qué? No tenemos pruebas de que hubiera otra persona en el cuarto. No se oyó otra voz que la de mister Ackroyd. Recuérdelo.

—Uno no se leería cartas como ésta en voz alta, a menos de estar loco...

—Todos ustedes han olvidado algo —dijo Poirot suavemente—. ¡El forastero que visitó la casa el miércoles anterior!

Todas las miradas se fijaron en Poirot.

—Sí —repitió Poirot—, el miércoles. El muchacho en sí no tiene importancia, pero la firma que representaba me interesó mucho.

—¡Una compañía de dictáfonos! —dijo con asombro Raymond—. Comprendo. Usted piensa en un dictáfono.

Poirot asintió con la cabeza.

—Mister Ackroyd había hablado de adquirir un dictáfono, ¿recuerda usted? Yo tuve la curiosidad de enterarme por la compañía en cuestión. Su contestación fue que mister Ackroyd compró un dictáfono a su representante. Ignoro por qué no se lo dijo a usted.

—Debía querer darme una sorpresa —murmuró Raymond—. Disfrutaba como una criatura, sorprendiendo a la gente. Pensaría tenerlo a escondidas un día o dos. Es probable que jugara con él como con un juguete nuevo. ¡Comprendo! ¡Usted tiene razón, nadie emplearía esas palabras en una conversación ordinaria!

—Explica también —dijo Poirot— por qué el mayor

Blunt creyó que usted estaba en el despacho. Lo que oyó eran fragmentos de dictado y su mente subconsciente dedujo que usted estaba con mister Ackroyd. Su mente consciente estaba ocupada por algo muy distinto: la figura blanca que acababa de entrever. Creyó que se trataba de miss Ackroyd, pero en realidad lo que vio era el delantal blanco de Ursula Bourne que se dirigía al cobertizo.

Raymond se había repuesto de la primera sorpresa.

—De todos modos... —hizo observar—, este descubrimiento suyo, por brillante que sea, deja la posición esencial igual que antes. Mister Ackroyd aún vivía a las nueve y media, puesto que hablaba al dictáfono. Parece deducirse que Charles Kent estaba lejos de la casa en aquel momento. En cuanto a Ralph Paton...

Vaciló mirando a Ursula.

La muchacha se ruborizó, pero contestó con firmeza.

—Ralph y yo nos separamos a las diez menos cuarto. Estoy segura de que no se acercó a la casa. No tenía intención de hacerlo. Quería evitar, ante todo, una entrevista con su padrastro.

—No es que dude de lo que usted dice —explicó Raymond—. Siempre tuve el convencimiento de que el capitán Paton era inocente, pero hay que pensar en el tribunal y en las preguntas que se hacen delante de éste. Se encuentra en una situación difícil, pero si se presentase...

Poirot le interrumpió:

—¿Éste es su consejo? ¿Que se presente?

—¡Por supuesto! ¡Si usted sabe dónde está!

—Veo que no cree que lo sé y, sin embargo, no ignoro la verdad sobre la llamada telefónica, las huellas de la ventana, el paradero de Ralph Paton...

—¿Dónde se encuentra? —cortó Blunt.

—Cerca de aquí —contestó Poirot, sonriendo.

—¿En Cranchester? —pregunté.

Poirot se volvió hacia mí.

—Usted me pregunta siempre lo mismo. La idea de

Cranchester es en usted una *idée fixe*. ¡No está en Cranchester! ¡Está... *aquí*!

Dramáticamente señalaba con el dedo la pared del fondo. Todas las cabezas se volvieron.

Ralph Paton estaba de pie en el umbral de la puerta.

Capítulo XXIV

LA HISTORIA DE RALPH PATON

Fue un minuto desagradable *para mí*. No me di cuenta clara de lo que ocurrió después, pero hubo exclamaciones y gritos de sorpresa. Cuando fui bastante dueño de mí para ver lo que sucedía, Ralph Paton me sonreía a través de la estancia.

Poirot también sonreía y al propio tiempo me amenazaba con el dedo.

—¿No le he dicho por lo menos treinta y seis veces que es inútil esconderle cosas a Hércules Poirot? —preguntó—. ¿Que de todos modos lo descubre todo?

Se volvió hacia los demás.

—Recuerden que un día nos reunimos en torno a una mesa. Éramos seis. Acusé a las cinco personas que estaban conmigo de esconderme algo. Cuatro de ellas confesaron secretos. El doctor Sheppard no lo hizo, pero hacía tiempo que tenía mis sospechas. El doctor Sheppard fue al Three Boars aquella noche, esperando encontrar a Ralph.

»No lo halló en la posada, pero me dije: «¿Y suponiendo que le hubiese visto en la calle, al regresar a su casa?» El doctor Sheppard era amigo del capitán Paton y venía en línea recta de la escena del crimen. Debió comprender que las cosas iban mal para Ralph. Tal vez sabía más que el público en general...

—Es cierto —dije tristemente—. Creo que lo mejor será contarlo todo ahora. Fui aquella tarde a ver a Ralph. Al principio rehusó confesarme nada, pero luego me habló de su matrimonio y del apuro en que se encontraba. Tan pronto como el crimen fue descubierto, comprendí que, una vez se conocieran los hechos, las sospechas no dejarían de recaer sobre Ralph o sobre la muchacha que amaba. Aquella noche se lo expliqué todo con claridad. El pensamiento de que acaso tuviera que declarar de un modo que perjudicara a su esposa le decidió a... a...

Vacilé, y Ralph continuó en mi lugar.

—¡Tomar una decisión arriesgada! Verá usted, Ursula me dejó para regresar a casa. Creí posible que hubiese tratado de ver otra vez a mi padrastro. Se había mostrado muy brutal con ella por la tarde. Se me ocurrió que pudo haberla insultado... de un modo tan imperdonable... que sin saber qué hacía...

Se detuvo. Ursula le soltó la mano y retrocedió un paso.

—¿Tú has creído eso, Ralph? ¿Tú has podido creer que yo lo maté?

—Volvamos a la culpable conducta del doctor Sheppard —cortó secamente Poirot—. El doctor Sheppard consintió en hacer lo que pudiese con el fin de ayudarle. Logró con éxito que el capitán Paton quedara oculto a la acción de la policía.

—¿Dónde? —preguntó Raymond—. ¿En su propia casa?

—¡No! Debería usted preguntárselo como lo hice yo. Si el buen doctor esconde al muchacho, ¿qué sitio puede escoger? Ha de ser un lugar cercano. Pensé en Cranchester. ¿Un hotel? ¡No! ¿Una pensión familiar? ¡Todavía menos probable! ¿Dónde, pues? ¡Ah! Lo sé. ¡En un sanatorio! ¡En una especie de manicomio! Pongo mi teoría a prueba. Invento la historia de un sobrino que pierde la razón. Consulto a miss Sheppard para saber dónde hay establecimientos apropiados. Me da los nombres de dos de ellos, cerca de Cranchester, a los cuales su hermano ha enviado enfermos. Me entero. Sí, a uno de ellos el doctor llevó en persona a un paciente el sábado por la mañana. Aunque inscrito bajo otro nombre, no tuve dificultad alguna en identificar al capitán Paton. Después de algunas formalidades necesarias, se me permitió llevármelo. Llegó a mi casa ayer por la mañana, muy temprano.

—¡El experto del Ministerio del Interior de Caroline! —murmuré—. ¡Y pensar que no sospeché siquiera...!

—Comprenderá usted ahora por qué mencioné la reticencia de su manuscrito —murmuró Poirot—. Decía la verdad, pero dejaba muchas cosas en la sombra, ¿no es así, amigo mío?

Estaba demasiado abatido para discutir.

—El doctor Sheppard ha sido muy leal —dijo Ralph—. No me ha abandonado un solo instante y ha hecho lo que ha creído más indicado. Veo ahora, por lo que mister Poirot me ha dicho, que esto no era en realidad lo mejor que se podía hacer. Yo debía presentarme y afrontar las consecuencias. En el sanatorio no leíamos diarios e ignoraba lo que sucedía.

—El doctor Sheppard ha sido un modelo de discreción —dijo Poirot—, pero yo descubro todos los pequeños secretos. Es mi profesión.

—Ahora podemos obtener su versión de lo que ocurrió aquella noche —dijo Raymond con impaciencia.

—Ya lo saben —contestó Ralph—. Poca cosa puedo añadir. Salí del cobertizo a las nueve cuarenta y cinco, poco más o menos, y paseé por los alrededores, tratando de decidir lo que debía hacer a continuación, qué decisión tomar.

»He de admitir que no tengo la menor sombra de coartada, pero les doy mi palabra de honor de que no me acerqué al despacho y de que no volví a ver a mi padrastro ni vivo ni muerto. ¡Piense el mundo lo que piense, me gustaría que ustedes me creyesen!

—¿No tiene coartada? —murmuró Raymond—. Le creo, desde luego, pero es un mal asunto.

—Es muy sencillo, sin embargo —dijo Poirot con voz alegre—. Muy sencillo, se lo aseguro.

Todos le miramos.

—¿No adivinan ustedes lo que quiero decir? ¿No? Sólo esto... Para salvar al capitán Paton, el verdadero criminal debe confesar... ¡Sí, tal como lo digo! No he invitado al inspector Raglan esta noche... Tenía un motivo para abstenerme... No quería decir lo que sé... o por lo menos no quería decírselo esta noche.

Se inclinó, y de pronto cambió de voz y de personalidad. Se volvió amenazador, despiadado.

—¡Yo sé que el asesino de mister Ackroyd está aquí en el cuarto en este preciso momento! ¡Al criminal es a quién hablo! *¡Mañana, la verdad irá a parar a manos del inspector Raglan! ¿Me comprenden?*

Hubo un largo silencio. En medio de éste, la vieja bretona entró con un telegrama que Poirot abrió.

La voz de Blunt se alzó fuerte y vibrante:

—¿Usted dice que el criminal está entre nosotros? ¿Sabe usted quién es?

Poirot había leído el mensaje, que arrugó en su mano.

—¡Lo sé... ahora!

Dio un golpecito en la pelota de papel.

—¿Qué es eso? —dijo Raymond rápidamente.

—Un telegrama... procedente de un vapor que navega con rumbo a Estados Unidos.

Hubo un nuevo silencio de muerte. Poirot se levantó y saludó.

—Messieurs y mesdames, esta reunión ha terminado. Recuerden... *¡Mañana, la verdad irá a parar a manos del inspector Raglan!*

Capítulo XXV

TODA LA VERDAD

Con un breve gesto, Poirot me indicó que permaneciera en la estancia. Obedecí y me acerqué al hogar, removiendo los grandes leños con la punta de mi zapato.

Estaba sorprendido. Por primera vez no acertaba a comprender a dónde Poirot iba a parar. Durante un momento me incliné a creer que lo que acababa de escuchar eran sólo palabras altisonantes, y que Poirot había representado lo que él llamaba una «pequeña comedia», con el fin de hacerse el interesante y el indispensable. Pero, a pesar de todo, me veía obligado a creer en sus palabras. Éstas habían contenido una verdadera amenaza, y parecían el eco de la verdad... Sin embargo, continuaba creyendo que seguía una pista falsa.

Cuando la puerta se cerró detrás del último miembro de la reunión, Poirot volvió hacia el fuego.

—Pues bien, amigo mío —dijo suavemente—. ¿Qué piensa usted de todo esto?

—Francamente, no sé —dije con sinceridad—. ¿Qué fin persigue usted? ¿Por qué no va directamente al inspector Raglan con la verdad, en vez de avisar de este modo al culpable?

Poirot se sentó y sacó del bolsillo una caja de delgados cigarrillos rusos. Fumó un momento en silencio, acabando por contestarme:

—Emplee usted sus células grises. Detrás de mis acciones hay siempre un motivo.

Vacilé un momento y dije lentamente:

—El primero que se me ocurre es que usted no conoce al criminal, pero que está seguro de que se encontraba entre las personas reunidas aquí esta noche... En consecuencia, sus palabras tendían a arrancar una confesión al culpable desconocido.

—Es una buena idea, pero errónea.

—Pensé que tal vez, al hacerle creer que usted lo sabía todo, esperaba obligarle a desenmascararse... aunque no necesariamente por medio de una confesión. Podía tratar de imponerle silencio como lo hizo con mister Ackroyd... antes de que usted pudiese actuar mañana.

—¡Una trampa de la cual yo sería el cebo! *Merci, mon ami!* ¡No soy bastante héroe para eso!

—Entonces no le comprendo. Usted corre el riesgo de dejar escapar al asesino, avisándole de este modo.

Poirot meneó la cabeza.

—No puede escapar —dijo gravemente—. Sólo le queda un camino que emprender y este camino no lleva a la libertad.

—¿Usted cree realmente que una de las personas que se encontraban aquí esta noche cometió el crimen? —pregunté con incredulidad.

—¡Sí, amigo mío!

—¿Cuál?

Hubo un silencio que duró unos minutos. De pronto echó su cigarrillo en el hogar y empezó con voz reposada:

—Voy a llevarle por el camino que he recorrido yo mismo. Paso a paso me acompañará usted y verá que todos los hechos señalan infaliblemente a una persona determinada:

»Para empezar, había dos hechos y una pequeña discrepancia en las horas que me llamaron de un modo especial la atención. El primer hecho era la llamada telefónica. Si Ralph Paton era en realidad el asesino, la llamada carecía de sentido: era absurda. Me dije, pues, que Ralph Paton no era el criminal.

»Me aseguré de que la llamada no había sido hecha por nadie de la casa y, sin embargo, estaba convencido de que tenía que buscar al criminal entre los que estaban presentes la noche fatal. Saqué pues la conclusión de que la llamada debió provenir de un cómplice. Esta deducción no acababa de satisfacerme, pero la dejé de momento.

»Examiné luego el *motivo* de la llamada. Esto resultó difícil. Sólo podía estudiarlo juzgando su *resultado*... el cual era que el crimen se descubrió aquella noche en vez de a la mañana siguiente. ¿Comprende usted?

—Sí —admití—. Ackroyd había dado órdenes para que no le molestaran y no era probable que nadie entrara en el despacho aquella noche.

—*Trés bien*. El asunto marcha, ¿verdad? Pero algunos puntos continuaban oscuros. ¿Cuál era la ventaja de hacer descubrir el crimen aquella noche, en vez de la mañana siguiente? La única idea que se me ocurrió fue que el asesino, sabiendo que el crimen se descubriría a una hora determinada, se las compondría para estar presente cuando se forzara la puerta o inmediatamente después. Llegamos ahora al segundo hecho... el sillón apartado de la pared. El inspector Raglan desechó el detalle por carecer de importancia. Yo, en cambio, lo consideré siempre del mayor interés.

»En su manuscrito usted ha dibujado un pequeño plano del despacho. Si lo tuviese aquí en este momento vería que el sillón, colocado de la manera indicada por Parker, se encuentra precisamente en línea recta entre la puerta y la ventana.

—¡La ventana! —exclamé.

—Veo que capta mi primera idea. Me imaginé que entraron por la puerta, pero no tardé en abandonar esta suposición, pues, aunque el sillón tenía un respaldo muy alto, tapaba muy poco la ventana... Pero recuerde usted, *mon ami*, que frente a esa ventana había una mesa cubierta de libros y revistas. Esa mesa quedaba completamente oculta por el sillón, y en seguida surgió en mi mente la primera sospecha de la verdad.

»Supongamos que había en esa mesa algo que no se quería que fuese visto... Algo colocado allí por el asesino. Hasta entonces no tenía la menor idea de lo que pudiera ser, pero sabía que era algo que el criminal no había podido llevarse consigo cuando cometió el asesinato y que era un asunto vital para él quitarlo de allí tan pronto como le fuese posible, después de ser descubierto el crimen. La llamada telefónica obedecería, pues, a la necesidad del culpable de encontrarse sobre el terreno al ser descubierto el cuerpo.

»Cuatro personas estaban presentes cuando la policía llegó: usted, Parker, el mayor Blunt y mister Raymond. Eliminé inmediatamente a Parker, puesto que, fuese cual fuese la hora en que se descubriera el crimen, se encontraría allí. Además, él fue quien me habló del sillón cambiado de sitio. Parker quedaba descartado del crimen, pero era posible que hubiese sido el chantajista. Raymond y Blunt eran sospechosos, puesto que, si el crimen hubiese sido descubierto por la mañana, cabía en lo posible que hubieran llegado demasiado tarde para impedir que se encontrara el objeto colocado en la mesa.

»¿Y qué era ese objeto? Hace un momento ha oído usted lo que argumentaba con respecto al fragmento de conversación oído. Tan pronto como supe que el representante de una compañía de dictáfonos había estado en la casa, la idea de un dictáfono arraigó en mi mente. ¿Recuerda lo que he dicho hace media hora? Todos estaban de acuerdo con mi teoría... pero un hecho vital pareció haberles escapado. Si se usó un dictáfono aquella noche, ¿por qué no se encontró?

—No había pensado en eso —dije.

—Sabemos que se entregó un dictáfono a mister Ackroyd, pero no fue encontrado entre los objetos de su pertenencia. Si algo fue retirado de la mesa, ¿por qué no había de ser el dictáfono? Sin embargo, la empresa no era fácil.

»La atención de todos estaba naturalmente concentrada en el muerto. Creo que cualquiera podía haberse acercado a la mesa sin que lo vieran los demás, pero un dictáfono es un objeto voluminoso. No se puede meter en el bolsillo. Debió de tener un receptáculo capaz de contenerlo. Ya ve usted a dónde llegamos. La figura del asesino toma forma. Es la persona que se encontraba en el lugar del crimen, pero que tal vez no hubiese estado presente si se hubiese descubierto a la mañana siguiente, una persona que llevaba un receptáculo dentro del cual cabía el dictáfono...

Le interrumpí:

—¿Por qué habría de llevarse el dictáfono? ¿Qué ganaba con ello?

—Usted se parece a mister Raymond. Parte de una base falsa: de que a las nueve y media se oyó la voz de mister Ackroyd hablando al dictáfono. Pero considere un momento este útil invento. Usted le dicta, ¿verdad? Y más tarde el secretario o un mecanógrafo lo pone en marcha y la voz vuelve a hablar.

—¿Quiere decir...? —exclamé.

Poirot asintió con la cabeza.

—Sí, eso es lo que quiero decir. *A las nueve y media, mister Ackroyd estaba ya muerto.* ¡Era el dictáfono quién hablaba y no el hombre!

—El criminal lo hizo funcionar. Entonces, debía encontrarse en el cuarto en aquel momento.

—Es probable, pero no debemos excluir la posibilidad de que le hayan adaptado un mecanismo especial... algo por el estilo de un sencillo despertador. En ese caso hemos de añadir dos particularidades a nuestro retrato imaginario del asesino. Debía ser alguien que estaba enterado de la compra del dictáfono y que tenía conocimientos de mecánica.

»A esas conclusiones había llegado cuando encontramos las huellas de la ventana. Aquí podía escoger entre tres conclusiones. Primera: Podían haber sido hechas en realidad por Ralph Paton. Estaba en Fernly Park aquella noche y pudo introducirse en el despacho, encontrando a su tío muerto. Esta era una hipótesis. Segunda: Había la posibilidad de que las huellas hubiesen sido hechas por alguien que llevara la misma clase de tacones de goma en los zapatos, pero los habitantes de la casa tenían zapatos de suela de crepé y desechó la idea de que alguien de fuera tuviese la misma clase de zapatos que Ralph Paton. Charles Kent llevaba, lo sabemos por la camarera del bar *The Dog and Whistle*, un par de botas que le «caían de los pies».

»Esas huellas podían haber sido hechas por alguien que trataba deliberadamente de hacer recaer las sospechas sobre Ralph Paton. Para probar esta teoría era preciso dilucidar algunos hechos. El par de zapatos de Ralph incautado por la policía en el Three Boars. Ni Ralph ni otra persona cualquiera pudo llevarlos aquella noche, puesto que los tenían en los bajos de la posada para limpiarlos.

»Según la teoría de la policía, Ralph poseía otro par de la misma clase y descubrí que era cierto que tenía dos pares. Para que mi teoría fuera correcta, era preciso que el asesino hubiese llevado los zapatos de Ralph aquella noche y, en tal caso, Ralph debía haberse puesto un tercer par de zapatos de una clase u otra. Supuse que no tendría tres pares de zapatos iguales y que poseería por lo menos un par de botas. Pedí a su hermana de usted que se enterara de este punto... insistiendo sobre el color, con el fin, lo confieso, de esconder el verdadero motivo de mis preguntas.

»Ya conoce usted el resultado de sus investigaciones. Ralph Paton tenía un par de botas. La primera pregunta que le hice cuando llegó a mi casa ayer por la mañana fue para saber lo que llevaba puesto la noche fatal. Me contestó en seguida que llevaba *botas*... y éstas le cubrían todavía los pies puesto que no tenía nada más que ponerse.

»De este modo adelantábamos en nuestra descripción

del asesino. Era una persona que había tenido la oportunidad de llevarse esos zapatos del cuarto de Ralph Paton en el Three Boars aquel día.

Poirot se detuvo y continuó en voz más alta:

—Hay otro punto. El criminal debía ser una persona que tuviera la oportunidad de retirar la daga de la vitrina. Se alegará que cualquier persona de la casa pudo haberlo hecho, pero le recordaré que Flora Ackroyd está segura de que la daga no se encontraba en la vitrina cuando la examinó. Recapitulemos: Una persona que estuvo en el Three Boars aquel día... una persona que conocía bastante bien a Ackroyd para saber que había adquirido un dictáfono... una persona que entendía en cuestiones de mecánica, que tuvo la oportunidad de retirar la daga de la vitrina antes de la llegada de miss Flora... que llevaba consigo un receptáculo capaz de contener el dictáfono... como, por ejemplo, un maletín negro, y que se encontró sola en el despacho durante unos minutos después de descubrirse el crimen, mientras Parker telefoneaba a la policía... En fin, *¡usted, doctor Sheppard!*

Capítulo XXVI

Y NADA MÁS QUE LA VERDAD

Reinó un silencio de muerte durante un momento. De pronto me eché a reír.

—¡Está usted loco! —dije.

—No —replicó plácidamente Poirot—. No estoy loco. Esta pequeña diferencia en la hora fue lo que me llamó la atención sobre usted desde el principio.

—¿La diferencia de hora? —repetí asombrado.

—Sí. Usted recordará que todo el mundo estaba de acuerdo para decir... usted incluido... que eran precisos cinco minutos para ir andando del pabellón a la casa... e incluso menos si se tomaba el atajo de la terraza. Pero usted dejó la casa a las nueve menos diez... según su declaración y la de Parker y, sin embargo, eran las nueve cuando traspasaba la verja delante del callejón. Era una noche fría y desapacible, en la cual uno no se sentiría inclinado a entretenerse. ¿Por qué necesitó diez minutos para recorrer un trayecto que requería cinco? Comprendí desde el principio que sólo teníamos su afirmación para probarnos que la ventana del despacho estaba cerrada. Ackroyd le preguntó si usted la había cerrado, pero no lo comprobó.

»Supongamos, pues, que la ventana del despacho estuviera abierta... ¿Tendría usted tiempo en diez minutos de dar la vuelta a la casa, cambiar sus zapatos, entrar por la ventana, matar a Ackroyd y llegar a la verja a las nueve? Deseché esta teoría, pues era probable que un hombre tan nervioso como Ackroyd, le hubiese oído entrar y hubiera provocado una lucha. Pero, ¿y suponiendo que había matado a Ackroyd *antes* de salir, mientras estaba de pie al lado de su silla? Podía entonces salir por la puerta central, dar la vuelta hasta el pequeño cobertizo, tomar los zapatos de Ralph Paton del maletín que llevaba aquella noche, ponérselos, atravesar el fango y dejar huellas en la ventana, entrar en el despacho, cerrar la puerta por dentro, volver corriendo al cobertizo, cambiar nuevamente de zapatos y correr hasta la verja. Hice todo eso el otro día, cuando usted estaba con mistress Ackroyd, y empleé exactamente diez minutos. Luego... a casa y disponer de una buena coartada, pues había regulado el dictáfono para que funcionara a las nueve y media.

—Mi querido Poirot —dije con una voz que sonó extraña y forzada en mis propios oídos—. Usted ha reflexionado demasiado sobre este caso. ¿Por qué había de asesinar a Ackroyd?

—¡Para sentirse a salvo! Usted era quien chantajeaba a mistress Ferrars. ¿Quién mejor que el doctor que cuidaba a mister Ferrars podía saber cuál era la causa de su muerte? Cuando usted me habló el primer día en el jardín, mencionó un legado en posesión del cuál había entrado hacía un año. No he podido encontrar rastro de legado alguno. Tuvo usted que inventar algo para justificar las veinte mil libras de mistress Ferrars, que no le aprovecharon gran cosa. Perdió la mayor parte en diversas especulaciones y acabó presionando demasiado... Mistress Ferrars encontró una solución con la cual usted no contaba. Si Ackroyd se hubiese enterado de la verdad, no habría tenido compasión de usted... ¡Estaba arruinado para siempre!

—¿Y la llamada telefónica? —pregunté, tratando de hacerle frente—. ¿Supongo que usted tiene una explicación plausible de ella también?

—Le confesaré que quedé desconcertado cuando supe que le habían telefoneado en realidad desde la estación de

King's Abbot. Al principio creí que había inventado la historia. Esto fue un detalle ingeniosísimo. Usted necesitaba una excusa para llegar a Fernly Park, encontrar el cuerpo y tener ocasión de quitar el dictáfono del cual dependía su coartada. Tenía una vaga noción de lo ocurrido cuando fui a ver a su hermana aquel primer día y le pregunté qué pacientes habían ido a su consulta el viernes por la mañana.

»No pensaba en miss Russell entonces. Su visita fue una feliz coincidencia, puesto que alejó su pensamiento del verdadero objeto de mis preguntas. Encontré lo que buscaba. Entre sus pacientes se encontraba aquella mañana el camarero de un trasatlántico norteamericano. ¿Quién mejor que él pudo ir a Liverpool en el tren de la noche...? Después, estaría en alta mar, lejos de todos. Vi que el *Orion* zarpaba el sábado y, habiendo obtenido el nombre del camarero, le envié un telegrama, haciéndole una pregunta. Su contestación es lo que acabo de recibir.

Me alargó un mensaje que decía como sigue:

«Es cierto. El doctor Sheppard me pidió que dejara una nota en casa de un enfermo. Tenía que llamarle por teléfono desde la estación con la respuesta: *Sin contestación*».

—Fue una idea ingeniosa —dijo Poirot—. La llamada era genuina. Su hermana le vio recibirla, pero una sola persona sabía lo que le decían en realidad... ¡Usted!

Bostecé.

—Todo esto es muy interesante —dije—, pero muy poco práctico...

—¿Usted cree? Recuerde lo que he dicho... La verdad irá a parar a manos del inspector Raglan por la mañana. Pero, por consideración a su buena hermana, estoy dispuesto a dejarle otra alternativa. Podría tomar, por ejemplo, una dosis exagerada de algún somnífero... ¿Me comprende? Antes de eso, el capitán Paton debe quedar libre de toda sospecha, *ça va sans dire*. Le sugiero la idea de concluir su interesante manuscrito... pero abandonando su antigua reticencia.

—Usted es muy prolífico en sugestiones —observé—. ¿Ha terminado ya?

—Ahora que me dice esto, recuerdo otra cosa todavía. Sería una torpeza por parte suya tratar de imponerme silencio como lo hizo con mister Ackroyd. Estas cosas no tienen éxito con Hércules Poirot.

—Mi querido Poirot —exclamé sonriendo levemente—, no estoy tan loco...

Me levanté.

—¡Bien, bien! —dije, desperezándome—. Me voy a casa. Gracias por su interesante e instructiva disertación.

Poirot se levantó también, se inclinó con su acostumbrada cortesía y salí del cuarto.

Capítulo XXVII

APOLOGÍA

Son las cinco de la mañana. Estoy muy cansado, pero he concluido mi tarea. El brazo me duele de tanto escribir.

Mi manuscrito tiene un extraño final. Pensaba publicarlo algún día como la historia de uno de los fracasos de Poirot.

Desde el principio tuve la impresión de que ocurriría un desastre... desde el momento en que vi a Ralph Paton y a mistress Ferrars hablando con las cabezas muy juntas. Creí entonces que ella le hacía confidencias. Me equivoqué, pero la idea persistió aun después de que me encerrara en el despacho con Ackroyd aquella noche... hasta que me dijo la verdad.

¡Pobre viejo Ackroyd! Siempre me alegro de haberle dejado una oportunidad de salvarse. Le insté a que leyera aquella carta antes de que fuera demasiado tarde... O para ser honrado... ¿acaso no comprendí subconscientemente que un hombre testarudo como él era mi mayor esperanza de obtener que *no* la leyera? Su nerviosismo de aquella noche era interesante psicológicamente hablando. Sabía que el peligro le acechaba y, sin embargo, no sospechó nunca de mí.

La daga fue un pensamiento de última hora. Había traído un arma de fácil manejo que tenía en mi casa, pero cuando vi la daga en la vitrina, se me ocurrió en seguida la idea de que sería preferible emplear una que no me pertenecía.

Supongo que desde el principio pensé en matarlo. Tan pronto como me enteré de la muerte de mistress Ferrars tuve la convicción de que no lo habría dicho todo antes de morir.

Me fui a casa y tomé mis precauciones. Si lo que le preocupaba sólo se relacionaba con Ralph... nada ocurriría. Me había dado el dictáfono dos días antes para componerlo. Algo se había estropeado en su mecanismo y le convencí para que me lo dejara en vez de devolverlo a la fábrica. Hice lo que me pareció necesario y me lo llevé en mi maletín aquella noche. Me siento orgulloso de mi capacidad de escritor. En efecto, ¿qué puede ser más claro que las frases siguientes?:

«Habían entrado el correo a las nueve menos veinte. A las nueve menos diez le dejé con la carta todavía por leer. Vacilé con la mano en el picaporte, mirando atrás y preguntándome si olvidaba algo». Todo era cierto... Pero supongan que pusiera una línea de puntos después de la primera frase. ¿Se habría preguntado alguien lo que ocurrió en aquellos diez minutos?

Cuando miré en torno mío desde la puerta, me sentí satisfecho. Nada había olvidado. El dictáfono estaba en la mesa, ante la ventana, preparado para funcionar a las nueve y media. El mecanismo era ingenioso... basado sobre el sistema de un despertador. El sillón estaba apartado de modo que escondiera el aparato a las miradas de los que entrasen por la puerta.

He de confesar que me sobresalté al encontrar a Parker al otro lado de la puerta. He apuntado fielmente este detalle.

Más tarde, cuando se descubrió el crimen y envié a Parker a telefonear a la policía, qué frases tan acertadas: «Hice lo poco que era preciso hacer». Poca cosa... meter el dictáfono en mi maletín y alinear el sillón contra la pared.

No imaginé siquiera en que Parker se hubiera fijado en

éste. Lógicamente, la vista del cuerpo debía hacerle olvidar lo demás, pero no conté con sus cualidades de criado metódico.

Quisiera haber sabido antes que Flora iba a declarar que había visto a su tío a las diez menos cuarto. Este detalle me desconcertó y preocupó sobremanera. A decir verdad, en este caso hubo cosas que me preocuparon de un modo tremendo. Todos parecían querer meter baza en el asunto.

Mi gran temor era que Caroline lo advirtiera todo. Fue coincidencia su modo de hablar aquel día de mi «debilidad».

No sabrá nunca la verdad... ¡Queda tal como ha dicho Poirot... otra alternativa, otra solución!

Puedo confiar en él. Junto con el inspector Raglan se las compondrán para que Caroline ignore... No me gustaría que lo supiese... Me quiere y es orgullosa. Mi muerte será una pena para ella, pero la pena pasa con el tiempo.

Cuando haya concluido de escribir, meteré este manuscrito en un sobre dirigido a Poirot.

Y entonces... ¿qué será? ¡Una dosis de veronal! Eso sería una especie de justicia poética. No es que acepte la responsabilidad de la muerte de mistress Ferrars. Fue la consecuencia directa de sus propias acciones. No tengo compasión por ella. ¡Tampoco la siento por mí...! ¡Así pues, que sea veronal!

¡Pero quisiera que Hércules Poirot no se hubiese retirado nunca de su trabajo para venir a cultivar calabacines en la casa de al lado!